이번생은
황제로 살겠다

STAY 판타지 장편소설

이번 생은 황제로 살겠다 8

초판 1쇄 발행 2023년 11월 17일

지은이 ｜ STAY
발행인 ｜ 최원영
편집장 ｜ 이호준
편집디자인 ｜ 한방울
영업 ｜ 김민원

펴낸곳 ｜ ㈜ 디앤씨미디어
등록 ｜ 2002년 4월 25일 제20-260호
주소 ｜ 서울시 구로구 디지털로 26길 111 JnK디지털타워 503호
전화 ｜ 02-333-2513(대표)
팩시밀리 ｜ 02-333-2514
E-mail ｜ papy_dnc@dncmedia.co.kr
블로그 ｜ blog.naver.com/gnpdl7

ISBN 979-11-364-4878-1 04810
ISBN 979-11-364-4483-7 (SET)

PAPYRUS FANTASY STORY

8

이번 생은
황제로 살겠다

STAY 판타지 장편소설

PAPYRUS
파피루스

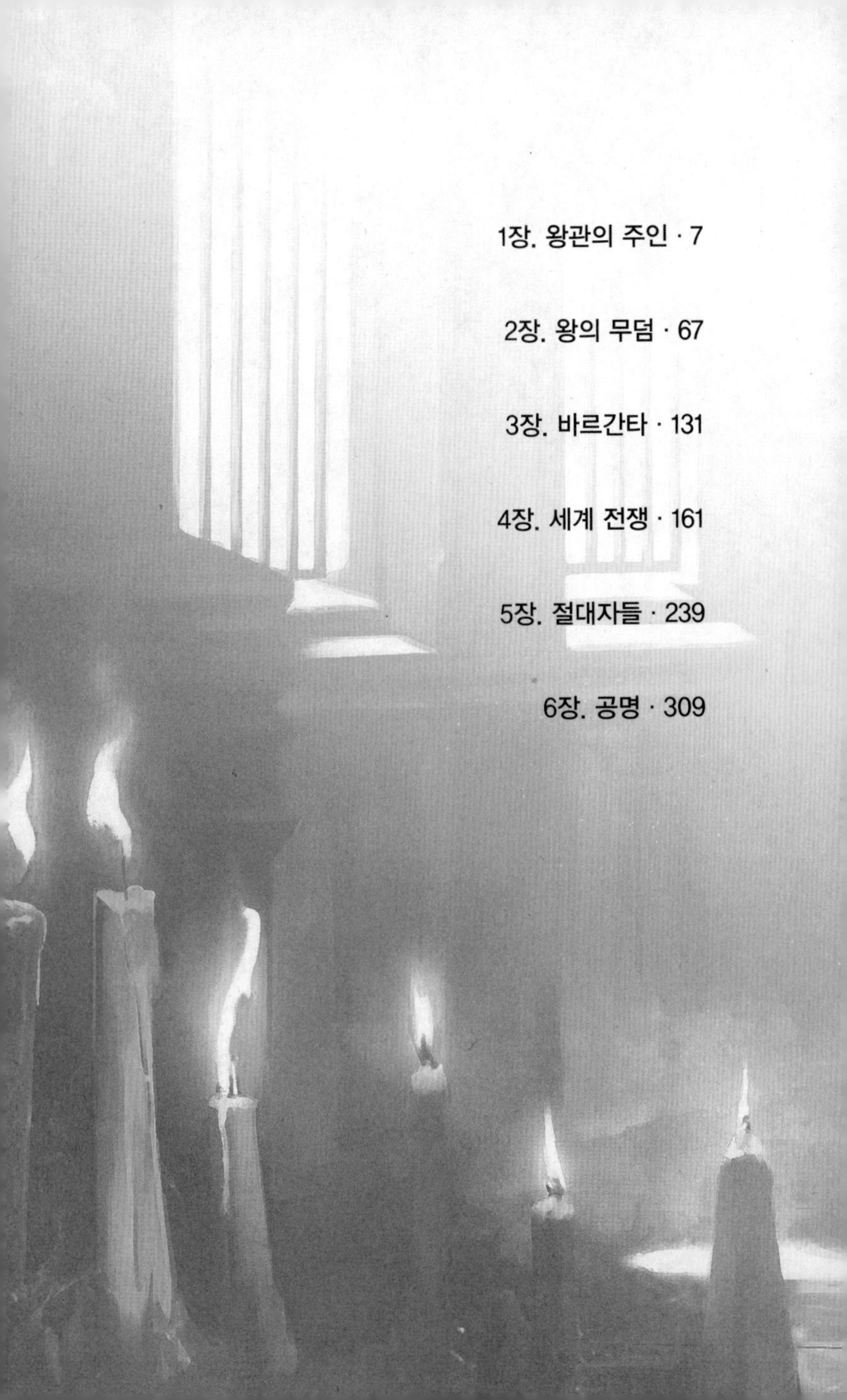

1장. **왕관의 주인**

왕관의 주인

그 빛은 아리샤가 아는 마도술들과 궤를 달리했다.

마력이라기엔 순수했고, 법칙은커녕 공간을 지배하지도 않는 에너지 그 자체였다.

'저게 뭐지?'

페르노크의 전신을 감싼 희끄무레한 빛은 점점 선명해졌다. 그러나 어떤 형태로도 변하지 않고 줄기처럼 가볍게 얽히고 있었다.

자연계, 강화계, 특이계.

마도술을 구성하는 원리부여와 집중강화 방식 어디에도 해당되지 않으며, 오직 페르노크를 감싼 상태에서 끝없이 순환할 뿐이었다.

너무도 생소하여 그 힘이 가늠조차 되지 않는 힘이 마

침내 검과 육신을 이었다.

전신 무기화.

더 퍼스트의 2차 각성은 아티펙트의 기운을 몸 전체로
흩뿌리는 것을 의미한다.

이때, 퍼져 나온 기운은 순환연동처럼 주위와 상대의
충격을 모조리 빨아들인다.

하여, 작은 실이 엉겨 붙은 것만 같은 이 형태는 아티
펙트와 같은 '강도'를 지니게 된다.

세상 모든 파동과 마력과 힘이 육체에 전해지기 전, 기
운 속으로 빨아먹고 그것을 다시 증폭시켜 아티펙트로
전한다.

아티펙트는 순환 연동으로 다시 한번 힘을 곱절로 증
가시켜 내뿜으니, 이것은 전신을 갑주화하는 공방일체의
형태다.

힘을 흡수하는 면적이 넓어진 만큼 다량의 충격을 견딜
수 있는 육체만 가지면 된다.

페르노크에겐 마력강체술과 육체 강화 마법이 있다.

더하여, 아티펙트에 증폭된 힘을 발동시킬 때, 잠시 영
체화시켜 내부로 들어오는 충격을 흘려보낼 수도 있다.

원하는 만큼 적의 공격을 흡수하여 에너지로 내뿜으
니.

영체화라는 방패와 전신 무기화라는 검이 함께 주어진 것과 다름없었다.

'더 퍼스트의 2차 각성 때, 기사왕은 성을 잿더미로 만들어 버렸었지.'

페르노크는 기사왕과 같은 짓을 벌일 생각이 없었다.

이제 곧 자신의 성이 될 곳이다.

강대국들과의 전쟁을 고려해야 하는 판국에 저 높고 웅장한 성벽을 무너뜨려 시간을 낭비하고 싶지 않았다.

하여, 페르노크는 성루에 검을 겨눈 채 입을 달싹였다.

해 보라고.

얼마든지 두드려 보라고.

자신감 넘치는 도발에 필레나는 정신이 번쩍 들었다.

"이…… 쓸모없는!"

초대 왕이 봉인했던 어둠마저 페르노크를 집어삼키지 못했다.

이곳엔 오운 같은 마도사도 없다.

수성 병기와 왕성수호군뿐.

기세를 타기 시작한 페르노크와 병사들을 막기란 불가능에 가까웠다.

하지만 자식을 잃었다는 슬픔과 증오가 그녀를 발악하게 만들었다.

"쏴! 페르노크를 죽이라고!"

필레나는 이미 정상적인 판단을 할 수준이 아니었다.

왕성수호군대장도 그 사실을 잘 알고 있었다.

하지만 왕족을 포함한 왕국의 주요 인물들을 모두 죽이며 달려온 페르노크의 명성이 무엇보다 두려웠다.

협상과 타협이 존재하지 않는 전쟁에서, 막다른 곳에 몰린 자들끼리 저항이라도 해 봐야 하지 않겠는가.

죽음이 목전에 드리우자, 부관들도 필사적으로 포를 재배치했다.

'일말의 가능성은 홀로 나선 페르노크 왕자에게 치명상을 입히는 것뿐이다.'

그조차도 불가능해 보였지만 달리 선택지가 없었다.

'역대 수호군대장도 왕과 함께 저물었지. 다음 세대까지 받들려 했던 내 욕심이 지나쳤나.'

절망을 품으며 수호군대장이 외쳤다.

"발포하라!"

수백의 마력포가 페르노크에게 집중되었다.

영체화를 쓴다면 아주 간단히 공격을 흘려 넘길 수 있다.

하지만 영체화에 소모되는 영력의 양은 예상을 훌쩍 뛰어넘는다.

굳이 영체화에 많은 영력을 소모할 필요도 없고, 사용할 생각도 없다.

페르노크가 전신 무기화에 돌입했다.

콰콰콰콰쾅!

마력포의 매서운 섬광이 아티펙트를 두들겼다.

아티펙트에 흠집이 나지 않았지만, 육신으로 충격은 전해졌다.

전신 무기화의 유일한 단점은 사용자가 충격의 고통을 고스란히 느끼는 것.

그 하나의 단점을 넘어선 순간, 상대의 모든 힘을 빨아들인 아티펙트는 무수한 광채를 토해 낸다.

우우우우웅!

전신에서 흡수한 마력을 증폭시킨 뒤 검에 전달한다.

검은 다시 순환연동을 발동하여 흡수한 힘을 재증폭하고 전신에 돌린다.

무기와 기운이 서로 순환하여 끝없이 공명하고 증폭하니, 종이라도 친 것 같은 울림이 일대를 진동시킨다.

쩌어어엉!

순환되는 힘만으로 주위의 지형이 붕괴되기 시작했다.

터무니없는 무언가가 벌어진다고.

페르노크를 지켜보는 모든 이들이 섬뜩함을 느낄 때, 검에 모인 힘이 찬란한 섬광이 되어 허공을 쓸어 넘겼다.

맥시멈 임팩트.

세상이 온통 새하얗게 뒤덮인다는 착각이 들 정도로 광활한 파동이었다.

도주할 생각조차 못한 채, 모두가 넋을 잃고 그 찬란함에 매료되었다.

콰아아아아앙—!

성벽에서 필사적으로 쏘아 보내는 마법과 마력포를 씹어 먹으며 보다 기세를 부풀린 맥시멈 임팩트가 마침내 적군을 집어삼켰다.

성벽째로 적군은 재도 남기지 못하고 녹아내렸다.

비명마저 파묻혀 버린 일방적인 공세가 수천의 병력을 쓸어버리기까지 찰나에 불과했다.

그러나 마법이 아닌 초월적인 힘은 모두의 뇌리에 영원히 각인되었다.

페르노크도 쓰게 입맛을 다셨다.

'고작, 20번의 순환뿐인데, 저 성벽도 감당하지 못했군.'

전신 무기화의 상시 순환은 육체가 받쳐주는 한 끊임없이 진행된다.

기사왕은 무려 150번의 순환으로 바다를 가르고 산을 재로 만들었다.

페르노크는 50번의 순환이 가능했다.

영체화까지 사용한다면 70번에 이른다.

최대한 성벽을 살리고 싶어서 그 절반에 절반밖에 안 되는 위력까지 낮췄건만, 저 두꺼운 벽조차 이 약한 출력을 감당하지 못했다.

"쓸데없이 보수 작업을 하게 생겼군."

저 멀리 흘러넘치는 영력과 마력이 몸 안에 빨려 들어
왔다.

동화율 – 66%

한계점을 돌파한 영력은 끊임없이 상승한다.

육신은 한계를 모르고 활력을 북돋웠으며, 껍질을 깨부
순 무기는 포효했다.

더 많은 자들의 위에 군림하는 왕의 검이 되고 싶다며
페르노크의 열망을 자극한다.

"……."

적막이 감도는 전장 한복판을 페르노크가 묵묵히 걸었
다.

그제야 정신을 차린 적들이 비명과 괴성을 내지르며 뒷
걸음질 치기 시작했다.

페르노크는 여전히 전신 무기화를 이어 나갔고, 그 뚜
렷한 형태를 모두 목격하고 있다.

어떤 방법도 통하지 않는 페르노크가 전장에 살아 숨
쉬는 신과도 같이 보여서, 감히 대항할 마음조차 품지 못
했다.

"……싸, 싸워……."

수호군대장도 마찬가지였다.

S2의 마도사라 해도 정면으로 맞부딪치곤 살아남기 어려운 화력이었다.

그걸 아무런 상처도 없이 받아넘기고 무심히 걸어오는 페르노크가 도저히 인간처럼 보이지 않았다.

"……도, 도망치는 놈들은 목을 베겠다! 벨 것이다!"

호통쳐 보지만 성벽의 혼란은 쉬이 가라앉지 않는다.

"모두 죽고 싶……!"

눈 깜빡할 사이 페르노크가 시야에서 사라졌다.

당황한 수호군대장이 성루에 바싹 붙은 순간, 성벽을 타고 오르는 묵직한 소리가 들려왔다.

쾅! 쾅! 쾅!

성벽에 장치된 쐐기를 짓밟으며 페르노크가 솟구쳤다.

그리고 수호군대장의 목이 성루에 떨어졌다.

쿵!

주인 잃은 육중한 몸이 바닥에 쓰러진 순간, 모두의 시선이 성루에 우뚝 선 페르노크에게 집중되었다.

"병력을 물린다면 네놈들은 노역형에서 끝내 주마. 그리고 네놈들의 식솔들은 살려 주겠다."

씨늘한 일갈에 주춤거리던 자들이 이내 성벽으로 퍼져 나갔다.

곳곳에서 다급한 소리가 터져 나오고 병사들은 순식간에 성벽을 내려가기 시작했다.

필레나는 그들을 막지 못했다.

아니, 막을 생각조차 없었다.

그녀의 시선은 오직 페르노크에게 꽂혀 있었다.

"사람은 살길을 열어 두면 제 주인도 몰라보는 법이지. 죽음보다 더한 노역이지만 그래도 살아남으려 해. 언젠가는 탈출할 기회가 있다고 여기면서 말이야."

페르노크가 난간에서 내려왔다.

"진정한 충신이라면 대신 죽음을 각오하고 덤볐을 텐데, 어지간히 인복이 없는 사람이로군, 필레나."

"네놈이…… 네놈이 내 아들을 죽였어!"

고함을 내지르며 달려드는 필레나를 가볍게 걷어찼다.

바닥을 나뒹군 그녀가 피를 토하며 고개를 들어 올렸다.

"나와 제대로 싸우고 싶었다면 처음부터 근본을 지켰어야지. 그랬다면 나도 거짓된 왕위 선발전이기는 하나, 경합이라는 장난에 어울려 줬을 것이다. 한데, 네놈들은 대체 나라를 뭐라고 생각하는 거냐?"

페르노크는 주저앉은 필레나의 모습에서 자신이 받들던 왕국의 모습이 겹쳐 보였다.

"능력도 없는 놈들끼리 자리만 바꿔 가며 욕심만 부리고 정작 백성을 살피지도 못할뿐더러, 눈앞의 위험을 넘기기는커녕 오히려 라키스 같은 후환을 멋대로 출입시키고……."

페르노크의 미간이 꿈틀거렸다.

"……나라의 긍지와 자존심까지 갖다 팔아 버린 그 졸

렬한 형태가 진정 왕의 품격이라 생각했나? 아니, 네놈들은 제대로 맛이 가 버렸어. 타국에 유학을 갈지언정, 그곳의 힘을 빌려 왕이 된다는 끔찍한 발상을 하지도 말았어야 했다."

"네놈은 죽을 것이다! 라키스에 갈가리 찢길 것이야!"

"너희 왕족들이 버러지만도 못한 선택을 한 덕분에 라키스는 이 나라에 침입할 명분을 얻었다. 하지만 나와 이 나라를 건드는 놈들은 똑같은 최후를 맞이할 것이다. 네 년이 맞이할 죽음처럼."

"사생아 따위가 이 나라의 안위를 거론치 말라……!"

페르노크가 필레나의 뺨을 후려쳤다.

입 안의 치아가 부서질 정도로 강렬한 충격이 그녀의 뇌리를 뒤흔들었다.

기절한 필레나를 뒤로하고 페르노크는 성문의 빗장을 부쉈다.

콰아아앙!

충격을 신호 삼아 정신 차린 페르노크의 대군이 수도 안으로 밀려 들어왔다.

"그건 대체 뭐였죠?"

제일 먼저 성루에 도착한 아리샤가 페르노크를 의아한 시선으로 바라보았다.

영력과 아티펙트.

2번째 각성에 대해서 모르는 그녀는 하루 만에 뒤바뀐

페르노크의 변화를 이해할 수 없었다.

그건 단지 성장이라는 말로도 표현이 불가능할 정도의 위엄이었기 때문이다.

"크리스에 대항할 내 비수라고 치지."

"비수……."

"크리스를 죽일 순 없으나, 나 또한 죽지 않을 방법이다."

아직은…….

이라는 말을 페르노크가 삼켰다.

크리스가 다시 돌아온다 한들 페르노크는 죽지 않을 자신이 있었다. 하지만 절대적인 방패만으론 크리스를 꿰뚫지 못한다.

동화율을 더욱 끌어올려 절대자조차 굴복시킬 강한 무기를 더 탄생시켜야 한다.

페르노크는 그날이 머지않았다는 걸 느끼고 있었다.

일루미나는 이제 그의 손에 떨어졌지만, 아직 정리되지 않은 먹잇감들이 수두룩했기 때문이다.

단시간에 동화율을 급상승시킬 방법을 떠올리며 페르노크가 아리샤를 바라보았다.

"지금의 나와 당신이 함께한다면 크리스를 죽일 수 있겠나?"

"확률은 아직도 반반이에요. 하지만 불가능할 것 같진 않군요."

"그럼 우리도 새로운 전쟁을 준비해야겠군."

"설마, 이 왕국에 저항할 세력이 남아 있나요?"

"한 명, 왕좌를 노리는 자가 살아 있지 않은가."

페르노크가 올라온 병사들에게 축 늘어진 필레나를 던지며 피식 웃었다.

"율리아나."

"타이르……."

"필레나의 처형 소식이 들려오는 순간, 율리아나는 내게 검을 겨누겠지."

"어쩌면 성황국에 대항하고자 라키스와 손을 잡을지도 모릅니다."

비록 자국이 침략당했지만, 일루미나를 빼앗긴 손실은 타이르 측에서도 가볍게 넘길 수 없다.

만약, 크리스가 타이르에 손을 뻗는다면 그들은 함께 힘을 모아 페르노크를 치려 할 가능성이 높았다.

적의 적은 동지가 될 수 있다.

국가 간의 거래란 시시때때로 바뀌는 법이니, 여러 가능성을 상정하고 움직여야 한다.

크리스에게 습격당한 뒤로 페르노크는 돌발적인 변수에 대해서 사소한 것까지 계산하고 시행했다.

타이르와 라키스의 연합도 상정 가능한 최악의 상황이다.

하지만 페르노크에겐 성황국이 있었다.

"만약, 율리아나가 크리스와 손을 잡으려 한다면, 대신
관께서는 바로 라키스의 국경을 두들기는 게 좋겠군. 라
키스를 성황국이 막아 준다면, 타이르와 나의 전면전이
야. 또한 라키스와 손을 잡았다는 사실이 타이르를 침공
할 좋은 명분이 되겠지."

"율리아나 왕녀를 발판으로 타이르까지 친다……?"

"이미 그곳엔 내가 몇 가지 수를 써 뒀어."

"그게 뭐죠?"

"율리아나를 타이르에서 완벽히 고립시키는 방법이
지."

페르노크의 미소가 싸늘해졌다.

"이제 와서 왕좌를 나눠 가지자는 미친 소리에 어울려
줄 시간은 없어."

* * *

마르코가 그늘진 나무 밑에 다가갔다.

느긋하게 앉아 차를 홀짝이며 리오가 책을 펼쳐 보고
있었다.

"협회에서 소식이 왔습니다. 왕자님께서 수도를 점령
했다고 합니다."

리오가 책을 덮고 마르코에게 고개를 돌렸다.

"그럼 우리도 슬슬 움직여야겠군요."

"이제 '거점'을 활용하는 겁니까?"

"분명, 율리아나 왕녀는 페르노크 왕자님과 관련 있는 자들을 수색하겠죠. 우리라고 예외는 아닙니다. 더 이상 상인의 신분으로 위장할 필요가 없으니, 다들 거점에서 단단히 준비해 두라 이르십시오."

"왕자님의 지시가 끊길지도 모르는데, 상단주님 혼자서 가능하시겠습니까?"

"페르노크 님께선 언제나 군주의 덕목 중 하나가 여러 상황을 계산하고 통솔하여 움직이는 것에 있다고 하셨죠. 그래서 그분은 플랜 B를 함께 만든 겁니다."

페르노크가 율리아나에게 군량미를 넘겨주며 리오를 이곳에 배치한 이유는 그녀가 칼을 뽑아 드는 상황을 견제하기 위함이었다.

"플랜 B의 방향성은 페르노크 님께서 정하셨고, 디테일한 부분을 제가 담당하도록 허락하셨습니다."

리오가 싱긋 웃으며 자리에서 일어났다.

일단의 군마가 이 저택을 향해 달려오고 있었다.

분명, 페르노크와 교섭에 써먹으려고 측근들을 포박하려는 율리아나의 병력일 것이다.

"그럼 이제 율리아나를 끝내러 가 볼까요."

리오가 평온하게 말하며 움직이자 마르코와 근원의 아이들이 뒤를 따랐다.

뒤이어 들이닥친 병력들은 저택을 샅샅이 뒤졌으나, 어

디에서도 리오를 발견하지 못했다.

처음부터 존재하지 않았던 것처럼, 리오와 상단의 모두가 율리아나의 감시망에서 사라졌다.

* * *

"상단이 텅텅 비어 있었습니다!"

율리아나가 미간을 찌푸렸다.

"비어 있다니? 어디로 사라졌어?"

"지금 수색 중이지만 흔적을 발견하기 어렵습니다."

"뭐?"

"궁내 최고의 추적꾼들을 붙여 뒀습니다. 조금만 시간을 주신다면 상단의 행방을 찾아내겠습니다."

"이게 무슨……."

율리아나는 황당해서 말문이 막혔다.

페르노크가 왕성에 들이닥쳤다는 말을 듣고, 부리나케 상단부터 포박해 오라 명했다.

왕성을 접수할 때, 처음부터 자신이 함께했었다면 끝까지 함께 갈 신뢰를 다졌을 것이다.

하지만 페르노크는 자신의 서신을 무시하고 혼자서 왕성을 함락시켰다.

왕좌를 보고 다른 꿍꿍이를 가질지도 모른다고 판단하여, 페르노크가 소개해 준 상단을 인질로 삼아 협상 테이

블에 앉힐 생각이었다.

페르노크의 왕성 함락이 들림과 동시에 내린 판단이었다.

율리아나가 재빨리 병력을 풀었건만, 상단은 어떻게 눈치 챘는지 이미 도망쳤다.

문제는 상단에게 내준 저택이 모두 자신의 감시망 하에 있다는 것이었다.

그들의 행적을 매일 같이 보고받고 있었는데, 어떻게 자신의 감시망에서 도망칠 수 있었던 걸까.

"……멀리 가진 못했을 것이다. 저택 주변부터 다시 수색해."

"추적꾼들을……."

"지금 군부가 한낱 추적꾼들보다 기술이 떨어진다고 당당하게 외치는 것인가?"

율리아나가 째려보자 부관이 고개를 숙였다.

"죄송합니다. 다시 병력을 파견하겠습니다."

"인근 산을 포함해 사소한 행적도 놓치지 마. 적게 잡아도 수십 명이 사라졌어. 그만한 규모의 행렬은 아무리 숨기고 싶어도 흔적을 남기기 마련이야. 돌아가서 내가 만족할 성과를 가져와."

"예!"

부관이 막사를 뛰쳐나가고, 모르포 후작이 들어왔다.

율리아나가 표정을 가다듬으며 그를 환대했다.

"어서 오세요, 후작님."

"그간 강녕하셨습니까."

"생각보다 좋지 않아요."

"돌아가는 상황을 전해 듣긴 했습니다. 믿기 어렵지만 일일이 부정할 수도 없는 노릇이죠."

"타이르에서는 얼마나 지원해 주실 수 있으신가요?"

율리아나는 최악의 상황을 가정하고 있었다.

페르노크가 필레나를 처형대에 올려놓고 왕위를 천명한 순간을.

경합이 끝나지 않았음을 밝히려 단신으로 들어가지도 못한다.

페르노크가 왕이 된 일루미나는 완벽한 사지일 테니까.

만약, 페르노크가 자신과의 약속을 저버리고 최악을 내세운다면, 율리아나 또한 맞받아칠 힘이 필요했다.

그녀가 기댈 곳은 타이르밖에 없었다.

"타이르는 숨통이 트였습니다."

"최전선의 상황이 좋게 흘러갔나요?"

"일루미나에 크리스 공작이 나타났다는 말 때문인지, 최전선을 압박하던 13작이 물러났습니다. 얀 왕자께서도 몸을 회복하시어 다시 전장에 복귀할 수 있게 되었죠. 최전선의 수복은 다시 진행되어가고 있습니다."

"그럼 얀을 이곳에……."

"한데, 전하께서 심려가 깊으십니다."

후견인과 같은 모르포가 굳은 표정이 되었다.

이토록 딱딱해진 그를 처음 보는지라 율리아나는 심장이 덜컥 내려앉는 듯했다.

"페르노크 왕자는 왕국군과 플레미르 공작을 등에 업었고, 이젠 르젠과 마법협회 그리고 성황국까지 굳건한 동맹을 체결했습니다. 타이르 만으로 역전시킬 방법이 있습니까?"

페르노크를 들쑤셨다간 성황국의 노여움을 살지도 모른다.

거기에 타이르에서 박대한 마법협회가 페르노크에게 붙었으니, 성황국과 마법협회가 연합한다면 라키스의 침공보다 더 큰 전쟁이 발발할 수 있다.

이 곤경을 뚫고 왕위에 도전할 방법이 있냐고 묻는다면 열에 아홉은 불가능하다고 할 것이다.

하지만 율리아나도 나름 생각해 놓은 방법이 있었다.

"타이르만으론 힘들지도 몰라요. 하지만 국경수비군대장 콘타를 우리 편으로 끌어들인다면 해 볼 만한 싸움입니다."

"콘타? 저 위에 벽을 치고 있는 장수 말입니까?"

"페르노크는 왕족과 귀족들을 모두 처벌하고 있습니다. 콘타는 반스의 심복, 필시 그의 처우도 바람 앞의 촛불이겠죠. 할 수만 있다면 도망치고 싶은 심정일 겁니다."

"페르노크에 대한 공포심을 우리에 대한 충성심으로 바꾸자는 말씀이십니까?"

"예. 국경수비군은 가히 10만에 이릅니다. 거기에 얀과 타이르의 대군이 합쳐지면, 성황국에서 병력을 파견하기 전에 일루미나의 왕성까지 밀어붙일 수 있어요."

"시도해 볼 만한 방법이군요."

"이미 사신을 보냈습니다. 콘타는 긍정적인 반응을 보내 줬지요."

"오오. 과연 왕녀님이십니다! 이만한 규모라면 전하를 설득해서, 타이르의 정예 2만을 더 추가 파병 요청할 수 있습니다. 이곳에 주둔한 3만에 2만을 더하고 얀 왕자께서 합류하신다면 저희도 해 볼 만한 싸움입니다."

"모르포 후작님께서도 계시잖아요."

"하하하, 쑥스럽군요. 부족한 실력이지만 왕녀님께서 왕위를 거머쥐도록 최선을 다하겠습니다."

"페르노크 곁에 대신관이 함께한다고 들었습니다. S3 마도사의 변수만 제거하고 싶은데, 방법이 있겠습니까?"

"외교로 처리하시죠. 저희도 성황국이 혹할 만한 제안을 준비하겠습니다."

율리아나가 웃으며 고개를 끄덕였다.

"믿고 있겠습니다."

"염려 마시길. 타이르는 절대 율리아나 왕녀를 저버리지 않을 것입니다!"

모르포의 자신감 넘치는 소리가 창창한 앞날을 비추는 듯했다.

근심을 내려놓은 율리아나가 페르노크의 소식을 전해 들으며 이를 갈았다.

'크리스 공작의 침공을 막고 왕성까지 진군한 행동력은 남다르구나. 하나, 무리한 출정은 병사들을 피폐하게 만들지. 그 지친 몸들로는 충분히 휴식한 이곳을 막지 못해.'

얀과 보르포라는 마도사까지 대동했다.

타이르가 성황국과 외교를 시도하는 즉시.

국경수비군 10만, 타이르 정예 5만, 도합 15만의 대군이 페르노크를 몰아칠 것이다.

* * *

타이르의 국왕 수이라가 왕좌에서 팔걸이를 내리쳤다.

"그게 무슨 소리야! 보급대가 습격을 받다니!"

"소, 송구하옵니다, 전하!"

"어떻게 된 일이냐고! 설마! 라키스가 보급대를 급습한 건가?"

"아니옵니다. 해적의 소행으로 사료되옵니다."

"해적? 보급대에 5천의 병력이 붙어 있는데, 어찌 도적 따위가 감히 노릴 수 있단 말인가! 그게 말이 된다고 생각해!?"

최전선으로 군수품을 보내기 위해 다시 선박을 사용했다.

마법 협회장이 새로 바뀌었고, 모든 이목이 일루미나에 집중된 상태여서 저번처럼 선박이 습격받을 위험은 없다고 판단했다.

라키스가 다시 침공할지 모를 상황에 신속한 군수품 보급으로 선박만 한 운송수단이 없었다.

한데, 선박이 또다시 침몰하며 수천의 병력과 보급이 바다에 가라앉았다.

수이라는 기가 막힐 노릇이었다.

협회, 르젠, 성황국, 라키스, 일루미나.

사실상 타이르 주변의 강성한 세력들은 일루미나 내전에 집중되어 있다.

어느 국가도 타이르의 선박을 급습할 기미가 보이지 않았다.

혹시나 몰라 예민하게 정보를 수집했지만 바다는 평온하기 그지없었다.

한데, 해적?

일개 해적단이 어찌 수천의 병력이 실린 보급 선단을 무너뜨린단 말인가.

"이…… 이 한심한……!"

수이라가 뒷목을 잡고 왕좌에 등을 파묻었다.

지금은 누가 습격했는지 파악할 겨를이 없다. 또다시 보급이 끊기게 생겼다.

가뜩이나 라키스의 침공으로 보급이 급한 최전선에서 다가올 혹독한 겨울을 어찌 보낼지부터 해결해야 했다.

"당장 보급품을 다시 확보해! 이번엔 시일이 얼마나 걸려도 육로를 이용한다!"

"예!"

재상이 식은땀을 뻘뻘 흘리며 보급을 확보하고자 나라의 모든 상인들을 불러 모았다.

하지만 가진 재고를 끌어모아도 최전선은커녕, 율리아나 쪽에 보낼 식량조차 부족했다.

수이라의 고민이 깊어지던 어느 날, 뜻밖의 귀인이 찾아왔다.

성황국의 대신관을 물리기 위해 외교를 요청한 자리에서 청의 신관과 그가 찾아온 것이다.

"오랜만에 뵙습니다. 저를 기억하시는지요, 전하."

"너는……!"

율리아나가 찾던 상인, 리오였다.

수이라가 청의 신관을 바라보자, 오히려 그는 리오에게 시선을 넘겼다.

"리오 상단주가 성황국의 대리인입니다."

"……!?"

"모쪼록 유익한 대화 나누시길."

청의 신관이 웃으며 자리를 비키자, 수이라가 황당하여 리오에게 물었다.

"어찌 성황국을 대신하여 이 자리에 나타났는가?"

"율리아나 왕녀님의 생각은 잘 알고 있었습니다. 국경 수비군까지 함께 모아서 왕성을 치려 하셨겠지요. 그리고 대신관님의 존재를 두려워하여 해결할 방법으로 외교적 실리를 고려하셨을 겁니다. 무력으로 해결하기엔 S3의 이름값이 너무 높지 않습니까."

정곡을 찔리자 수이라는 말문이 막혔다.

"필시, 일루미나보다 더 좋은 조건으로 성황국과 교섭하려 하셨겠지요. 하지만 그보다 편한 방법이 있습니다."

"편한 방법?"

"저희와 손을 잡으시지요, 전하."

수이라의 눈이 가늘게 좁혀졌다.

"그 말은…… 역시, 그대는 율리아나의 말처럼 페르노크의 측근이었군."

"예."

"한데, 왜 처음부터 우리에게 식량을 지원해 준 건가? 엄밀히 경합 상대 아닌가."

"율리아나 왕녀를 곤경에서 구하기 위함이 아닙니다. 이를테면, 전하와 친밀한 관계를 유지하고 싶었던 거지요."

"나와?"

"최전선 구축은 타이르의 염원입니다. 그리고 페르노크 '전하'께옵선 필레나를 단죄한 이후 수이라 전하의 뜻을 돕겠다고 말씀하셨습니다."

"……!"

"율리아나가 중간에서 무슨 장난을 쳤는지 모르겠습니다. 하지만 일루미나는 수이라 전하와 돈독하게 지내고자 합니다."

수이라의 머리가 빠르게 돌아갔다.

일루미나가 강대 세력들과 동맹관계를 구축하고, 페르노크는 이미 왕성을 점령했다는 사실을 알고 있다.

율리아나가 이를 역전하기 위해 갖은 계책을 궁리하지만, 리오의 제안보다 달콤하게 들리지 않는다.

"율리아나 왕녀와 얀 왕자의 혼인을 줄곧 생각하셨겠지만, 페르노크 전하께옵서도 아직 미혼이십니다."

"……!"

"끈끈한 관계로 발전할 여지가 많다는 뜻이지요."

수이라가 마른침을 꼴깍 삼켰다.

가뜩이나 라키스의 침공으로 뒤숭숭해진 마당에 또다시 일루미나와 충돌하여 병력의 공백을 만들 것인가.

아니면, 왕위가 결정된 페르노크와 손을 잡고 성황국, 르젠, 마법 협회에 이르는 거대한 동맹을 결성하며 라키스에 대항할 것인가.

그 과정에서 얻게 될 이득을 모두 고려해 보아도, 율리아나를 지원하는 게 마땅치가 않았다.

"우호의 표시로 군량미를 준비해 뒀습니다. 최전선의

겨울이 결코 혹독하지 않을 것입니다."

수이라의 고민이 사라졌다.

바보가 아닌 이상 누구와 손을 잡아야 할지 명확하다.

"한 가지, 제안이 있네."

"말씀하십시오."

"율리아나는 살려 주시게."

"얀 왕자 때문입니까?"

"율리아나가 죽는다면 얀은 단신으로 일루미나에 뛰어들 것이야."

"일루미나는 피하지 않습니다."

"뭐라?"

"송구하오나, 저희는 대등한 관계를 원하는 것이지, 눈치를 봐 가며 후환을 남기고 싶진 않습니다. 동맹은 모든 일이 깔끔하게 마무리 지어진 뒤에 체결되어야 마땅합니다."

"율리아나를 조용히 살게 하면 될 게 아닌가!"

"국경수비군을 끌어들여 일루미나를 치려 하는 여장부이옵니다. 조용히 산다는 게 가당키나 하겠습니까?"

"그래도 혈육인데 지독하군."

"왕좌에 피가 묻지 않은 적이 있을까요? 해야 할 일은 단호하게 판단해서 결정해야 합니다. 수이라 전하께옵서도 얀 왕자의 눈치를 너무 보신다면 어찌 강력한 왕권을 자랑한다 할 수 있겠습니까."

"으음……."

"감정에 휩쓸려 대의를 저버리지 않는 분이라 믿고 있습니다. 그럼, 결정을 끝내는 대로 일루미나에 서신을 한 통 넣어 주십시오."

리오가 가볍게 목례하고 자리에서 일어났다.

수이라가 옅은 한숨을 내쉬며 물었다.

"한데, 자넨 어떻게 율리아나의 감시망을 피했나?"

"굴을 팠습니다. 지하를 뚫고 나가는데 일가견 있는 장인들이 많아서요."

"지하…… 지하…… 허어."

위만 보고 아래를 살피지 못했던 율리아나의 실책이 뼈저리게 느껴졌다.

하지만 그보다 더한 실패는 리오의 세력을 사전에 간과했다는 것이다.

저택을 탈출한 리오는 곳곳에 거점을 만들어 육상으로 이동하는 보급대를 경계했다.

또한 부유성과 이종족들을 이용해 해상 선단을 함께 처리하도록 명했다.

곧 겨울이 다가오니 반드시 최전선에 대규모 보급이 이어지리라는 판단이었고, 예상은 보기 좋게 적중했다.

강대 세력들을 염두에 두던 수이라는 리오에게 제대로 얻어맞은 것이다.

하지만 그 사실을 모르는 수이라로선 유일한 구원인 리

오의 손을 잡을 수밖에 없었다.

"페르노크 왕이 분명 미혼인가? 약혼자도 없는 건가?"

"워낙 정무에 바쁘신 분인지라……."

"알겠네. 하면, 율리아나의 병력 지원을 끊으면 되겠나?"

"아뇨. 그대로 진행하시죠. 그리고 중요한 순간에 병력을 물리시면 됩니다."

"중요한 순간이 언제를 말함인가?"

"율리아나 왕녀가 병력을 모두 이끌고 국경을 넘어 왕성에 칼을 들이댄 그 순간입니다."

역모.

그보다 완벽한 처형 죄목은 없을 것이다.

"페르노크 왕의 생각인가?"

리오는 말없이 웃었다.

"하아, 알겠네. 서신을 쓸 테니 가지고 가시게."

"성은이 망극하옵니다, 전하!"

수이라가 장문의 서신을 왕의 인장으로 봉하여 리오에게 전했다.

리오가 서신을 품에 안고 나오자, 청의 신관이 웃으며 물었다.

"대단한 참모 한 명 붙여 준다고는 들었습니다만, 왕의 혼사까지 신경 써 줄 줄은 몰랐습니다."

"혼사? 아, 이 안의 대화를 들으셨습니까?"

"제가 귀가 좀 밝아서요."

리오가 피식 웃었다.

능글맞은 성품이 성황국의 신관답지 않았다.

'성황국과 동맹을 맺었다면 미리 말씀해 주시지.'

플랜 B는 율리아나가 대신관을 경계하는 수단으로 외교를 택할 때, 리오가 신관과 함께 사절단으로 나타나는 것이다.

하여, 왕을 직접 대면하고 페르노크의 굳건함으로 율리아나와 타이르를 갈라놓으면 성공이다.

청의 신관이라는 신관 계급이 함께해 준 덕분에 일이 수월해졌다.

"수이라 국왕을 단꿈에 부풀게 하려는 의도일 뿐입니다."

"진짜 연결해 주는 게 아니라?"

"페르노크 전하께옵선 혼례가 강력한 무기라고 하시더군요. 미혼의 젊은 왕을 탐하는 세력들에게 혼사만큼 좋은 방법도 없다고요. 해서, 전쟁이 마무리될 때까지는 이곳저곳 잘 써먹으라 하셨습니다."

"저번에도 느꼈지만 참 수완이 좋습니다."

"칭찬으로 듣겠습니다."

리오가 웃으며 궁을 나섰다.

이제부턴 숨어 다닐 필요가 없다.

타이르의 병력이 율리아나에게 전해진 순간, 그녀는 불

속에 뛰어드는 나방처럼 페르노크를 찾아갈 것이다.

그리고 날갯짓을 펼치지도 못한 채 쓰러질 것이다.

* * *

페르노크가 리오에게서 도착한 서신을 살폈다.

협상은 무사히 끝났습니다.
율리아나는 사지로 기어들어 오게 될 것입니다.

그 옆에 수이라 국왕의 봉서가 함께 있었다.

동맹과 혼사에 대한 은근한 물음을 적당히 읽은 뒤, 페르노크가 자리에서 일어났다.

그리고 왕관을 들어 올렸다.

3대째부터 잘못 이어져 내려오던 왕위 선출 방식이 지금에 이르러 다시 원래 자리로 돌아간다.

"전하, 처형식 준비가 끝났습니다."

"고생했군, 공작. 그리고 타이르는 율리아나를 버렸다."

"수이라 국왕이 결국 전하를 택하였군요."

"슬픈가?"

"마지막 왕족입니다. 초야에 파묻힐 기회를 주실 수는 없는 겁니까?"

"앞으로 이 나라의 질서를 바로잡고 싶다면 항상 유념하도록."

페르노크가 굳은 표정의 플레미르에게 무미건조한 목소리로 말했다.

"후환은 결코 남겨 두지 않는다."

플레미르가 눈을 질끈 감으며 옆으로 물러났다.

페르노크는 왕관을 쓰고 처형 검을 뽑아 들며 대전을 나섰다.

백성들이 모인 광장 위.

긴 처형대에 일루미나의 모든 왕족과 귀족들 그리고 필레나가 목을 내놓고 있었다.

측근들이 삼엄한 경계를 펼치는 길을 걸어 페르노크는 처형대에 올라섰다.

포르라가 창백한 안색으로 외쳤다.

"사, 살려다오! 우린 형제이지 않느냐!"

페르노크가 피식 웃었다.

"나는 반스가 너를 찔렀다는 사실을 지금 알았어!"

"나도 너에게 개인적인 원한은 없다. 의뢰인의 한을 달래는 복수극을 여기서 끝낼 수도 있지."

"하, 하면……."

"하지만 너희가 훗날 내게 왕위를 탐하러 오지 않을 거라고 장담할 수 있나?"

페르노크가 처형 검을 들어 올렸다.

"내가 세울 나라에 너희처럼 나라의 근본을 뒤흔드는 버러지들은 필요 없어."

처형검이 포르라의 목을 내리그었다.

피가 사방으로 솟구치며, 왕족과 귀족들의 비명이 난무하는 처형대로 페르노크의 엄숙한 울림이 파고들었다.

"지금부터 처형을 집행하겠다!"

백성들의 이목이 집중되자 페르노크는 왕족과 귀족들의 죄목을 낱낱이 외쳤다. 그리고 처형 검이 단호한 선을 그리며 죄인들의 목을 베어 나갔다.

* * *

어느 누가 일루미나의 수백 년 역사를 함께 이어 온 혈통들이 쉽게 죽어 갈 거라고 생각했겠는가.

왕족과 귀족들의 목이 떨어질 때마다, 백성들은 믿지 못할 광경에 소리를 삼켜 나간다.

반면, 단상의 왕족과 귀족들은 옆에서 사람이 죽어 나갈수록 괴성을 내질렀다.

"꺄아아악!"

"사, 살려 주십시오!"

"충성을 다하겠습니다, 전하!"

페르노크가 애원하는 그들을 무심히 베어 나갔다. 이젠 그들의 죄목이 백성들의 귓가에 울리지도 않았다.

공포에 질린 자들은 어금니만 딱딱 부딪친 채 그대로 형장의 이슬이 되었다.

어느덧, 침묵하는 광장 한복판에 페르노크의 걸음 소리만 들려온다.

무수한 인파들의 시선이 줄곧 침묵하고 있던 마지막 죄수에게 향했다.

페르노크의 검이 필레나의 목 앞에 멈췄다.

"꼴에 마지막 자존심이라도 부리는 건가. 살려 달라고 애원할 줄 알았더니, 보기보단 담력이 좋군."

"……저주받을 사생아."

필레나가 고개를 올려 페르노크를 노려보았다.

"내 왕의 방탕함을 익히 알고 있었으나, 너와 같은 사생아를 둘 줄은 상상조차 못 했다. 반스가 사생아들을 죽인다고 하였을 때, 나 또한 기꺼이 움직였어야 했다! 그랬다면 이 나라가 망조에 접어들지 않았을 것이야!"

"하하하, 이미 강대국들의 노리갯감이 되었거늘, 어찌 너희가 잡은 왕권이 일루미나의 대세라고 판단하였느냐. 참으로 어리석고 주제를 모르는 생각이로구나."

"네놈은 경합을 제대로 치르지도 않았다! 일루미나의 역사와 전통을 부정하는 네놈이 어찌 감히 왕국의 정통성을 입에 담는단 말이냐!"

"경합은 애초에 잘못 만들어진 역사다. 반스 같은 겁쟁이가 왕위를 이어받는, 진정한 의미를 모른 채 지어낸 거짓에 불과하지."

"그렇게 믿고 싶은 거겠지. 그리고 지금 말한 것처럼 거짓된 역사를 새로 지어내겠지."

"어리석음이 도를 넘어섰구나. 하긴, 네놈들이 진실을 알았다면 왕의 인장부터 걸고넘어졌었겠지."

필레나가 미간을 찌푸렸다.

"왕의 인장?"

"내가 어떻게 왕국군을 무사히 반스에게 보냈을까. 왜 국경수비군은 움직이지 않는 걸까. 이런 이유들을 생각해 본 적이 있나?"

그러고 보니 페르노크가 말한 사건들은 항상 왕이 명령을 하달해야 가능하다는 공통점이 있다.

"나도 가지고 있어. 제대로 된 인장을."

"뭐……?"

"2대 왕 바몬트가 진짜 인장을 숨겨 놓고 차대의 왕에게 이를 찾으라 명하였다. 하지만 3대는 바몬트의 명을 거역하고, 가짜 인장을 만들어 왕의 무덤을 찾으라는 경합을 지어 냈지."

"어디서 헛소리를……."

필레나가 말을 잇지 못했다.

페르노크가 품에서 슬쩍 보인 물건.

왕의 인장이 반짝거리고 있었기 때문이다.

"덕분에 쏠쏠한 재미를 보았다. 어느 누구도 인장을 의

심하지 않아서 참 다행이었어."

필레나의 눈동자가 거칠게 흔들렸다.

믿기지 않는 현실이 눈앞에 다가오자 평정을 가장했던 혼란이 불쑥 치솟은 것이다.

"죽어서 내 의뢰인을 만나거든, 그 미련을 무사히 끝냈다고 전해 다오."

무슨 말인지 알 수 없었다.

의아함이 담긴 시선이 페르노크에게 향할 때, 메마른 빛이 번쩍였다.

서걱!

침묵이 감도는 광장에 날 서린 소리가 파고들었다.

필레나의 목이 단상에서 굴러떨어졌음에도, 백성들에겐 적막만이 감돌았다.

페르노크가 몸을 돌려 백성들을 바라보았다.

"필레나와 반스 그리고 수많은 왕족과 귀족들은 나라가 곤궁한 시기에 외적을 들여 자국의 백성을 해하려 하였다! 나 페르노크는 비록 사생아였으나, 왕족의 피에 새겨진 책무를 다하고자 이 자리에 섰으니 감히 선언하노라!"

페르노크가 처형검을 내리꽂자 웅혼한 울림이 퍼져 나갔다.

"국경수비군을 이용해 다시금 왕성을 침탈하려는 율리아나 왕녀를 저지하고 이 나라를 처음부터 뜯어고치겠다! 하여, 새롭게 태어날 왕국은 백성과 함께 살아 숨 쉬는 사람을 위한 나라가 될 것이다!"

그 순간, 광장에 도열한 측근들이 엄숙한 표정으로 자세를 잡으며 외쳤다.

"페르노크 전하께 왕국의 영광을!"

"페르노크 전하께 왕국의 번영을!"

"페르노크 전하께 왕국의 용맹을!"

"페르노크 전하께 왕국의 믿음을!"

그들이 한목소리로 고했다.

"우리의 목숨과 충의를 다하여 전하께 왕국의 미래를 바치겠나이다!"

동시에 무릎 꿇는 수하들을 내려다보며 페르노크는 고개를 끄덕였다.

"왕국의 반역자를 처단하고 우리의 영광을 이 땅에 세우리라!"

그리고 더 퍼스트를 검의 형태로 바꿔 태양을 찌를 것처럼 높이 치켜세웠다.

"전군! 출진한다!"

* * *

율리아나는 왕성에서 벌어진 참극을 전해 들었다.

"다음은 우리 차례입니다."

국경수비군대장 콘타와 부관들이 굳은 표정으로 막사에 앉아 있었다.

그들은 필레나가 처형대에 올라간다는 소식을 들은 뒤부터 적극적으로 율리아나와 얘기를 나눴다.

다음은 자신들의 차례가 될지도 모른다는 불안감이 처형 소식으로 확산되었다.

그리고 그들은 국경 앞에 집결하는 타이르 군대를 보자마자 율리아나와 협상에 들어갔다.

"콘타 대장님은 어찌하시겠습니까?"

"오히려 왕녀님께 묻고 싶군요. 저희와 함께 뭘 할 생각이십니까?"

"국경수비군 10만에 타이르 5만을 더해서 왕성을 칠 것입니다."

"하오나, 저곳엔 마도사가……."

"우선, 성황국과 거래가 잘 끝나 대신관은 일루미나에서 물러난다고 들었습니다."

"……그, 그게 사실입니까?"

"수이라 전하께서 장담하셨습니다."

"그렇다면 남은 마도사들은요?"

"페르노크와 플레미르 공작은 저희 측의 마도사로 대응하겠습니다. 여기 계신 모르포 후작님과 이제 합류할 얀 왕자입니다."

"얀…… 왕자?"

"제 약혼자이고, 타이르의 마도사를 삼키는 마법사입니다."

"……!"

"이제 와 감출 게 있겠습니까. 저는 오래전부터 군부를 존중해 왔습니다. 강력한 군권으로 일루미나를 강하게 만들려는 의지가 강했지요. 그리고 콘타 대장님은 언제고 제 파벌에 모시고 싶었습니다. 비록, 반스 때문에 기회가 없었지만요."

콘타가 헛기침을 흘렸다.

율리아나가 피식 웃으며 콘타를 응시했다.

"제가 한때, 페르노크와 손을 잡았던 것처럼 이미 지난 일입니다. 앞으로 전 콘타 대장님과 왕국에서 많은 일을 진행하고 싶습니다."

"그렇지요. 유일하게 남은 '정통' 아니겠습니까."

"대장님께서 도와주신다면 일루미나에 우리가 못 할 일은 없습니다."

"하면……."

부관들과 시선을 마주친 콘타가 고개를 끄덕였다.

"함께 손을 잡아 왕성을 침공하는 대가로 공작의 작위를 보장해 주시고, 저를 따르는 이들을 귀히 여겨 주십시오."

"모두 작위를 원하는 겁니까?"

"가능하다면 영지도 함께 얻고 싶습니다."

욕심이 지나치다.

하지만 율리아나는 콘타와 손을 잡을 수밖에 없었다.

그녀도 자신의 가치가 일루미나의 왕녀일 때만 있다고 판단했다.

왕위를 얻지 못하는 순간 타이르에 버림받을 건 불 보듯 뻔한 일이다.

'국경 수비군을 타이르에 바칠 수도 없는 노릇이지.'

차라리 10만 대군을 타이르에 귀화시키는 방법도 생각해 봤었다.

그 군대의 통솔을 자신이 한다면, 비록 왕위는 얻지 못하더라도 타이르에서 좋은 대우를 받을 거라 생각했었다.

하지만 페르노크의 동맹군이 문제다.

그들이 모든 정비를 끝마치고 타이르에 국경수비군을 명분 삼아 쳐들어온다면 그 화를 감당하기 버겁다.

차라리 지금 라키스의 습격으로 르젠과 마법 협회가 정비를 가져야 하는 이 시기에 페르노크를 찌르고 들어가야 했다.

페르노크도 반스와 충돌하여 다량의 병력 손실이 있었다.

왕위를 얻을 유일한 기회는 페르노크와 동맹군이 제대로 정비하지 못한 이 순간뿐이다.

"좋습니다. 제가 왕위를 얻게 된다면 약속드리죠."

"왕녀님의 선택 후회하지 않도록 최선을 다하겠습니다."

"목숨을 거셔야 할 겁니다. 우린 이제 물러날 곳이 없습니다."

콘타가 비장한 표정으로 외쳤다.

"알겠습니다. 한데, 언제 출정하실 생각이신지?"

"국경 안에 르젠 군이 있다고 들었습니다. 우선 현재 병력들로 밀어붙여 르젠 군을 밀어내고, 거점이 될 만한 성들을 집어삼키죠. 그리고 얀 왕자가 2만 병력을 끌고 오는 즉시 총공세를 가할 겁니다."

"전진 기지로 삼을 만한 성들을 몇 개 알고 있습니다."

"바로 움직이도록 하죠."

콘타와 율리아나는 병력을 재정비했다.

타이르 병사들은 문제없었지만, 국경수비군에는 약간의 혼란이 있었다.

병사들도 왕성에 무슨 일이 벌어지는지 듣고 있었다.

반역에 가까운 행위라고 여기는 말들이 나오자 콘타가 직접 나서서 외쳤다.

"페르노크 왕자는 정당한 경합을 거부한 채, 무력으로 왕위를 갈취하였다. 하나, 그것이 어찌 진정한 왕이라 할 수 있겠느냐! 경애하는 필레나 여왕마저 숙청하고 피로 얻어 낸 거짓된 권리를 우리 손으로 되찾아 놓는 것이다! 우리 손으로 직접 이 나라의 근본을 바로잡아야 한다!"

율리아나까지 나서서 국경수비군을 통제했다.

악한 소문을 퍼트리는 자들을 즉시 처형하겠다고 나서자 어느 누구도 왕성의 소문을 입에 담지 않았다.

의아함과 혼란이 씻겨 나가기도 전에 수비군은 율리아나의 지휘를 받아들여야 했다.

그녀가 기존 타이르 3만군을 앞세워 수비군과 르젠의 포위망부터 뚫으려 했다.

"……?"

한데, 내부에서 국경수비군을 압박하던 르젠 군이 사라졌다.

다소의 출혈을 감수하고, 직접 선두에 서서 용맹함으로 국경수비군을 통솔하려 했던 계획 하나가 틀어졌다.

하지만 병력 손실이 일어나지 않자, 오히려 그것을 기회로 여기며 계속 진군했다.

"하늘이 곧 우리를 비추고 있으니! 거짓된 페르노크의 왕관은 다시 제자리를 되찾을 것이다!"

전장에서 승리는 곧 사기로 직결된다.

르젠군이 겁을 집어먹고 도망쳤다는 소문을 퍼트리며 수많은 성들을 점령해 나갔다.

국경수비군은 점점 자신들이 진정 왕국의 역사를 써 나가는 것이 아닌가 하는 착각에 빠졌다.

너무나도 수월하게 일이 진행되어 가자, 콘타는 율리아나의 전술을 철석같이 믿게 되었다.

'그래. 저놈들도 라키스와 싸워서 지쳐 있을 거야. 율리

아나 왕녀의 말처럼 병력 정비 중인 이때가 처음이자 마지막 기회다!'

어느새 율리아나와 나란히 말을 몰고 가는 콘타.

그는 내친김에 국경에 진을 치고 있는 2군까지 동원했다.

더는 간을 보지 않아도 되겠다고 판단하며 전군을 총공세로 전환한 것이다.

"후작님, 왕성의 동향은 어떻습니까?"

"저희 정보에 따르면 페르노크가 직접 군사를 모으는 중이라고 합니다."

"아직도 왕성에서 출발하지 않았다는 겁니까?"

"뭔가 문제가 생긴 것 같습니다."

모르포는 타이르의 정보력을 이용해 이 왕위 탈환군의 정보를 모두 담당하고 있었다.

콘타가 곁에서 타이르의 정보를 듣곤 고개를 갸웃했다.

"이상하군요. 벌써 5개의 성을 넘었습니다. 한데, 아직도 왕성이라고요?"

"몇 번이고 검토한 사항입니다, 콘타 대장님."

"모르포 후작님, 저희 쪽에서 왕성에 사람을 보내 볼까요?"

"지금 타이르의 정보망을 의심하는 것입니까?"

콘타가 헛기침을 하며 답했다.

"크흐흠, 그런 게 아니라. 너무나 조용하니 다른 꿍꿍이는 없는지 우리도 확인해 보겠다는 겁니다. 혼자서 왕성의 동향을 파악하는 것도 피곤해 보이시고……."

"괜찮으니 국경수비군은 힘을 아껴 두십시오. 정보전은 우리 타이르가 자신 있어 하는 분야입니다."

"후작의 말이 맞아요. 왕성에서 페르노크가 출발하지 않았다면 필시, 동맹과 관련된 문제가 발생했다는 뜻일 겁니다."

모르포의 의견을 덧붙이며 율리아나가 씨익 웃었다.

"왕성 근처에서 진을 쳐도 되겠군요."

"한데, 왕녀님. 얀 왕자를 기다린다고 하지 않았습니까?"

"동맹과 관련된 일이겠군요. 우리에겐 호기입니다. 좀더 속도를 올리도록 하죠!"

페르노크에게 무슨 문제가 발생했는지 신경 쓸 겨를은 없었다.

왕성에서 그가 출발하지 못했다면 이쪽은 한시라도 빨리 더 많은 거점을 확보해서, 보급을 원활하게 만들 뿐이었다.

율리아나의 기세는 가히 하늘을 찌를 듯했다.

보름 만에 왕성으로 향하는 최단 길의 성들을 모조리 삼켰다. 큰 충돌 한 번 겪지 않은 병력들의 상태도 몹시 좋았다.

'해볼 만해.'

아직 얀이 도착하지 않았건만, 왕성에 페르노크가 있다는 사실만으로 율리아나는 더 많은 성들을 점령하기에 이르렀다.

그렇게 보름이 지났을 무렵이었다.

마지막 거점으로 삼으려 했던 성에 도착한 순간, 율리아나는 고개를 갸웃했다.

"왜……?"

성에 페르노크의 깃발이 휘날리고 있었다.

언뜻 보아도 3만은 가볍게 넘길 대군이 수성하는 중이었고, 성문 앞에서 한 사람이 걸어오는 중이었다.

페르노크였다.

그가 검을 뽑아 들며 외쳤다.

"율리아나 알 일루미나는 왕족의 신분을 이용하여 국경수비군을 선동하고, 일루미나의 성들을 침략, 정복하여 왕국을 전란에 빠뜨렸다! 그 죄는 외적을 끌고 온 반스와 비견될지니, 이에 본 왕은 율리아나와 국경수비군 대장 콘타 그리고 귀족들을 참하여 왕국의 기강을 바로 세우겠노라!"

율리아나가 황급히 고개를 돌렸다.

"후, 후작님? 페르노크는 왕성에……?"

"죄송합니다. 왕녀님."

모르포가 지휘봉을 들어 올리자 나팔소리와 함께 타이르 병력들이 옆으로 빠지기 시작했다.

율리아나는 물론 콘타와 그 부관들까지 뜬금없는 상황에 멍한 시선을 보냈다.

"타이르는 페르노크 전하와 좋은 관계를 이어 나가도록 하겠습니다."

"뭐, 뭐라구요?"

"이는 수이라 전하의 뜻입니다. 그리고 지금 얀 왕자는 왕성에 있을 것이니, 행여나 기다리지 마십시오."

"후, 후작…… 님?"

모르포는 당황하는 율리아나가 딱 했는지 혀를 차며 말했다.

"왕녀님께서 놓치셨던 그 상인이 페르노크 왕의 측근이었습니다. 그리고 왕의 입장을 직접 수이라 전하께 표명하였지요. 수이라 전하는 이에 긍정적인 답을 보내셨고, 율리아나 왕녀님을 버리라 하셨습니다."

"……!"

"저는 페르노크 전하께서 이곳에 진을 칠 동안 정보를 독점하여 왕녀님의 귀를 현혹시키라는 명을 받았습니다. 르젠과 마법 협회까지도 필요 없습니다. 지금 저 성엔 S3의 마도사가 함께하고 있으니까요."

"다, 당신이 나한테 어떻게……?"

"본디 국가의 이익이란 바람에 휘날리는 갈대와도 같아서, 자국에 이익이 되는 쪽으로 넘어가기 마련입니다. 그동안 고생하셨습니다, 왕녀님."

모르포가 타이르 병력을 본대에서 뚝 떼어 서쪽에 진을 치기 시작했다.

뒤늦게 상황을 파악한 콘타가 얼굴을 붉게 물들이며 타이르를 치려는 순간.

콰아아아아앙!

페르노크가 걸어오는 지형들이 붕괴되기 시작했다.

차마 입에 담기도 어려운 가공할 마력.

그리고 그 몸 주위로 이해하기 어려운 무언가가 감싸고 있다.

전신무기화 상태에 접어든 페르노크가 단신으로 10만 대군으로 걸어갔다.

"어디까지 가능할지 확인해 보고 싶군."

서늘한 목소리가 파고들어 오자 율리아나의 등줄기는 뻣뻣해졌다.

"마지막까지 발악해 다오."

30…… 31…… 32…….

더 퍼스트의 순환이 필레나를 맞받아칠 때보다 증폭되어 간다.

지금의 한계가 어디인지 시험해 보고 싶다는 듯 가볍게 휘두른 검이 대기를 일그러뜨렸다.

* * *

모든 나라엔 건국 신화가 있다.

라키스는 산에 은거하던 기인이 검을 들고 나타나 악을 물리치고 왕이 되었으며.

성황국은 세 명의 사제들이 신탁을 받아 성스러운 곳에 터전을 세웠고.

타이르는 바다를 다스리는 신에게서 창을 받은 어부가 나라를 탄생시켰다고 하였으며.

르젠은 광활한 산맥을 호령하던 신수가 왕에게 고개를 조아려 나라의 부흥을 알렸다.

그리고 일루미나의 초대 왕은 봉인이라는 특별한 힘으로 모든 재액을 물리치며 만인의 추대를 받아 왕이 되었다고 전해져 온다.

페르노크가 생전에 살았던 나라도 마찬가지였다.

시대를 거슬러 내려온다 한들 모든 나라엔 저마다 부흥을 노래하는 왕의 위엄이 자리 잡고 있다.

새로운 나라를 탄생시켜야 하는 페르노크에게도 전설 같은 '신화'가 필요했다.

라키스에 침공당한 왕이라는 오명보다.

세계의 최초라는 용병왕이라는 허명보다.

영웅적이고 압도적인 위엄.

명계에서 흔히 격이라 부르는 특별한 말을 갈구한다.

하여, 페르노크는 마지막 대상으로 율리아나를 지목했다.

그녀가 10만이 넘는 대군을 이끌고 여러 성을 정복하며 나라를 위협하는 악이라 명시하고.

페르노크가 단신으로 그들을 단죄하여 왕의 위엄을 내세운다.

압도적인 차이를 선보이고자 짜 놓은 판에 율리아나는 보기 좋게 걸려 들었다.

타이르가 옆으로 물러난 지금 거리낄 것은 더 이상 없었다.

우우우웅!

10만의 대군을 앞에 둔 아티펙트가 진한 울음을 토한다.

전신 무기화 상태에 돌입한 지금 적군의 모든 공격은 페르노크의 힘으로 전환된다.

"오라."

무미건조한 말이 확신을 담아 율리아나의 귓가에 파고들었다.

먼 거리에서 달싹거렸음에도 그 의미가 확실히 전달되었다.

단신으로 10만 대군을 물리치고 율리아나도 죽이겠다는 서늘한 의지였다.

모르포가 배신한 지금, 그녀에겐 다른 선택지가 없었다.

"돌격하세요."

"왕녀님!"

"타이르가 우릴 배신했어요! 페르노크가 처음부터 이 판을 짰단 말입니다! 여기서 물러날 수도 없을뿐더러, 얌전히 죽을 생각도 없어요!"

율리아나가 7레벨에 달하는 마력을 흘려보내며 결연히 외쳤다.

"실낱같은 희망이 있다면, 오만한 페르노크의 목을 베는 것뿐입니다!"

콘타가 이를 악물며 지휘봉을 높게 들어 올렸다.

청색 기가 펄럭이며 준비된 진형이 가동되었다.

중갑기병을 앞세워 적군을 유린하고 보병을 진입시킨 뒤, 마법사의 지원을 받는 쐐기진의 형태였다.

히히히힝!

말이 발굽을 높게 치켜들며 우렁찬 울음을 퍼트렸다.

이윽고 수백의 기병이 돌진했다.

상대는 수만 대군이 아닌 고작 개인이었다.

하지만 치켜세운 랜스에 가벼운 떨림조차 없었다.

그 어느 때보다 신중하고 정확하게 목표를 꿰뚫으려 했다.

콰아앙!

비명은 없었다.

한 수에 중갑기병은 흔적도 없이 사라졌다.

대지를 짓밟았던 발굽만이 그들이 생전에 살아 있었음

을 증명했다.

페르노크가 35번째 순환을 끝마치며 외쳤다.

"오라!"

그 순간, 율리아나와 콘타는 오싹한 소름이 돋아 비명 같은 소리를 내질렀다.

"진격하라!"

새로운 기병들 수천이 나섰고, 수만의 보병들이 뒤를 따랐다.

허공에선 화살과 마법이 빗발쳤으며, 율리아나도 콘타 와 함께 전장으로 돌진했다.

개인에게 개미 떼 같은 단체가 시꺼멓게 몰려드는 모습 은 위에서 지켜보는 이들을 아찔하게 만들었다.

하지만 페르노크가 40번째 순환을 끝냈을 때, 모든 이 들이 넋을 놓고 말았다.

콰아아아아아−!

소나기처럼 내리치는 공격들까지 전신으로 머금어 순 환에 더한 페르노크가 빛을 터트렸다.

그것은 마치 새벽녘에 드리우는 햇살과도 같았다.

산 너머에서 떠오른 햇살이 세상에 빛을 뿌리는 것처럼 아주 조심스럽게 검에서 시작된 빛이 어느새 세상을 뒤 덮었다.

거칠게 달려오던 기병들.

창을 내찌르려는 선두의 보병들.

허공의 무수한 마법과 화살.

그리고 수많은 마법사들.

페르노크에게 가까워지던 모든 것들이 빛에 닿자마자 사라졌다.

"……."

율리아나가 저도 모르게 무릎을 꿇고 말았다.

단 일격에 수천이 죽었다.

남은 병력이 수만이다.

재차 진격을 명할 수 있다.

하지만 방금의 장엄한 광경이 그녀의 의지를 앗아 갔다.

페르노크가 마도사인 것은 알고 있었다.

어쩌면 S2가 됐을지도 모른다고 가정했었다.

그것까지 상정하고 만든 진형이다.

비록 모르포가 배신하여 헝클어졌다고 해도, 속수무책으로 당할 10만 대군이 아니었다.

오랜 세월 일루미나의 국경을 지켜왔던 정예들이 흔적도 남기지 못하고 죽어 가는 모습은 그녀가 상정한 어떤 상황에도 포함되지 않았다.

묵묵히 걸어오는 페르노크를 아무도 막지 못했다.

아니, 막으려 하지 않았다.

온몸에 희끄무레한 빛이 감도는 그가 마치 전장을 호령하는 신처럼 보여서 그들은 무기를 내렸다.

"더 격렬히 저항할 줄 알았건만."

그를 감싸던 희끄무레한 빛이 사방에 터져 나갔다.

　이윽고 그것은 이 일대를 집어삼키는 거대한 공간이 되어 다시 한번 많은 이들을 전율케 하였다.

　"겨우, 이게 끝이냐?"

　무심한 목소리가 폐부를 훅 찌르고 들어왔을 때, 그녀는 반사적으로 마법을 내질렀다.

　하지만 마법은 페르노크의 옷자락조차 스치지 못한 채 소멸되었다.

　'압도적인 무력 앞에선 그 어떤 전략과 전술도 무의미하다.'

　페르노크를 마주하고 나서야 율리아나는 처음 군략을 배운 순간의 기억을 떠올릴 수 있었다.

　설마, 그 대상이 자신과 처음으로 동맹을 맺었던 사생아일 거라곤 상상치도 못했지만 말이다.

　"처음부터 이럴 생각이었구나."

　"서로 한시적 동맹이라고 생각하지 않았나?"

　"경합을…… 우습게 여긴 것이냐?"

　"네가 아는 경합은 처음부터 존재하지 않았어."

　페르노크가 검 끝을 율리아나 목에 겨눴다.

　"시대를 막론하고 왕이란 그 나라를 부강하게 만드는 자가 되어 마땅하다. 무덤 하나 찾아서 왕이 된 놈들이 수두룩하기 때문에 결국 일루미나는 이 지경까지 오게 된 거야."

말에 실린 의미 하나하나가 비수와도 같이 율리아나 가슴에 꽂혔다.

"나에 대한 공포심으로 국경수비군을 꿰어 낸 것까진 나쁘지 않았다. 하지만 네가 할 수 있는 생각을 내가 간과했을 거라고 여겼나. 최고의 전술을 알면서도 막지 못하는 것이라 보는데, 너는 그 상황에서 내 예상을 뒤엎는 무언가를 전혀 하지 못했어."

"하여, 모르포를 꿰어 낸 건가?"

"타이르가 손쉽게 나와 손을 잡아 주더군."

"얀이 가만있지 않을 거야."

"네가 얀을 각별히 사랑하는 건 알고 있다. 그리고 그얀이 왕이 될 거란 사실까지도."

"타이르가 너를 칠 것이다."

"그러길 바라고 있다."

페르노크의 입꼬리가 쓰윽 말아 올려졌다.

"난 일루미나에서 끝낼 생각이 추호도 없어."

"호…… 호호호호호호!"

적막이 감도는 전장에 실성한 웃음소리가 널리 울려 퍼졌다.

"그랬구나. 그랬던 거였어. 하나, 너의 그 선택이 결국 너의 목을 옥죄고, 이 땅을 병들게 할 것이다!"

"이미 한 번 무너져 봤기에 같은 실수를 되풀이하지 않아. 너희 왕족이 만들어 준 이 형국은 내가 아주 유용하게 사용해 주마."

율리아나가 피눈물을 흘리며 외쳤다.

"내 죽어서 지켜보마! 네놈이 일궈 놓은 모든 것들이 산산조각 나는 모습을!"

"그럴 여유는 없을 거야."

페르노크가 씨익 웃으며 손아귀에 힘을 실었다.

"내 적이 된 놈들은 모두 명계에서 복잡한 과정을 거치게 되거든."

그리고 가볍게 휘두른 검이 율리아나의 목을 베었다.

"너는 환생을 할 수 있을지 없을지부터 걱정해야 할 것이다."

그것이 율리아나가 하계에서 들은 마지막 목소리였다.

이윽고 그녀의 영혼이 명계로 치솟았다.

힘을 잃은 육신이 땅에 떨어졌을 때, 페르노크가 검을 털어 내며 좌중을 둘러보았다.

"나는 이 나라의 부도덕함을 알고, 직접 검을 들어 삿된 거짓을 바로잡으려 하였다! 하나, 국경을 지켜 마땅할 자가 감히 역도에게 놀아나 왕에게 검을 들었고, 너희를 선동하여 나라의 국력을 쇠하게 하였다!"

페르노크가 검을 지면에 내리꽂자 공간에 전해진 마력이 소리와 맞닿아 웅장한 울림을 퍼트렸다.

"르젠과 타이르 또한 나의 정당함을 인정하거늘. 너흰 어찌하여 진정으로 받들어야 할 새로운 왕에게 검을 겨

누느냐! 당장 무기를 버리고 지난날 잘못의 용서를 구하
거라! 하면, 나는 진심으로 너희를 나의 백성으로 여기고
가엾게 살피겠노라!"

"저, 저자가 하는 말을 듣지 마라……!"

페르노크의 손목이 움직인다 싶은 순간.

서걱!

한 번에 콘타를 포함한 부관들의 목이 떨어져 내렸다.

그리고 성 내에서 승전을 알리는 나팔이 울려 퍼지자,
수만의 국경수비대가 저항할 의지를 상실하고 무기를 내
려놓았다.

"저, 전하를 뵈옵니다!"

"전하께 영광을!"

"일루미나의 미래를!"

눈치 빠른 자들이 앞다퉈 고개를 조아리니, 수만 대군
이 물결치듯 페르노크에게 경의를 표하였다.

* * *

페르노크는 준비된 간부들을 모두 국경수비군에 파견
하였다.

그들이 빠르게 병력들을 통솔하고 정비하여 다시 국경
에 보낼 준비를 마쳤다.

그리고 이곳의 상황을 유심히 지켜보던 모르포가 다가

왔다.

"승전을 축하드리옵니다."

"고맙군. 덕분에 일이 수월하게 풀렸네."

율리아나가 계속 승리한다고 믿기 위해선 거짓된 정보를 퍼트려야 했다. 신뢰가 두터운 모르포야말로 그 일에 적임자였다.

'전하의 판단이 내심 찜찜하였지만, 이는 탁월한 선택이었다.'

모르포는 율리나라를 버리라는 수이라의 첫 지시를 잊지 못했다.

왕녀의 후원자로 계속 유대를 이어 나가고 싶었지만, 왕의 명을 거부할 순 없었다.

일을 진행하면서도 미심쩍었다.

이 판단이 과연 타이를 위한 일인가에 대해서 자꾸만 의구심이 들었다.

하지만 10만 대군을 몰아치는 페르노크의 위엄을 목격한 순간, 모든 고민이 말끔히 가셨다.

'나도 페르노크 왕처럼 하진 못한다. S2의 마도사라도 체계를 갖춘 이 수많은 사람들을 어찌한 수에 재로 만들까.'

광범위 마도술을 사용한다면 지쳐 쓰러지기 마련이다.

하지만 페르노크는 지친 기색 하나 없었다.

경악할 만한 모습을 살펴보고서 모르포는 확신했다.

'이 세상에 새로운 S3의 마도사가 탄생할 거야.'

겨우, 20대 초중반에 한 나라를 일으켜 세웠다.

그 무력과 지략이 세상의 판도를 뒤바꾸기에 결코 부족함이 없다.

이 절대자의 위엄을 보이는 젊은이가 앞으로 10년 만 더 일루미나를 지키게 된다면, 그땐 라키스조차 경시할 수 없는 강대국의 탄생이라 믿어 의심치 않았다.

"모두 전하께서 남다른 지략을 선보였기에 가능했습니다."

"의외로 금칠에 익숙하군."

"저는 사실만을 고했습니다."

"기억해 두지. 그리고 내 대관식이 끝나는 대로 수이라 왕을 만나겠네."

"혹여 안건을 여쭈어도 되겠습니까?"

"해안이라고 하면 알 거야."

듣지 못한 말이라 이해하기 어려웠지만, 이 동맹에 무언가 더 깊숙한 대가가 개입되어 있다는 사실만은 느끼고 있었다.

모르포가 가볍게 목례했다.

"알겠습니다. 하옵고, 앞으로 타이르에 필요한 것이 있으시다면 모쪼록 저를 찾아주십시오."

"생각해 보겠네."

"감사합니다, 전하."

모르포가 씨익 웃으며 돌아섰다.

타이르 병력에 합류하는 뒷모습을 살피며 페르노크가 다가온 살리오에게 물었다.

"플레미르 공작은?"

"지금 살라반 왕자와 합류했고, 역도들을 몰아치겠다고 하였습니다."

페르노크는 공작군에 왕국군을 섞어 도합 2만의 대군을 플레미르와 함께 르젠에 보냈다.

자일을 몰아내고, 살라반을 왕위에 앉혀 국경수비군이 빠져나간 찰나의 공백을 동맹이란 형태로 막기 위함이었다.

"지금부터 율리아나에게 점령당했던 성들을 복구시키는 작업에 착수하도록. 모든 혼란이 가시는 대로 대관식을 진행한 후 동맹국들을 초청하여 경계를 세우겠다."

라키스를 가로막고 압박하는 거대한 장벽.

페르노크의 명이 빠르게 전파되었고, 혼란은 오래되지 않아 수습되었다.

*　*　*

라키스에 돌아온 크리스는 곧장 황제를 알현했다.

어둠에 휩싸인 왕좌에서 무슨 생각을 하는지 알 길 없는 목소리만이 흘러나왔다.

"그래, 일루미나는 어떻던가?"

"한 가지 착오가 있었습니다."

"자네가 실수를 했다고?"

"성황국이 페르노크와 동맹을 맺었단 사실을 몰랐습니다."

"그 교활한 성황이 끝내 선을 넘어서는군."

"하오나, 저희가 얻은 것이 훨씬 많습니다."

"자네라면 그렇게 말할 거라 생각했네. 그래, 무엇을 가지고 왔는가?"

크리스가 고개를 들어 올리며 어둠 속의 패황에게 고하였다.

"라기스가 세계를 통일할 방법입니다."

그 순간 어둠 속에서 호박색 안광이 번뜩였다.

2장. **왕의 무덤**

왕의 무덤

"본래 계획은 두 가지였습니다."

크리스의 덤덤한 말에 패황이 귀를 기울였다.

"하나는 반스가 왕위를 차지하는 것. 그게 불가능하다면 가장 유력한 왕위 후보자와 관련된 자들을 들쑤시는 것."

"너는 두 가지를 모두 실행했지."

"반스가 죽었지만 다른 하나를 무사히 성공시켰습니다."

"그 과정에서 13작의 절반이 사라지지 않았나."

"예. 통일 전쟁을 위해선 약자를 솎아 내야 했으니까요."

패황의 웃음소리가 나지막이 흘러나왔다.

"덕분에 모든 나라의 원한을 사지 않았더냐."

"어차피 통일 전쟁을 시작하면 모두 꺾어야 합니다. 늦든 빠르든 시작해야 할 일이었다면, 최대한 좋은 명분을 함께 가져가는 것이 중요했지요."

"명분?"

"폐하, 이 전쟁을 라키스가 시작한 것이라 생각하십니까?"

"공작이 적극적으로 나서지 않았나."

"아닙니다. 라키스를 통과시킨 건 어디까지나 '반스'와 일루미나였습니다."

"음?"

"저흰 반스를 돕기 위해 제국의 귀족들을 파견했고, 저희가 들쑤신 곳들은 모두 일루미나의 왕족들과 관계된 곳이었지요. 저희를 부추긴 건 결국 '일루미나'였던 겁니다."

"크하하하하! 그렇군. 그랬었군!"

패황이 감을 잡은 듯이 시원하게 웃으며 외쳤다.

"라키스를 끌어들인 죄는 모두 반스가 끌어안고 죽었으며, 남은 건 제국의 귀족이 죽었다는 사실뿐이구나."

"예. 페르노크의 명분도 그에 초점을 맞추지 않았었습니까. 라키스를 끌어들인 반스의 죄는 가히 역모에 가깝다.라고 명시했지요. 모든 오욕은 반스가 끌어안았고, 덕분에 라키스는 귀족을 잃었다는 명분으로 모든 나라에 복수를 시행할 수 있습니다."

"한데, 타이르는 왜 들쑤신 것이냐? 율리아나 따위는 고려할 가치도 없었지 않느냐."

"저는 반스가 죽는다면 페르노크가 왕이 되리라 생각했습니다. 그리고 페르노크는 왕족에 대한 증오가 남다르지요. 율리아나를 죽일 거라 예상했습니다."

"더더욱 의아하구나. 왜 굳이 죽을 자를 견제하여 화를 자처하느냐."

"율리아나가 죽고 난 뒤에 마지막 13작의 일원이 움직이게 될 테니까요."

"……?"

"타이르의 다음 대 왕을 아십니까?"

그러자 어둠 속에서 호박색 안광이 번뜩였다.

"마도사를 먹는 마법사."

"그렇습니다. 국경에서 그는 13작의 위용을 보았습니다. 그가 죽은 연인의 복수를 위해서 무엇을 택하겠습니까."

"타이르 국왕조차 얀을 막지 못할 거라는 뜻인가?"

"소신의 견해로는 얀의 분노가 수이라를 삼키고, 페르노크에게 향할 거라 봅니다. 한데, 얀은 바보가 아닙니다. 타이르만으로는 페르노크에게 복수를 행하지 못할 거라 여기겠지요."

"해서, 얀을 13작의 마지막으로 데려오겠다?"

"13작의 죽음으로 페르노크의 동맹이 명확해진 이때,

얀이 택할 자가 누구인지 불 보듯 뻔하지요. 더더욱, 우리의 힘을 직접 목격한 직후라면 말입니다."

"복수 하나로 관계가 뒤집히긴 어려워 보인다만."

"국가 간의 관계는 손바닥처럼 가볍게 뒤집을 수 있습니다. 제가 직접 얀을 만나 설득하겠습니다."

"자신 있는가?"

"아뢰옵기 송구하오나, 폐하."

크리스가 무미건조한 표정으로 고했다.

"제가 얀을 부채질해야만 그가 아비를 죽이고 왕위를 차지할 것입니다. 그러면 타이르는 자연스레 저희의 전초기지가 될 것입니다. 자신감의 문제가 아닙니다. 이는 당연한 수순이옵니다."

"그렇군……."

"하오니, 폐하께옵서도 이만 소신을 시험하지 마시고, 계획한 바를 말씀하여 주십시오."

그 순간, 왕좌를 감싼 공기가 뒤바뀌었다.

유쾌하고 능글맞던 목소리에 묵직한 힘이 실렸다.

"시험이라니 가당치도 않네. 나는 그저 매사에 조심스러운 자네가 나들이를 나갔다기에 궁금했을 뿐이야. 다행히 원하는 성과를 얻어 왔으니, 나도 더 늙기 전에 움직여야겠군."

어둠 속에서 백발을 한쪽으로 묶은 왜소한 체구의 노인이 내려왔다.

어디서나 볼 법한 사람이라고 생각하겠지만, 크리스는 알고 있다.

저 평범한 갈색 눈동자에 호박색 빛이 어른거리는 순간, 그는 세상에서 제일 잔혹하고 파괴적인 전장의 흉신이 된다는 사실을.

서글서글한 눈웃음을 지으며 패황, 라파엘이 말했다.

"13작이 갖춰지는 대로 회합을 준비하게. 내 대에서 라키스를 통일 국가로 만들 것이네."

"바라시는 모든 것이 폐하의 뜻대로 이루어질 것입니다."

크리스가 경의를 표한 뒤 대전을 떠났다.

타이르에서 복귀한 백작과 르젠에서 살아남은 브레이아 그리고 새롭게 받아들인 오운을 포함해 8명의 13작이 확보되었다.

이들은 전쟁이나 성과를 검증하지 않아도 되었다. 제국 최고의 마도사 크리스가 직접 확인했기 때문이다.

"오운 백작."

"예, 공작님."

일루미나의 소식을 들은 오운이 바짝 긴장하며 크리스에게 예를 표했다.

이제 그가 살아갈 곳은 라키스였기 때문이다.

"남은 13작을 선출해야겠소."

"혹 라키스의 그 지하 시설을 말씀하시는 겁니까?"

라키스의 13작 선출은 지하 수련장을 거친 마도사가 현 작위에 도전하여 얻는 것으로 알려져 있다.

반은 맞고 반은 틀리다.

라키스에는 아직 알려지지 않은 비밀이 존재한다.

"전대 13작들을 모시러 갈 것이오."

"전대? 설마…… 아직 전 황제를 모시던 13작들이 살아 있단 말입니까?"

크리스가 고개를 끄덕이자 오운이 놀란 눈을 크게 떴다.

전대 13작들 또한 세계를 호령하던 마도사들이다.

이미 세대교체가 이루어져 죽었다고 누구도 의심하지 않았었다.

"하면, 어떤 분들이 살아 계십니까?"

"공작님들."

"……!"

"성황국도 화원의 존재는 모르지. 같은 13작들 중에서도 아는 자가 적고."

비밀을 들었으니 배신한다면 반드시 죽이겠다는 엄중한 경고가 느껴졌다.

오운이 마른침을 꼴깍 삼켰다.

"갑시다. 우리의 전쟁을 준비하러."

크리스가 현 13작들을 이끌고 전대 공작들이 머무는 화원으로 향했다.

* * *

얀은 상처 입은 몸을 이끌고 대전 앞에서 절규했다.

"어떻게 율리아나를 버릴 수 있습니까!"

"어허, 얀. 이곳은 국가의 대소사를 논하는 자리이다. 사사로운 감정에 얽메⋯⋯."

"전하! 모르포 후작!"

얀의 시선을 마주한 자들이 몸을 움찔 떨었다.

그 눈망울에 서슬 퍼런 기운이 어렸기 때문이다.

"율리아나는 우리나라를 위해 온갖 더러운 일도 서슴지 않았습니다! 무엇보다 그녀는 제 약혼녀입니다! 하다못해 왕국으로 무사히 데려왔어야 했습니다!"

"혼처는 더 좋은 곳으로 잡아 주마."

"전하!"

"얀!"

수이라가 인상을 찌푸리며 호되게 꾸짖었다.

"너는 일국의 왕자다. 내 다음 대의 왕위를 이어받을 계승자야! 한데, 어찌 나무에 집착하여 숲을 보려 하지 않느냐!"

"제가 사랑하는 사람이었습니다!"

"왕은 사소한 감정으로 대의를 그르치지 말아야 한다. 타이르의 염원이 뭐였더냐. 해상에서 출발해 내륙에 자리를 잡고 굳건한 왕조를 세우는 것이 아니었더냐. 그를 위해 최전선 기지는 반드시 확보해야 했다! 하지만 율리아나로는 역부족이었어!"

"그녀는 모든 것을 다했습니다!"

"노력만으로 모든 문제가 해결된다면, 애초에 너를 최전선에 보내지도 않았어."

얀이 상처에 손을 얹으며 이를 악물었다.

"13작 한 명에게 쩔쩔매는 타이르가 다음 침공을 버티리라 확신하느냐?"

"……."

"현실을 직시하거라. 감정과 충동만으론 타이르를 지켜 낼 수 없다."

"하지만 페르노크는 안 됩니다."

"이미 그에게 많은 지원을 받기로 약속했다. 젊고 야심이 많으며 현명하다. 너의 이야기도 잘 전해 둘 테니, 좋은 친구가 되었으면 하는구나."

"전하!"

"페르노크 왕의 혼처도 생각하고 있으니, 너는 더 이상 율리아나를 거론치 말거라. 다시 한번, 네 입에 율리아나의 이름이 오른다면 네가 왕위를 포기한다고 생각하겠다."

얀이 자리에서 벌떡 일어났다.

흥분하여 터져 나오는 마력이 대전을 감돌려 하자, 수

이라가 손뼉을 마주쳤다.

쩌어어엉……

일순, 얀의 정신이 멍해졌다.

어려서부터 충동이 지나친 얀을 제어하기 위해 머릿속에 박아 둔 제어 장치 때문이었다.

얀이 기절한 것처럼 축 늘어졌다.

"얀을 탑에 가두고, 조속히 페르노크 왕과의 만찬을 준비하도록."

"예, 전하!"

이미 많은 것을 일루미나와 교류하기로 약속했다.

수이라도 더는 물러설 곳이 없었다.

* * *

율리아나의 침공 이후 나를 안정화하는 데 보름이면 충분했다.

페르노크는 부서진 성들의 복원을 명하고, 리오에게 전달받은 자원으로 백성들의 안위를 살폈다.

국경 수비군과 왕국군을 적절히 섞어 지휘권을 가져온 뒤 가르타에 명했다.

"아직 대관식이 거행되지 않아 확실한 인선을 말해 주기 버겁지만, 나는 약속대로 군부 서열 1위에 그대를 임명할 것이오."

"성은이 망극하옵니다!"

가르타는 운 좋게 크리스와의 전투에서 죽지 않았다.

하지만 이런 잇속 빠른 자를 언제까지 곁에 둘 수 없는 법이다.

"한데, 말들이 오가고 있소."

"어떤……?"

"플레미르 공작을 포함한 내 수족들이 그대를 의심하고 있소."

"설마, 제가 반스 왕자의 편에 섰다는 그 얼토당토않은 소문 때문입니까?"

"그대의 충의를 의심치 않지만, 내가 아닌 다른 자들의 의견까지 강압적으로 묵살할 순 없소. 그대도 알다시피 군부는 충의가 받쳐 줘야 하지 않소. 하여, 내 신하들에게 설득할 명분을 주었으면 하오."

"무엇이든 명하십시오, 전하."

페르노크가 굳은 표정으로 말했다.

"크리스가 언제 군대를 끌고 내려올지 모르오. 하여, 그대가 라키스와 인접한 국경을 지켜 줬으면 하오."

"……!"

"평생 그곳에 있으란 말이 아니오. 어디까지나 수하들에게 그대의 충심을 증명할 때까지. 적당히 1년 정도만 군부 수장으로서의 면모를 보여 주면 되오."

가르타가 깊이 고민한 후 고개를 끄덕였다.

왕국군을 이끌고 페르노크에게 붙은 모습이 너무 계산적으로 비칠 우려가 있었다.

페르노크의 왕권은 배신자를 엄히 벌하고 있었기에 그 수하들에게도 위엄 넘치는 모습을 보여 줄 필요가 있었다.

'1년 안에 국경 수비군의 마음까지 다 전하께 갖다 바치라는 뜻이겠지.'

율리아나의 죽음 이후 군부는 페르노크의 왕권 강화 희생양이 되진 않을까 우려하고 있었다.

이미 한배를 타기로 한 이상 페르노크에게 군부의 통솔이라는 막강한 모습을 보여 줄 필요가 있었다.

'함부로 나를 대하지 못하게 만들어야 해.'

나라가 어수선한 이 시기야말로 군부를 사로잡기 좋다.

가르타가 위기는 기회라는 말을 떠올리며 결연한 표정으로 외쳤다.

"전하의 명을 받들어 반드시 군부의 잡소리 하나 나오지 않게 제 가치를 증명해 보이겠습니다."

"가치라니, 가당치도 않소. 1년이면 되오. 궂은일을 나서서 해 준다면 모두 그대를 인정할 것이오."

"염려 마십시오. 저는 맥도널 대장군과 다릅니다. 전하께서 바라시는 그 이상을 준비해 보이겠습니다."

"기대하고 있겠소. 아, 그대에게 호의적인 태도를 보내는 수하를 몇 부관으로 보내리다."

"감사합니다, 전하!"

무언가 단단히 착각하는 듯한 가르타가 고개를 꾸벅 숙이고 집무실을 떠났다.

그리고 타국에서 오랫동안 활약해 왔던 리오가 정복을 차려입고 안으로 들어왔다.

"오랜만에 뵙습니다. 그간 무탈하셨습니까, 전하."

"네 덕분에 아주 순조롭게 지내고 있는 중이지. 그래, 바깥 동향은 어떻더냐?"

리오가 가볍게 목례한 후 보고했다.

"르젠은 반란군을 완벽히 진압했습니다. 플레미르 공작께서 마무리 후 귀환한다고 하셨습니다. 그리고 성황국은 라키스의 국경에 힘을 더한다고 했습니다."

"크리스를 자극해선 좋을 게 없을 텐데?"

"적당히 압박해서 일루미나가 안정화될 때까지 시간을 벌 듯합니다."

"과한 호의로군."

"아무래도 신전 설립에 몸이 달아오른 모양입니다."

"그 안건은 대관식 이후에 논의하자고 다시 일러두거라."

"예."

"타이르는?"

"얀이 갇혔습니다."

페르노크가 피식 웃었다.

"그놈, 폭발하겠군."

"처리해 두는 편이 좋지 않겠습니까?"

"내버려 둬. 그러다 왕이라도 되면 우리에게 좋은 일이다."

"설마…… 그것까지 생각해 두신 겁니까?"

"율리아나는 얀의 안정제 같은 역할이었어. 안정제가 사라진 얀은 크게 일을 벌일 거야. 그리고 놈이 왕이라도 되는 날엔 일루미나에 칼을 들이대겠지."

페르노크가 탁자에 지도를 펼쳤다.

사방이 강대국들에게 가로막힌 일루미나의 현실은 그대로였다.

아무리 동맹국들이 있다곤 하나, 그들이 천년만년 관계를 이어 갈거라 장담하긴 어렵다.

활로를 뚫어야 했고, 그중 한 곳은 이미 표시되어 있었다.

타이르였다.

"얀이 왕이 되어 우리를 친다면, 그것을 빌미로 타이르를 멸망시킨다. 그리고……."

페르노크는 지도에서 최전선을 버렸다. 육로는 이미 일루미나라는 좋은 바탕이 있다. 하여, 일루미나가 가지지 못한 광활한 자원을 가리켰다.

"……타이르가 가진 바다를 우리 것으로 만든다."

한 곳이 뻥 뚫리자 그곳에서 시작된 유통과 전략적 가치가 리오의 뇌리를 뒤흔들었다.

이종족과 부유성까지 활용한다면 가히 바다에서 독보적인 힘을 자랑할 수 있다.

"바다와 육지 그리고 하늘."

해상을 타고 라키스까지 넘볼 수 있는 루트를 그리며 페르노크가 씨익 웃었다.

"모두 우리가 지배한다."

페르노크는 바라고 있었다.

얀이 언제든 자신에게 칼을 겨누기를.

＊　＊　＊

"수이라 왕과 돈독해질수록 얀은 더욱 끓어오른다. 놈을 극단적으로 만들려면 수이라 왕과 친분을 더 쌓을 필요가 있겠어."

"하지만 자칫 얀이 라키스와 손을 잡진 않을까 우려됩니다."

"상관없어."

얀이 라키스의 힘을 제대로 맛본 만큼 그쪽에 동맹을 청하진 않을까, 페르노크도 고려해 본 적이 있었다.

"라키스라도 동맹국의 사정이 어려워지는 것을 간과하진 못할 터. 얀이 궁지에 몰린다면 라키스도 병력을 나눌 수밖에 없을 테지. 오히려 동맹은 타이르라는 족쇄를 떠 안게 될 거야."

"동맹을 만들어 시선을 분산시키고 갚아먹는다…… 성 황국이 타이르의 위에 위치하고 있어서 나쁘진 않을 듯 합니다."

"하지만 지금은 우리도 힘을 길러야 할 시기다. 무엇보 다 크리스의 목을 칠 준비가 안 됐어."

영체화와 전신 무기화로 크리스에게 죽지 않을 정도까 진 올라왔다.

하지만 정작 방어만 해선 의미가 없다.

크리스에게 역으로 반격할 무기가 빈약하다.

"하여, 나는 대관식이 준비될 동안 왕의 무덤을 찾으려 한다."

"경합은 이제 의미가 없어지지 않았습니까. 혹여, 정통 성에 문제가 생기는 것입니까?"

"아니. 왕의 무덤에 재밌는 보물이 있다고 들었다."

페르노크는 필레나가 자신에게 사용했던 '어둠'을 떠올 렸다.

영체화로 피하지 않았다면 어둠이 자신을 녹아내렸을 지도 모른다.

그토록 흉흉한 무기가 초대 왕이 남긴 유산의 일부에 불과하다.

바몬트가 말한 무덤에 봉인된 재앙.

그것이 어둠보다 지독하고 강한 것이라면.

그것을 만약 자신의 뜻대로 움직일 수 있다면.

어쩌면 라키스에 대항할 또 다른 무기로 탄생할지 모른다.

"내가 그 보물을 제대로 가져올 수 있을지, 없을지는 봐야 알겠지. 다만, 지금은 미약한 가능성이라도 끌어모아 라키스에 대항해야 한다."

일루미나의 초대 국왕.

봉인의 마도사가 남긴 재앙.

"할 수 있는 건 죄다 긁어모아야지."

"한데, 무덤의 위치는 찾으신 겁니까?"

"짐작 가는 곳이 몇 군데 있다. 특정하기 위해서 보물고의 단서들을 모두 살펴볼 거야."

"혹, 플레미르 공작은 알지 않을까요?"

"모른다더군. 그 무덤은…… 안개에 휩싸여 있어서, 왕의 혈통이 아니라면 절대 출입을 불허하는 곳이라고 들었다. 재밌게도 플레미르는 그 인근에 도달한 기억은 있지만, 정확한 지형을 알지 못한다고 했었지."

"도착했는데 길을 잃었다는 말씀입니까?"

"이상한 현상이지. 하지만 그것이 봉인의 마도사가 남긴 무덤의 장치라면, 거추장스럽게 다른 자들을 대동할 생각은 없다."

"하나, 혼자서 찾아가시는 건 위험합니다."

"지금 나를 위협할 존재는 크리스 외엔 달리 없어. 지금 왕국에 크리스를 맞상대할 자가 있는가?"

"……."

"나보다 강한 호위가 없다면 굳이 달고 다닐 필요가 없다. 오히려, 나 혼자 움직여야 만약의 사태에 대비하기 편해."

"알겠습니다. 그럼 전하께서 떠나시는 날, 공백이 느껴지지 않도록 행적을 감추겠습니다."

"대관식 준비까지 얼마나 필요하지?"

"빠르면 한 달, 늦어도 두 달 안엔 시작해야 할 듯합니다."

그것도 빠르다고 페르노크는 생각했다.

일루미나의 내전이 끼친 여파는 생각보다 가볍지 않았다.

지속된 전쟁으로 백성은 곤궁해졌고 영토는 훼손되었다.

최소한의 복구 작업을 거친 뒤에 대관식을 열어야 한다는 것이 수하들의 의견이다.

아무래도 새로운 나라로 거듭나는 만큼, 이전의 왕들과는 차별점으로 백성들을 위한다는 명분을 우선시 여기고 싶었기 때문이다.

"대관식이 열리기 전까지 돌아오도록 하지. 그리고 동맹국들에게 초청장을 보내. 르젠도 내전의 여파가 만만치 않으니, 플레미르 공작이 좀 더 체류하도록 얘기해 두고."

"예."

페르노크가 두툼한 종이 뭉치를 리오 앞에 내려놓았다.

"새로운 나라의 이름과 법제, 문화 등을 저술해 두었다. 이를 바탕으로 다들 혼란스럽지 않게 보직을 잘 마련해 두도록."

"이미 보직을 정해 두셨군요."

"큰 테두리만 잡아 놨다. 각 부서에 필요한 세부 인재는 네가 채워 넣어."

"제가 말입니까?"

"네가 재상이다."

리오가 놀란 눈을 크게 뜨자 페르노크가 피식 웃었다.

"정에 휩쓸려 이상한 놈들을 뽑았다면 내가 다시 원상 복귀시킬 테니, 네 소신대로 일해 봐."

"제겐 과분합니다."

"그 판단은 내가 해. 그리고 나는 새 왕국의 재상은 너밖에 없다고 생각했다. 지금 내 결정에 침을 뱉는 건가?"

"아, 아닙니다."

"처음 산맥에서 약속했었지. 내가 왕이 되면 네가 바라는 소원을 이뤄 주겠다고."

페르노크가 리오를 응시하며 부드럽게 말했다.

"무덤을 찾아 돌아온 날, 너의 소원을 들어주겠다."

리오의 어깨를 가볍게 두드리며 페르노크가 집무실을 떠났다.

〈86〉 이번 생은 황제로 살겠다 8

남겨진 리오는 한동안 멍하니 인사 개편안을 바라보다
가 이내 결연한 표정을 지으며 페르노크가 준비한 인장
을 집어 들었다.

　재상의 권한을 상징하는 문양이 찍혀 있었다.

*　*　*

　페르노크는 보물고에 들어가 저울을 내려놓았다.

　[푸하!]

　영력을 받은 2대 왕 바몬트의 사념이 튀어나왔다.

　[오랜만이야, 페르노크!]

　천진난만한 아이처럼 바몬트가 보물고를 폴짝 뛰어다
녔다.

　[여긴 어디야?]

　"무덤의 단서들이 있는 곳."

　[드디어 삼촌의 무덤을 찾으러 가는 거야?]

　"그래. 네가 말한 무덤의 비밀이 신경 쓰이더군."

　페르노크가 단서의 장치들을 만지작거리며 튀어나온
단어를 바몬트에게 읊었다.

　바몬트는 고개를 갸웃거리다가도 몇몇 단어에 반응했
다.

　[어? 맞아! 그 무덤 주위에 안개가 피어오를 거야!]

　"무덤을 감추는 장치가 되어 있었나?"

[당연하지! 왕가의 혈통이 아니면 삼촌의 봉인을 뚫지 못해!]

"외부에서 강한 충격을 주는 건?"

[삼촌의 봉인은 '법칙' 같은 거야. 그건 아무리 강한 힘도 찍어 누르지 못하는 섭리와 같지. 오히려 힘으로 밀어붙이면 봉인에 사로잡힐걸?]

"경험해 본 것처럼 얘기하는군."

[내 사촌들이 무덤을 뒤지려고 했었어. 억지로 힘을 쓰다가 오히려 안개에 삼켜졌었지. 그리고 나는 더 이상 사촌들을 보지 못했어.]

"법칙이라······."

그만한 존재가 함께 묻혀가며 줄곧 봉인시켰던 그 재앙이라는 것에 더욱 흥미가 돋았다.

"무덤 내부는 기억한다고 했었지?"

[자세히는 모르지만 가서 살피면 몇 개는 알 것 같아!]

"단서를 계속 찾도록 하지."

페르노크가 읊으면 바몬트는 계속 답을 해 줬고 여러 가지 두루뭉술했던 단어가 하나로 이어지기 시작했다.

율리아나에게 처음 받았던 단서까지 조합해서 페르노크는 2개의 지역을 특정했다.

"한 곳은 산이고 다른 곳은 평야."

[삼촌은 벌판을 좋아했어! 그곳에 풍요로운 씨앗을 뿌릴 수 있을 거라고 말씀하시면서 말이야!]

"그럼 북동쪽의 이 라고랑트 평야를 뒤져 봐야겠군."

[히히히, 그럼 무덤을 찾은 거지?]

"가서 확인해 봐야지. 그리고."

페르노크가 손바닥에 바몬트를 올리며 말했다.

"네가 바라던 해안가. 내가 정복할 수 있을 것 같다."

[저, 정말?]

"그거면 네 미련도 다 풀리는 건가?"

[내 눈으로 직접 보게만 해 줘!]

페르노크가 고개를 끄덕였다.

그러고 보니 새삼 바몬트가 남다른 식견을 가졌다고 생각했다.

페르노크는 내전을 거치는 동안 일루미나가 강대국에 둘러싸인 상황에서 탈출하기 위해 바닷길을 열어야 한다고 판단했다. 그것을 바몬트는 수백 년 전에 이미 알고 있었다.

바몬트가 바닷길을 열었다면 지금의 타이르는 존재하지 않고, 일루미나는 라키스에 버금가는 강대국으로 성장하지 않았을까.

그렇게 생각하니 새삼 바몬트가 저울 속에 사념을 남겨 놓은 것이 이해되었다.

나라를 부유하게 만들 수단이 후손들의 부족함으로 코앞에서 놓쳤는데, 어찌 억울하지 않았겠는가.

"가장 높은 곳에서 아주 광활한 곳을 너에게 보여 주지."

페르노크는 굳이 일루미나가 새로운 나라로 탄생된다는 것을 말하지 않았다.

바몬트는 일루미나의 왕이었고, 후세에 나라가 멸망하는 것과 다름없는 상황을 참담한 심정으로 바라볼 것이라 생각했기 때문이다.

후대에 이르러 당신이 지켜왔던 나라가 새로운 나라에 계승된다고 말하기엔, 같은 왕의 심정으로 차마 하지 못할 소리라고 여겼다.

[히히, 기대할게!]

해안가에 집착하는 건, 전략적 요충지이기도 하지만 미련 많은 사념이 마지막으로 꿨던 과거의 영광을 보여 주고 싶은 마음도 있었다.

'켈트의 연구는 어디까지 진행되었을까.'

그동안 내전으로 정신없이 달려, 수하들과 관계된 과거의 역사 연구가 어디까지 진행됐는지 확인하지 못했다.

대관식이 끝나고 여유가 생길 때, 하나씩 처리해야겠다고 생각하며 페르노크가 보물고를 떠났다.

그리고 리오에게 무덤의 위치를 간단히 설명한 후 변장하여 왕성을 빠져나갔다.

* * *

"……?"

대신관은 홀연히 떠나는 페르노크의 모습을 의아하게 바라보고 있었다.

리오가 황급히 다가와 말했다.

"보셨습니까?"

"어딜 급하게 가시는 것 같은데⋯⋯."

"조용히 할 일이 있으십니다."

"무슨 일인가요?"

리오는 대답 대신 미소를 머금었다.

아리샤 역시 웃었다.

"혹여, 문제가 생긴다면 제가 알려 주세요."

"대신관님의 마음을 감사히 받겠습니다. 그리고 전하께서 신전이 들어설 자리를 알아본다고 하셨으니 염려 마시라 하셨습니다."

"그 신전 말인데 혹시 해안가도 가능할까요?"

"해안이라니요? 일루미나는 내륙이 전부입니다."

"하지만 타이르와 협상하거나 그들을 몰아친 뒤엔 바닷길이 열리지 않나요."

리오가 헛웃음을 집어삼켰다.

처음부터 지금까지 표정은 줄곧 한결같았지만 아리샤는 확신한 듯 말했다.

"얀 왕자가 가만있지 않을 겁니다. 전하라면 그 기회를 노릴 테고요."

무언가 정보를 받은 것이 틀림없다.

"타이르의 소식을 들으셨습니까?"

"글쎄요. 저는 곳곳에서 폭탄이 터질 것만 같은 예감이 들었을 뿐입니다. 아! 전하께서 혼처를 찾으신다는 소문도 익히 들었습니다."

"대신관께서는 참 많은 것을 알고 계신 듯합니다."

"이제 한배에 올라탔으니, 서로 숨기는 것은 없어야지요."

리오가 웃으며 초청장을 내밀었다.

"대관식에 타이르의 국왕도 모실 겁니다."

아리샤가 초청장을 받으며 답했다.

"그럼 저흰 성황 예하를 모시겠습니다."

성황…….

S2의 마도사이자 수십 년간 성황국을 떠받친 지혜로운 거인이라 알려져 있다. 타국과의 외교는 모두 아리샤가 일임받아 대부분 그 얼굴을 제대로 보지 못했다.

'성황을 직접 대동하여 바닷길에 합류하겠다는 건가.'

나긋나긋한 목소리에서 느껴지는 단호함에 리오는 신전 설립이 쉽지 않을 거라고 생각했다.

'왕국의 수백 년을 책임질 가장 중요한 곳에 신전이 설립된다면 전하의 왕권에도 영향이 미치겠지.'

국가 간의 약속은 당대에 맺어 후대로 넘어가지 못한다.

당사자들이 모두 죽어 희석된 기억이 왜곡된 역사로 남겨지기 마련이다.

지금은 아리샤가 강력한 힘으로 왕권에 도전하지 않겠다고 자신했지만, 수십, 수백 년 이후의 성황국이 신전을 바탕으로 새로운 나라를 넘보지 않을 거란 보장을 할 순 없다.

왕국의 미래를 위해서 초창기부터 우려되는 씨앗은 단숨에 제거해야 한다.

"성황께 일루미나의 평야가 얼마나 넓고 울창한지 직접 소개해 드릴 수 있으면 좋겠군요."

"어찌 감히 일루미나의 곡창지대를 넘보겠습니까. 저흰 처음의 약속대로 조용한 곳에 신전을 설립하여, 가난한 자들을 보살피겠습니다. 해안가처럼 낙후된 곳을 말이지요."

리오와 아리샤가 마주 보며 말없이 웃었다.

* * *

라고랑트 평야는 전쟁의 폐허를 그대로 간직한 모습이었다.

이 기름진 땅에서 수확해야 할 곡물들은 율리아나의 진격으로 모든 풀과 씨앗이 무참하게 짓밟힌 상태였다.

근처에 민가라고는 찾아볼 수도 없어서 누군가에게 평야의 숨겨진 모습을 수소문하기도 어려웠다.

페르노크는 오직 보물고와 율리아나에게서 얻은 단서

들만을 가지고 넓은 평야를 돌아다녔다.

'석양이 아주 진하게 모이는 곳이라고 했던가.'

단서들은 주로 석양이나 새벽 같은 시간을 지칭하곤 했었다.

'황금물결이 출렁일 때, 왕의 휘광이 비로소 길을 인도하리라.'

곡식이 여물며 출렁이는 그 따사로운 한때.

페르노크가 시간을 재며 평야를 돌아다니고 있을 때였다.

[어?]

별안간 품속의 저울에서 바몬트가 솟구쳤다.

사념에게서 흘러나오는 빛이 뚜렷해지고 있었다.

[저기!]

석양이 저물어가던 시간에 맞춰 바몬트가 한 곳으로 뛰어갔다.

[이 앞이야!]

약간 언덕진 곳에 도착했다.

그 너머의 풍경은 보나 마나 똑같은 평야라고 생각했다.

하지만 석양이 품속의 저울을 타고 왕관에 빛을 쏟은 순간.

눈 깜빡할 사이 언덕 너머의 풍경이 뒤바뀌었다.

[안개야!]

삽시간에 전면이 안개로 뒤덮였다.

'그렇군. 왕의 혈통에 반응한다는 게 이런 의미였나.'

특정한 시간에 피를 가진 자만이 볼 수 있는 현실에서 왜곡된 풍경.

안개 너머는 분명 현실과 단절된 '법칙'으로 이루어진 공간이다.

'저 안개 자체가 거대한 봉인이다.'

피는 그것에 입장할 열쇠였다.

[맞아! 여기야! 이 안에 무덤이 있어!]

바몬트의 사념이 진해지자 안개가 요동쳤다.

그리운 이를 마주하듯이 선선히 바몬트의 입장을 허용했다.

이윽고 페르노크가 뒤따라 들어가려는데.

쿵!

알 수 없는 투명한 막이 페르노크를 막았다.

"······?"

페르노크가 안개에 손을 뻗자 막이 벽처럼 출입을 저지했다.

[어?]

바몬트도 당황한 듯했다.

[이거 왕가가 아닌 사람들만 차단하는 건데?]

침입자를 막아 내는 봉인의 법칙.

사생아라곤 하나 왕가의 피를 이어받은 페르노크가 입

장조차 못한다는 건 있을 수 없는 일이다.

하지만 안개가 출렁이기 시작했을 때, 페르노크는 그 이유를 알아냈다.

[인과의 섭리를 부정하는 그릇된 혼은 이곳에 들어올 수 없다.]

안개 속의 묵직한 목소리가 울려 퍼졌고.

[삼촌?]

바몬트의 의아함이 짙어졌으며.

[망령은 사라져라.]

안개는 점점 멀어져 갔다.

이대로 바몬트와 함께 사라질 것 같은 안개에 페르노크가 손을 뻗었다.

그리고.

쾅!

막을 움켜쥐며 옅어지던 안개를 강제로 붙잡았다.

"놀랍군."

페르노크가 손아귀에 힘을 더하자 막이 비명을 지르며 균열을 일으키기 시작했다.

"어설프긴 한데."

안개에 스며들었던 목소리.

이것이 이루어진 형태는 단순한 마력이 아니다.

세월이 흘렀음에도 사라지지 않은 이것은 놀랍게도 특별한 힘이 섞여 있었다.

"영력을 흉내 내고 있나."

페르노크가 순도 높은 영력으로 단숨에 안개의 막을 찍어 눌렀다.

콰아아앙!

조각처럼 산산이 부서지는 투명한 막 너머로 걸음을 내디디자, 바몬트가 경악성을 내질렀다.

[어, 어떻게 이걸 부숴!?]

아무도 부수지 못한다고 자신했던 바몬트가 당황할 만도 했다.

"아무래도 초대 왕은 생자의 몸으로 영력에 근접한 모양이군."

안개가 뒤틀리며 페르노크를 집어삼키려 했다.

하지만 페르노크가 영력을 퍼트리자 접근하지 못하고 움찔거렸다.

"제법이야."

페르노크가 곳곳에 천벌을 내리쳤다.

순식간에 안개가 사라지며 줄곧 감춰 왔던 통로가 모습을 드러냈다.

그 안, 깊은 곳에 관찰안을 자극하는 음침한 무언가가

잠들어 있었다.

* * *

무덤은 밤하늘의 별처럼 반짝이고 있었다.

[아아……!]

바몬트가 광활한 무덤을 마주하며 빛을 발하기 시작했다.

사념이 영력을 자극받는 공간에 들어섰을 때, 나타나는 현상이다.

페르노크도 무덤을 흥미롭게 둘러보았다.

이곳에 입장한 순간부터 공간이 무한대로 넓어졌다.

짙은 어둠이 펼쳐지고, 곳곳에 별처럼 반짝이는 알갱이들이 박혀 있었다.

어느 곳에 발을 디디더라도 길을 잃고 주저앉을 것만 같은 아득함이었다.

'영력이 봉인의 마도술을 증폭시켰다.'

본래 이런 공간은 아닐 것이다.

여느 무덤처럼 관으로 향하는 길이 있을 것이고, 왕족이라면 마땅히 그 길을 걷도록 허락했을 것이다. 하지만 이 봉인의 마도술은 페르노크는 철저히 침입자로 인식했다.

이 무한한 공간은 봉인에 침입한 자를 배척하기 위한

법칙이었다.

수백 년의 세월이 흘러 옅어질 만도 하건만, 봉인이 이토록 굳건한 이유는 모두 영력 때문이었다.

마력으로 내외를 감싼 봉인 사이를 영력이 실처럼 타고 흘러 유기적으로 순환시킨다. 흡사, 아티펙트의 전신 무기화처럼 계속 주고받으며 증폭된 영력은 마도술을 한 차원 높은 곳으로 진화시켰다.

'S2의 마도술…… 아니, 이곳을 이루는 봉인은 그보다 더 높은 곳에 도달했다. S3와 비견할 만하군.'

이 시대의 마도사라도 섣불리 이곳을 무너뜨리지 못한다.

제아무리 크리스라도 함부로 마력을 펼쳤다간 그대로 봉인에 집어삼켜질 것이다.

보통이라면 말이다.

"이곳의 침입자를 배척하는 방식이 뭔지 알고 있나?"

[……어?]

"감상에 젖는 건 관 앞에서 해. 그보다 이곳을 서둘러 나가야 할 것 같다만?"

[아아! 맞아! 직접 경험해 보진 못했어. 하지만 삼촌이 그러셨어! 봉인은 3단계에 걸쳐서 침입자를 배척한다고!]

과거를 상념 하는 바몬트의 빛이 보다 진해졌다.

[먼저, 이 무한한 공간에 침입자를 가둬! 이곳의 시간

은 바깥과 동일하게 흘러서, 갇힌 상대는 그대로 늙어 죽는 거야!]

"빠져나갈 방법은?"

[강한 힘으로 몰아붙일수록 봉인은 더욱 단단해진다고 해!]

"3단계나 만들었다면 최악의 상황도 가정했을 텐데?"

[만약, 1단계가 해방된다면 봉인의 파수꾼들이 나와.]

"파수꾼?"

[응! 녀석들은 스치는 순간 상대의 육신을 재로 만드는 특별한 힘을 가지고 있어!]

"그리고?"

[파수꾼들마저 무력화시켰다면 봉인의 마도술이 직접 침입자를 상자에 가두려 할 거야. 그 상자는 신조차 벗어나지 못한다고 들었어!]

페르노크가 피식 웃었다.

"광오하군."

[삼촌의 손에서 벗어난 자들이 없었어! 봉인이란 그 자체로 세계에 새로운 섭리를 만들어 버리는 특별한 힘이었다고!]

"확실히 오랜 세월에도 흔들리지 않는 봉인이 매력적이긴 하군. 하지만 더 강한 힘으로 부수지 못할 건 없어."

[설마 부수려고?!]

페르노크가 말 없이 전신무기화 상태에 돌입했다.

[야…… 야야! 하지 마! 그러다 너 찌부러져!]

"이 봉인의 마도술은 그 자체로는 크게 무섭지 않아. 문제가 되는 건 영력이다. 순환되며 증폭시키는 영력을 따로 떼어버리면 이 공간은 허무하게 바스러지지."

[그게 무슨……]

페르노크가 관찰안으로 공간에 흐르는 영력의 순환로를 파악했다.

순식간에 256개의 순환로가 어떤 방식으로 증폭되는지 파악하고, 전신무기화에 증폭된 힘을 주먹에 휘어 감았다.

콰아아아앙!

가볍게 내지른 일격이 수백 개의 빛살로 변하여 모든 순화로를 동시에 타격했다. 아무것도 없는 공간에 폭음이 빗발치고 별빛을 닮은 빛마저 사라졌다.

한순간에 공간은 짙은 어둠에 휩싸였다.

그 속에서 페르노크의 새하얀 안광이 번뜩였다.

쾅!

천벌이 정면으로 쏘아졌다.

벽에 가로막힌 듯 잠시 주춤거리던 천벌은 이내 공간의 마력을 휘어 감고 광폭하게 나아갔다.

마침내 공간의 코어인 중심부가 파괴되고, 앞서 부서진 256개의 순환로가 빛가루처럼 떨어져 내렸다.

우우우웅!

공간이 수축하기 시작했다. 영력이란 양분이 사라지자 마력만 남겨진 찌꺼기는 필사의 저항을 선보였다. 하지만 이미 예상하고 있던 페르노크는 자연계 마법을 정면에 쏘아 보냈고, 약간 열린 틈에 재차 천벌을 때려 박았다.

콰아아아앙!

공간이 무너짐과 동시에 넓은 무덤이 모습을 드러냈다.

원형의 천장 아래 네 개의 기둥이 우뚝 솟았으며, 사방에서 신장 같은 거인들이 튀어나오고 있었다.

[파수꾼!]

네 채의 거인이 모두 영력을 품고 있었다. 그리고 각자의 무기에 묘한 기운을 둘렀는데, 그것은 흡사 필레나가 페르노크에게 쏘아 보냈던 검의 어둠과 비슷한 방식처럼 보였다.

'저 무기에 봉인된 힘이 깃들어 있는 건가.'

재로 만든다는 의미가 무기에서 비롯됨을 느낀 순간, 페르노크는 허공으로 뛰어올랐다.

콰아앙!

그가 있던 자리에 네 개의 연격이 동시에 떨어졌다. 그리고 눈 깜짝할 사이 허공으로 네 개의 무기가 날아왔다.

페르노크는 바로 영체화에 돌입했다. 파수꾼들의 무기가 페르노크를 스쳐 각자의 무기를 두드렸고, 영체화를 품과 동시에 아티팩트의 맥시멈 임팩트가 사방을 뒤덮었다.

콰아아앙!

파수꾼들이 동시에 주저앉았다.

손아귀에서 빠져나간 무기가 바닥에 꽂힐 때, 페르노크는 가장 가까운 파수꾼의 머리를 부숴버렸다.

동화율 - 66.5%

파수꾼이 돌무더기로 내려앉자마자 그 안에 뭉쳐 있던 영력이 페르노크 안으로 흡수되었다. 순수한 영력 덩어리라 S2의 마도사들을 흡수했을 때보다 훨씬 많은 동화율 상승이 이어졌다.

쿠그그그궁!

파수꾼들이 무기를 집어들며 일어섰을 때, 페르노크가 입맛을 다시며 천벌을 뽑아냈다. 사방에 새하얀 섬광이 번뜩이고 파수꾼들의 무기가 잠들어있던 힘을 개방하여 공간을 누볐다. 그 사이를 페르노크가 휘저었다.

콰콰쾅!

몸체가 커다란 놈들이라 관찰안으로 약점을 포착하기 수월했다.

언뜻 단단해 보이는 녀석들은 세월의 풍파를 못 견딘 듯 이음새에 미세한 틈이 벌어져 있었다. 그곳에 아티펙트를 꽂고 맥시멈 임팩트와 천벌을 번갈아 사용해 내부로 강렬한 충격을 꽂아 넣었다.

동화율 - 67.5%

남은 두 녀석의 무기는 공간을 뒤덮을 정도의 사악함을 선보이고 있었다. 페르노크의 아티팩트처럼 힘을 개방하고 증폭하여 가히 공간째 휩쓸어 버리려는 무모한 방식이었다. 하지만 한 꺼풀 진화한 관찰안은 1초 앞의 상황을 모두 예지했다.

무기가 휘둘러지는 방향, 그곳에서 터져 나올 위험한 것들까지 전부 예지하고 순간 판단하여 사전에 차단시켰다.

콰!

창으로 변화한 아티펙트가 파수꾼의 머리를 관통했다.

영력의 핵이 잠든 곳을 부숴 버리자 파수꾼이 주저앉았다.

그 영력을 흡수하자마자 남은 파수꾼의 무기와 아티펙트를 맞부딪쳤다.

까아아앙-!

공간을 진동시키는 굉음이 울려 퍼짐과 동시에 페르노크가 두 손으로 거인의 무기를 띨쳐 냈다. 오래도록 잠들어 있던 힘이 수백 년의 세월을 넘어 개방되었지만, 왕의 검을 찍어누를 순 없었다.

파수꾼의 가슴에 검을 꽂아 맥시멈 임팩트를 터트렸다.

내부에서 시작된 폭발이 삽시간에 전신을 뒤덮고 파수꾼의 몸을 산산조각 냈다.

동화율 - 68.5%

치솟는 동화율에 감탄할 겨를도 없었다. 파수꾼들의 무기가 재로 변함과 동시에 그것들이 허공에 모여 거무튀튀한 상자로 완성되었다.

상자의 뚜껑이 열리자 페르노크를 소름 돋게 하는 역겨운 무언가가 전해졌다.

'명계에서 느껴 봤던 죽은 자들의 사념……'

상자가 모든 것을 빨아들일 것처럼 차가운 무언가를 흘려보냈다.

'망자들이 행렬에서 묵묵히 길을 가도록 강제 명령을 부여하는 것과 닮았군.'

명계에서는 그것을 억지력이라고 부르기도 했었다.

세상의 그 어떤 인간도 저것에 닿는 순간 상자 속으로 빨려 들어가야 한다고 현혹될 것이다.

인간이라면 말이다.

[그게…… 뭐야?]

바몬트는 상자의 손길이 페르노크 앞에서 머뭇거리는 모습을 지켜보고 있었다. 영력으로 이루어진 사념이기에 지금 이 해괴한 상황을 볼 수 있는 것이다.

'행렬의 권유, 억지력은 격이 높은 자에게 통하지 않는다.'

페르노크의 영혼은 이 세상 어느 누구보다 위대하고 찬란한 격을 탄생시켰다. 위업이라고도 불리는 영혼의 등급은 하계의 상자 따위가 감히 손대는 것조차 허용되지 않았다.

'마력에 영력을 섞어 명계의 절대자들이 사용하는 것처럼 싸우는 독특한 전술.'

하계의 인간이 이를 구사했다는 사실이 놀랍지만.

"단순히 뽑아내는 하등한 방식으로 영혼에 개입해선 안 되지. 그건 하수 중의 하수다."

페르노크가 모든 영력을 끌어냈을 때, 상자에서 튀어나온 손이 두려워하며 도망치려 했다. 페르노크가 그 손을 붙잡고 자신의 영력을 밀어넣었다. 손에서 손을 타고 흐른 영력이 상자를 새하얗게 물들였다. 이윽고 상자에서 찬란한 빛이 터져 나와 공간까지 태양처럼 환하게 물들였다.

콰앙!

페르노크의 영력을 견디지 못한 상자가 부서져 빛가루처럼 떨어져 내렸다.

[……]

바몬트는 입을 쩍 벌리고 있었다.

그의 기억 속에서 무덤의 봉인은 절대적인 것이었고, 침입자는 반드시 죽어야만 한다고 생각했기 때문이었다.

"제법 흥미로웠군."

페르노크가 씨익 웃었다.

어느새 동화율이 70퍼센트에 달했다.

이 무덤에 잠든 영력을 흡수한 것만으로 아리샤와 대등하게 겨룰 무기가 확보된 것이다.

하지만 그는 아직 만족할 수 없었다.

바몬트가 경고한 3단계의 경계보다 더 위험한 것이 저 안에 잠들어 있었다.

"아주 탐나는 영력이 느껴져……."

페르노크가 저울을 들고 개방된 무덤 깊은 곳으로 들어갔다.

* * *

[여, 여기야!]

바몬트가 떨리는 목소리로 외친 곳은 기사왕의 무덤보다도 간소한 제단이었다.

[여기에 분명 삼촌이 지켜야 한다고 말했던 게 놓여 있었어!]

바몬트는 제단을 둘러봤지만 먼지가 쌓여 있을 뿐이다.

어디에도 특별한 무언가는 존재하지 않았다.

도굴꾼이 봤다면 실망하여 욕지거리를 내뱉었을 상황이었지만, 페르노크의 관찰안은 이곳을 타고 흐르는 특별한 흐름을 포착했다.

"혈통이 아니면 찾아볼 수도 없게 만들어 놓은 건가."

철저한 약탈자 취급이었기에 더더욱 흥미가 일었다.

이 안의 흐름으로도 감추지 못할 저것은 대체 뭐란 말인가.

페르노크가 빈 허공에 손을 뻗어 영력을 불어넣고 움켜쥐었다.

콰득!

무언가 부서지기 무섭게 이 공간을 이루던 얕은 장막이 터져나가며, 숨겨진 것들이 모습을 드러냈다.

[이곳은 왕가에게 허락된 성지.]

영력에 심어진 위업 어린 목소리에 페르노크가 입매를 뒤틀며 말했다.

"그 왕가는 잘못된 정치와 삿된 행동으로 멸망하였고, 이젠 내가 새로이 일루미나를 이어 받았다. 내가 아니면 이곳은 세상에서 영원히 사라지게 될 거야."

그러자 영력에 남겨진 목소리는 더 이상 들려오지 않고, 제단에 밋밋한 무늬의 상자가 모습을 드러냈다.

무덤 입구부터 페르노크의 시선을 잡아끌던 위험한 무언가가 틀림없다.

악룡 키마이오스.

제단 밑부분에 글자가 적혔다.
상자에 봉인된 무언가를 지칭하는 말인 듯했다.
[벽을 봐!]
바몬트의 외침을 따라 주위로 시선을 돌렸다.
방금 전까지만 해도 밋밋했던 벽에 글자가 적혀 있었
다.

일루미나의 왕이 될 나의 후손에게 남긴다.

봉인의 마도사.
일루미나의 건국왕.
베아민 알 일루미나.
그의 엄중한 경고가 머릿속에 각인되기 시작했다.

고대의 왕…… 영혼을 빨아먹는 짐승.
그로 인해 혼이란 말의 의미를 깨달았으나.
나는 이미 너무 늙어…….

왕이란 만민을 굽어살필 줄 알아야 하며.
이 땅에 드리운 어둠에 대항할 힘을 길러야 한다.
여러 개의 부족으로 나뉘어졌던 이 나약한 왕국을 지키

기 위해, 나는 오래전 세상을 멸망시키려 했던 어둠과 마주하였다.

그것은 이미 쇠약해졌으나, 그럼에도 세상의 지식을 삼키며 '격'을 드높이려 하였으니.

존재로 하여금 모든 마도사들의 절망이라 좌절할 만하였다.

그러나 나는 필사적으로 악룡과 맞서 싸웠고, 셀 수도 없이 오랜 시간 끝에 악룡을 굴복시켰다.

키마이오스.

녀석이 가진 지식의 일부가 내 안에 들어온 순간 전율하고 말았다.

그것은 줄곧 녀석이 탐구해왔던 사람의 혼을 빨아먹고 이용하는 방식이었으며.

그 심장에 방대한 양의 혼을 담아 버리는 기상천외한 지식이었기 때문이다.

그리고 이어진 글귀에 페르노크의 입매가 달싹였다.

녀석을 죽이고 난 껍질 안엔 작은 핵이 들어 있었다.

무척이나 크기가 작았던 핵은 전쟁을 거치며, 수많은 인간의 혼을 집어삼켜 더 짙은 색으로 커졌으며.

감히 나로서는 다루지 못할 방대한 혼이 담겨지기 시작했다.

그 자체로 나라 하나를 송두리째 지워버릴 거대한 혼의 힘.

나는 키마이오스의 지식을 이용해, 내 영혼을 깎아 이
것을 봉인하는데 성공하였다.

하지만 이 봉인이 어디까지 갈지 장담할 수 없다.

페르노크가 상자로 시선을 돌렸다.

저 핵은 무서운 속도로 증식하기 때문이다.

어떻게 순도 높은 영력이 느껴지는가 했더니 이제야 그
이유를 알 것 같았다.

상자의 봉인으로 감추지 못할 거대한 영력은 모두 정제
된 상태로 핵이란 것에 담겨져 있었다.

봉인에 사용된 영력까지 흡수하는 핵은 그 자체로 살아
있는 생물과도 같았다.

"의지가 깃든 핵……."

사념이다.

무수한 영력을 머금은 핵이 저울에 깃든 바몬트처럼 사
념을 가지며 사후에도 계속 영력을 모아왔던 것이다.

"영력만을 빨아들인다는 목적으로 수백 년간 형태를
유지해 왔던 핵이라……."

저 상자를 벗겨 낸 순간, 핵의 지독한 사념은 내포된
영력을 모두 터트려 버릴 것이다.

그렇다면 상자를 움켜쥐고 미약한 구멍을 뚫어 그 안의 영력만 흡수하면 어떻게 될까.

아니면 상자보다 더 좋은 그릇으로 핵을 옮겨 흡수하기 좋은 형태로 다듬는 건 어떨까.

핵은 지금도 내게 사악한 울림을 전한다.

베아민은 수백 년간 이곳의 무덤까지 남기며 미지의 힘을 두려워하고 경계하였다.

하지만 그건 베아민이 영력을 제대로 다룰 수 없었기 때문에 벌어진 우려에 불과했다.

태초부터 존재해 왔던 모든 것보다 우월한 저 힘을 다룰 수만 있다면, 저기에 살아 움직이는 핵은 아주 먹음직스러운 양분이나 다름없었다.

키마이오스의 핵은 아무도 막을 수 없다.

상자를 바라보는 페르노크의 시선이 욕망으로 번들거렸다.

* * *

상자 안의 영력은 순도 높게 정제되어 있다.

정확한 수치로 환산하기 어렵지만 동화율이 급성장할 정도로 짙고 많다.

당장이라도 흡수하고 싶었지만 섣불리 손을 대기 어려웠다.

저 상자에 심어 놓은 베아민의 장치 때문이었다.

이 핵에 담긴 초월적인 힘은 이 세상 누구도 다룰 수 없다.

그걸 알고서 핵의 의지는 방대한 힘을 사용하라며 나를 재촉한다.

하지만 한 나라를 우습게 집어삼킬 힘이다.

현혹되는 순간 모든 것은 파멸한다.

키마이오스의 핵은 그토록 위험하다.

정제된 것마저 인간의 지혜를 비웃고 있으니, 이 거대한 녀석을 어찌 다루면 좋을까.

나는 처리하지도 못할 힘을 이 상자에 봉인하였다.

상자가 열리는 순간 핵에 담긴 힘이 터져 나오도록 '무기화' 시킨 것이다.

베아민의 생각은 단순했다.

봉인의 마도사조차 다루지 못할 힘.

누구도 소멸시킬 수 없는 의지.

그렇다면 차라리 이 초월적인 것이 자멸하게끔 만들어

버린다.

상자가 개방되는 순간 지금껏 응축되었던 영력이 터져 나오며 의지를 포함한 모든 것이 소멸하게 된다.

베아민이 중요하게 여긴 부분은 바로 이것이다.

누구도 다루지 못할 힘이라면 반대로 나라가 망하는 순간에 침략자들까지 함께 소멸시킬 수 있지 않을까.

나는 언제까지나 이 힘이 세상에 나오지 않기를 바란다.

그러나 왕이 될 나의 후손이여.

모든 나라도 천년만년 영화를 누릴 순 없다.

일루미나의 세대도 언젠간 끝날 것이다.

그날이 온다면.

그것이 침략자들의 강제력으로 짓눌러진 억울함에서 비롯되었다면.

이 상자를 열어 우릴 업신여기는 모든 것들에게서 해방되거라.

베아민은 상자를 지켜야 함과 동시에 나라가 멸망한 상태에서 의무감이 사라진 후손이 복수의 수단으로 이 핵을 사용하길 바랐다.

이 상자 안에 깃든 의지는 숭고한 사명감이 아니라 나라의 영광과 함께 자신마저 집어삼킬 양날의 검이었던 것이다.

　이제 왕관을 제단에 올려 일루미나의 영광을 그 손에 움켜쥐거라.

　베아민의 유언은 거기서 끝이었다.
　페르노크는 생각보다 해체 작업이 쉽지 않을 상자로 고개를 돌렸다.
　'여는 순간 핵이 터진다.'
　대해가 몰아치는 것처럼 갑작스럽게 터져 나온 힘을 두 손으로 막기란 어려운 일이다. 더군다나 이 안에 정제된 힘은 언제고 폭발할지 모를 날카로운 성질을 담고 있었다. 페르노크가 영력을 뽑아먹으려 상자를 여는 순간, 오히려 영력이 폭탄처럼 사방을 쓸어버릴 것이다.
　'구멍을 뚫는 방식도…… 어렵겠지.'
　상자의 개방이 곧 핵의 폭발이다.
　이 말은 상자 속 내용물이 바깥과 연결 되는 순간 장치가 발동된다는 뜻이다.
　상자에 구멍을 뚫는 순간 핵이 그 틈을 뚫고 힘을 터트릴지도 모른다.
　'다른 그릇에 상자를 담은 뒤 상자를 열어 핵이 새로운 그릇에 안착되게 만든다. 그리고 그 그릇은 내가 핵의 영력을 흡수하기 좋은 구조여야만 해.'

이 핵을 담아 손쉽게 이용할 도구가 필요했다.

'만약, 이 세상의 무엇도 이것을 담지 못한다면…….'

페르노크는 문득 극단적인 방법이 떠올랐다.

하지만 이내 고개를 저었다.

굳이 위험을 자초할 정도로 급한 상황이 아니었기 때문이다.

'……영력이 무르익고 있으니, 이건 새로운 그릇을 천천히 찾아봐야겠군. 몇 가지 후보를 검토해 봐야겠어.'

머릿속에 떠오르는 영령 친화적인 방식을 떠올리며 페르노크가 제단에 왕관을 올렸다.

제단의 빛이 왕관에 스며들자 보석들이 영롱하게 반짝였다.

페르노크는 감흥 없이 왕관을 품에 집어넣고 상자를 두 손으로 잡았다.

[들어올리지 마!]

바몬트가 경악성을 터트렸다.

[상자를 들고 나가면 이 무덤이 무너져!]

다신 봉인하지 않을 각오로 상자를 가지고 나가 영광과 함께 묻히라는 뜻이었다.

과연 최후의 수단이라고 부를 만하다.

'이대로 무너뜨릴 수도 있겠지.'

자신을 왕족이라 인정하지 않는 무덤을 굳이 숭상하며 받들어야 할까.

고민이 되었지만 페르노크는 이내 고개를 저었다.

모든 왕의 무덤은 그 자체로 역사적인 가치를 지니고 있다.

방대한 역사가 사라져 수하들의 미련을 해결해주는 것조차 버거워하지 않았던가.

존중 받아야 할 것은 이 땅에 남겨야 한다고 생각하며 페르노크는 상자를 들어올렸다.

[뭐 하는……!]

제단이 아래로 빨려 들어가려는 모습이 보이자마자 페르노크가 발끝으로 밑부분을 툭 건드렸다.

우우우웅!

영력이 제단에 스며들어 이윽고 공간 전체에 퍼져나갔다.

자그마한 새하얀 선들이 페르노크의 의지를 따라 공간을 유지하는 영력의 형태를 새롭게 가다듬었다.

그그그궁…….

제단이 다시 원상태로 복구되었다.

[……어라?]

바몬트가 당황한 눈을 끔뻑거렸다.

[안 무너졌네?]

"봉인에 부족한 술식을 내 영력으로 덧씌웠어. 상자가 없어도 무덤은 이제 무너지지 않을 거야."

[오…… 그런데 왜 상자를 가지고 나가? 삼촌이 이 안

에 두고 지키라 하지 않았어?]

"이 안에 담긴 힘을 사용하지 못해서 두려워하는 글을 잘 보긴 했지. 내가 이걸 다룬다면 앞으로 상자에 집착할 일은 없어도 될 거야."

[넌 정말 재주가 많구나?]

어깨에 폴짝 뛰어오른 바몬트를 살피며 페르노크가 피식 웃었다.

"일루미나 왕가도 재밌는 것들이 많더군."

선조의 강함을 후손이 이어받았다면 일루미나가 새로운 나라로 탄생되는 일은 없었을 것이다.

[히히, 우리나라에 뛰어난 것들이 많긴 해! 너도 포함해서 말이야!]

바몬트의 생기 도는 목소리를 들으며 페르노크가 텅 빈 복도를 걸었다.

[아! 그런데 해안 정복은 언제 시작할 거야?]

페르노크가 무덤을 빠져나오며 답했다.

"지금."

* * *

페르노크는 왕국에 귀환하자마자 리오와 마주했다.

"대관식 준비는?"

"마무리되고 있습니다. 그리고."

리오가 은밀히 속삭였다.

"두 분께서 오셨습니다."

페르노크가 고개를 끄덕이며 응접실로 향했다.

페르노크가 돌아왔다는 소식을 들었기 때문인지, 은밀히 방문한 귀한 손님들이 앉아 있었다.

"대관식까지 일주일은 더 남았습니다. 한데, 예정보다 빠르군요. 수이라 왕, 살라반 왕."

두 왕이 피식 웃으며 말했다.

"라키스 모르게 찾아오라 했던 건 그대 아니었나."

"오랜만입니다, 페르노크 왕."

페르노크가 두 사람 사이에 앉았다.

'아닌 척했지만 역시 내 계획에 관심이 있었군.'

페르노크는 왕의 무덤으로 떠나기 전, 두 왕에게 은밀한 서신을 보냈다. 대관식 전에 자신과 만나 더 큰 일을 도모하자는 내용이었다.

최전선 수복에 숨가쁜 수이라와 내전으로 혼란스러운 살라반은 기꺼이 그 제안에 응했다.

두 사람이 왕궁에 들어선 사실은 리오 외엔 아무도 모른다.

"대신관은 없는 건가?"

수이라의 물음에 페르노크가 가볍게 답했다.

"대신관은 성황을 데리고 대관식 날에 올 것이오."

"그럼 왜 우리 먼저 만나자고 했지?"

"대신관이 우리에게 협조적이라곤 하나, 엄연히 군권은 성황에게 있지. 지금 대신관이 라키스의 국경을 두드리는 수준에 불과하지만, 성황이 전폭적으로 지원하면 전쟁으로 발달할 것이오. 하여, 나는 성황을 설득할 명분을 만들고자 두 사람을 여기로 초대했소."

살라반이 고개를 끄덕였다.

"라키스에 대적할 방법이 성황을 움직일 거라 확신합니까?"

"그렇지 않으면 제가 서신에 '라키스를 지금 죽여야'한다고 말했겠습니까."

서신에 적힌 내용은 간단하다.

각 나라가 혼란하여 정비조차 못 할 거라 여긴 이 시기에 역으로 라키스를 압박해야 한다는 것이었다.

"성황은 구실만 갖춰지면 얼마든지 라키스를 침공할 것이오. 왜냐하면 그곳도 영토 확장에 욕심이 있기 때문이지. 대신관은 신전을 세우는 것에 만족하지만 성황은 그보다 큰 것을 바라고 있어."

"라키스를 먹어 몸집을 불린다면 성황국으로서도 나쁠 게 없겠지. 하지만 어떻게 할 텐가?"

수이라가 노기를 담은 눈으로 페르노크를 보았다.

최전선을 습격받은 분노는 아직도 가라앉지 않았다.

페르노크의 제안에 응한 것도 그 이유 때문이었다.

여기서 그가 허튼소리를 한다면 수이라는 크게 실망하

여 대관식에 참석하지 않을 것이다.

하지만 페르노크에겐 강대국 라키스를 상대로 펼칠 방법이 있었다.

"동맹군을 이용한 경계선."

페르노크가 탁자에 지도를 펼쳤다.

성황국을 제외한 3개국이 아래에서 라키스를 치고 올라가는 모습이었다.

"결국 대치 아닌가?"

수이라가 실망한 듯 묻자, 페르노크가 웃으며 새로운 선을 그었다.

"확장한다면 얘기가 다르지."

해상까지 넓게 펼쳐진 날개 같은 경계선이었다.

"해안……"

살라반이 경계선의 의미를 눈치채곤 탄성을 흘렸다.

"그렇군요. 육로에서 병력을 진군시켜 적을 정면에서 받아 낸다면, 이후는 보급의 싸움이 될 겁니다. 확실히 해상을 이용한다면 진군에 탄력을 받는 건 이쪽이겠죠."

"그것뿐만은 아니겠군. 이 해로를 이용하면 라키스의 서쪽 지역에 병력을 내려보낼 수 있어."

"게다가 우리가 이런 방식의 압박을 시도한다면, 성황국으로선 반대편의 경계가 느슨해지기 마련이니 얼마든지 동쪽을 찌르고 들어갈 수 있습니다. 라키스의 삼면을 치는 방법이 성황국의 참전으로 가능해지는 거지요."

"이걸 받아들이지 않으면 세상에 제일가는 얼간이겠군."

성황국이 동쪽에서 힘을 집중시켜 충분히 밀어붙일 매혹적인 제안이었다.

"하지만 우리 3개국의 힘으로 이 넓은 포진을 감당할 수 있겠나?"

수이라의 지적처럼 문제는 병력의 열세였다.

제아무리 넓고 좋은 지형도 감당할 병력이 부족하면 성립하기 어렵다.

그리고 이런 지적이 나온다는 것을 페르노크는 이미 예상하고 있었다.

여기서부터가 본론이었다.

"해상을 일루미나에게 맡겨 준다면 병력은 충분해져."

"해상을……?"

페르노크가 일루미나에 인접한 해안가로 병력을 이동시키는 선을 그었다.

"타이르가 왜 라키스의 백작급 하나에 허덕였는지 알고 있나?"

"갑작스러운 침공 때문이었지."

"근본적인 이유는 타이르의 병력이 산만하게 나뉘어졌다는 것 때문이오."

"뭐라?"

수이라가 미간을 찌푸렸지만 페르노크는 아랑곳하지 않았다.

"해상에서 우위를 잡던 타이르가 육로를 개척하기 위해 병력을 분산했지. 그리고 국경 수비와 각 영지에 퍼진 병력들만 해도 가히 수만에 이르오. 더 큰 문제는 해상과 육지의 마도사까지 나뉘어졌다는 점인데, 라키스는 이것을 아주 잘 팔고 들었소. 하여, 얀 왕자만으론 감당치 못한 것이오."

"이보게……."

"해상의 병력을 육지로 돌려 최전선을 수복하고 그대로 라키스로 진격하시오. 그럼 우린 타이르와 맞대고 있는 국경 수비군을 해상군으로 전환하여 라키스의 서쪽을 칠 수 있소. 그리고 정면은 나를 포함한 왕국군 정예가 칠 것이오."

"허…… 상상력은 좋군. 한데, 일루미나 만으로 가능할 것 같나?"

"르젠의 병력 일부를 왕국군에 합류시키면 가능하지."

주의 깊게 듣던 살라반이 고개를 끄덕였다.

"일부라면 가능합니다."

내전의 여파가 가시지 않아 대부분의 병력을 나라에 묶어야 했다. 하지만 페르노크가 원하는 구상의 병력이라면 일부를 나눠 증원해 줄 수 있다.

"결국 이 경계선의 핵심은 일루미나와 타이르가 전군을 포진시켜 진격하는 것에 있다. 르젠의 지원도 일부 받을 것이나, 그들은 군사력이 아닌 풍족한 자원을 바탕으로 한 보급을 우선으로 여긴다."

수이라가 말을 멈추고 다시 한번 자세히 지도를 들여다보았다.

일루미나도 해상과 인접할 좋은 조건을 갖추고 있다.

그리고 지금 여러 나라의 전초기지가 될 수 있다는 지리적 이점을 바탕으로 수많은 대군을 유연하게 움직이는 것이 가능하다.

'나라의 약점을 강점으로 살린다?'

수이라가 페르노크를 쳐다보며 물었다.

"해상은 우리의 모든 것이네."

"그 의존성을 탈피하고자 최전선을 만들고 있지 않은가."

"그 말은 일루미나는 반대로 해상을 개척하고 싶다는 뜻으로 들리는데?"

"이 전쟁으로 타이르가 얻을 이익에 비하면 내 꿈은 소박하지 않나."

"결국, 이 경계선의 핵심은 일루미나가 해상의 일부를 가져야 한다는 점이로군."

"양보할 수 없다면 타이르가 혼자서 육로와 해상 전부를 감당해야 하지. 그건 백작급에게 농락당했던 방식을 똑같이 재현할 뿐이야."

"허허, 해상을 달라고 이렇게 노골적으로 말할 줄은 상상도 하지 못했어."

"동맹 간에 숨기는 일은 없어야지."

"우리가 주지 않겠다면?"

"단지, 일부를 원할 뿐이야. 하지만 그마저도 싫다면 타이르에서 라키스를 승리할 방법을 만들어야 하겠지."

그런 방법은 없다.

라키스의 후작급이 수만 대군을 이끌고 온다면 최전선이 밀리는 것만으로 끝나지 않는다.

수이라는 그 사실을 잘 알고 있기에 페르노크의 제안을 긍정적으로 검토할 수밖에 없었다.

'해상의 일부를 떼어주고, 라키스의 육지를 우리가 가져올 수 있다면 최전선은 보다 확장되어 타이르가 내륙에 굳건한 발판을 만들 수 있다.'

일루미나와 타이르가 기둥이 되어 경계선의 전면을 담당하면, 르젠이 후방 지원 및 병력의 일부 증원을 담당하여 급격한 변화에 대처하도록 만든다.

내란으로 혼란스러운 르젠 입장에선 최대한 짜낼 수 있는 규모였으며, 타이르에게 부족한 식량을 이를 통해 해결할 수 있으니 동맹국 모두에게 타당한 제안이었다.

여기서 페르노크에게 해안가를 내어 주지 않는 것보다, 내어준 뒤에 얻을 이득이 훨씬 많다는 뜻이었다.

"어느 지역을 원하지?"

성황국의 참전까지 이끌어 낼 방법이 마련되었다.

전쟁의 승리가 보다 높아질 확률에 수이라는 배팅하고

말았다.

"이곳."

페르노크가 가리킨 지점은 일루미나에서 인접한 해안 가였다. 그곳을 타고 오르는 지점이 타이르가 다스리는 해상로였다.

"그리고 이곳."

한데, 페르노크가 해안가에서 위험한 곳으로 방향을 틀었다.

"여기를?"

수이라가 고개를 갸웃했다.

치밀하고 명석한 페르노크 답지 않은 선택이었기 때문이다.

"아니, 페르노크 왕. 이곳은 아주 위험한 해로 아닙니까?"

살라반마저 그 해협의 위험성을 잘 알고 있었다.

두 왕이 우려하는 그 해협은 풍부한 자원을 가지고 있으나, 배가 들어서기 어려워 타이르가 해상권만을 주장하는 위험한 지역이었다.

"어차피 타이르에겐 필요 없는 곳 아닌가?"

"그렇긴 하네만……."

"해안가와 더불어 이곳까지 이어진 해상로를 타이르에게서 정식으로 얻고 싶다. 대신, 전쟁이 진행되는 동안만 타이르의 다른 해상로를 이용해 라키스로 침공토록 하지."

"……일루미나에 이곳을 이용할 배가 있던가?"

"장기적으로 보고 싶을 뿐이야. 혹시 아나, 언젠가 저 해협에 들어설 배가 나타날지."

수이라는 웃고 말았다.

'치밀한 줄 알았더니, 순진한 구석도 있었군.'

타이르라고 시도를 안 해 봤겠는가.

자신들의 해상권을 이용해 타국의 침입을 막고 오랫동안 해협에 들어설 방법을 연구했다. 하지만 독보적인 선박 기술을 보유한 타이르조차 해협 출입은 불가능했다. 또한 해협에 자리 잡고 있는 암초와 소용돌이는 세월이 흐른다 하여 절대 사라지지 않는다.

가지고 있기엔 아까우나 남에게 넘겨주자니 께름칙했던 위험한 지역.

'페르노크 왕이 죽고, 후손들이 왕권을 잡아도 해협의 위험성은 사라지지 않아. 이런 곳을 정식으로 넘겨 달라고? 보장해 달라고?'

수이라는 해상을 달라던 페르노크의 제안이 이젠 귀엽게 느껴졌다.

"후회하지 않겠나?"

"물론."

"그럼 우리도 두말하지 않겠네."

수이라가 해안가와 여러 지역을 가리키며 단호하게 말했다.

"이제부터 이곳은 일루미나의 것이네."

그러자 페르노크가 씨익 웃었다.

"마침내 성황국을 설득할 명분이 모두 갖춰졌군."

* * *

해상에 대한 권한을 보장하는 서약서.

그리고 3개국 동맹을 체결하고 응접실을 나온 페르노크가 리오를 불렀다.

"해안가와 해협을 얻었다."

"그렇다면……."

"이젠 아무도 내 허락 없이 그곳에 접근조차 불가능해."

리오의 눈이 반짝였다.

아무도 접근하지 못하기에 아무도 무엇을 하는지 알 수 없는 은밀한 지역.

인간의 손길이 닿지 않는 이곳은 무수한 자원을 가진 바다의 보물이었다.

"전쟁은 시작이 험난하고, 끝난 후에도 문제가 발생한다. 특히, 각 국은 차후를 경계하며 부족한 군사력을 증강시키려 하겠지. 가장 필요한 것은 병장기다."

"해협의 자원은 우수한 병장기를 만드는데 도움이 되죠."

"그것을 다룰 장인들은 이미 부유성에서 준비를 끝마쳤지."

막대한 자원.

양질의 병장기를 손쉽게 만들어 내는 땅굴족.

그리고 전쟁과 그 이후의 상황.

이 모든 것들이 맞물리는 순간 인간의 출입을 불허하는 해협은 세계의 상권을 장악할 든든한 거점으로 재탄생한다.

"하오나, 한 가지 문제가 있습니다."

"상단 말이더냐."

"예. 저는 이미 전하의 수족으로 세계에 알려지지 않았습니까. 각 국은 분명 제 상단을 경계할 것입니다. 일루미나로 재화가 흘러 들어가는 건 꺼림칙할 테니까요."

"하여, 내가 거점 상단을 만들었다."

페르노크가 두툼한 서류 뭉치를 리오 앞에 내려놓았다.

리오가 명단을 살피곤 놀란 눈이 되었다.

"네 상단을 이용하지 못할 듯하여, 예전부터 이름만 만들어 둔 껍데기들이다. 원하는 만큼 가져가서 사용하도록."

"언제 만드신 겁니까?"

"너를 재상으로 생각한 날부터."

페르노크가 피식 웃으며 물었다.

"이거면 각 국의 유통과 경제를 내게 모조리 가져올 수 있겠나?"

페르노크가 판을 만들었다.

리오는 새로운 나라가 모든 나라를 좌우하게 될 황홀한 순간을 떠올리며 결연하게 외쳤다.

"전쟁이 끝날 때까지 모든 나라가 전하께 간절해지도록 만들겠사옵니다!"

새로운 나라는 일루미나의 지리적 이점과 강력한 군사력을 바탕으로 해상의 강점까지 살리는 세계의 중심이 될 것이다.

3장. **바르간타**

바르간타

거점 상단.

각 나라에 점을 박듯이 퍼트려 놓은 유령 상단이다.

페르노크는 일루미나의 성을 집어삼킬 때부터 생각해 왔었다.

리오가 정체를 드러낸 후에 그가 만든 상단들은 분명 그 어떤 나라도 반기지 않을 것이다.

페르노크의 나라가 성장하는 것을 우려하여 자국 상단에 더 큰 힘을 실어 주어 견제할 가능성이 높았다.

하여, 페르노크는 그때를 대비하여 상단의 형태만 갖춘 유령 지점들을 만들어 뒀다.

"내가 왕이 될 때는, 세계가 전란에 빠질 거라고 생각했었다. 그리고 지금 전란은 더욱 큰 전쟁의 겁화로 타오르기 시작했지."

페르노크가 리오와 이종족 족장들을 불러 모아 얘기했다.

"지금은 동맹으로 묶여 있지만 관계가 언제 틀어질지 모른다. 그리고 그때, 우리나라가 돌파할 방법은 자원이다."

질 좋은 철 덩어리를 테이블에 내려놓자 땅굴족의 눈이 반짝인다.

"이 자원을 가공해 만든 물건을 거점 상단에서 유통하여 그 나라의 상권을 장악한다. 반드시 우리를 거쳐야만 하는 핵심 가공품을 사용해서 말이지."

"그게 뭔가, 큰 족장!"

각 족장들의 시선이 모이자 페르노크가 웃으며 답했다.

"땅굴족의 병장기다."

"전쟁엔 먹혀들겠지만, 이후에도 괜찮을까?"

"전란은 쉽게 가시지 않아. 그리고 설령 전쟁이 빨리 끝난다 해도, 라키스라는 거대한 영토를 먹기 위해 각 나라가 끝없이 부딪치게 된다. 군력 증강은 무엇보다 우선 과제가 되었어. 그 점을 바탕으로 우린 양질의 병장기를 공급하여 자본을 불려 나가고, 바다의 자원을 이용한 가공품으로 모든 사람들의 마음을 붙잡는다."

족장들은 고개를 끄덕였다.

그간 페르노크가 불러 주지 않아서 좀이 쑤시던 참이었다.

이번에도 바다에 내려놓아 전쟁에 참여하지 못하는 불만을 삭이고 있었는데, 페르노크가 가장 중요한 역할을 맡았다고 설명해 주자 금세 수긍하였다.

"이 바다가 우리를 새로운 길로 인도하겠지. 그 선두에 반드시 너희들이 있어야 한다."

굳이 그들 말고 다른 사람들을 데려오지 않은 건, 이종족과 인간의 화합을 바라기 때문이었다.

결국, 수뇌부를 포함해서 왕국의 모두에게 이종족의 존재를 알려야 하는 순간이 온다.

그때, 이들이 자원을 베풀어 나라가 부강해졌다는 말이 들린다면 낯선 이방인을 호의적으로 보게 될 것이다.

그리고 차츰 하나로 합쳐지기 시작하면 이 나라는 무수한 종족들이 서로의 꿈을 위해 경쟁하는 자유롭고 창의적인 나라가 될 거라 믿어 의심치 않았다.

"또한 이 바다를 바탕으로 라키스의 취약점을 파고들 것이다. 뿔족과 비늘족이 타이르를 상대하며 얻은 경험으로 바다를 질주한다면 라키스도 막지 못해."

"전쟁을 할 수 있다는 건가!"

"그래. 너희 뿔족. 그리고 비늘족도. 그를 지원하는 땅굴족까지, 모두가 역사에 이름을 남길 것이다."

족장들이 서로를 보며 씨익 웃었다.

누구보다 부족의 명예를 중요시하는 그들에게 전쟁은

곧 기회라는 인식이 박혀 있기 때문이었다.

"내 지시가 떨어지기 전까진 이곳에서 서로 합을 맞추며 실력을 갈고닦도록."

"물론이다, 큰 족장!"

"비늘족을 전부 이곳에 데려올 테니 언제든지 불러다오!"

"부유성만으론 대장간이 부족하다, 케륵! 더 많은 망치와 불을 준다면 원하는 병장기를 만들어 주겠다! 케륵! 케륵!"

페르노크가 고개를 끄덕이며 그들이 바라는 점들을 리오에게 따로 지시했다.

"대관식이 코앞인데 바쁜 일만 맡기는구나."

"나라의 운명이 달린 중대사이지 않습니까. 얼마든지 맡겨 주십시오."

"나라도 나라지만, 네 일도 이젠 슬슬 털어놓을 때가 되지 않았더냐."

페르노크가 왕이 된다면 리오의 소원을 이뤄 주기로 마물의 산맥에서 약속했었다.

"쉽게 말하기 어려운 일인가?"

"아닙니다. 제 소원은……."

리오가 과거를 떠올리며 쓸쓸하게 웃었다.

"……라키스의 북동부 지역, 파나마 성을 마일드의 이름으로 달라는 것입니다."

"마일드?"

"제 이름은 리오 드 마일드. 제 할아버지께선 라키스의 귀족이셨습니다."

"라키스…… 13작의 일원이었나?"

"할아버지께선 자작이셨죠. 하지만 마일드 가문이 멸망한 지 수십 년이 지났습니다. 병석을 전전하시던 아버지께서는 제가 마일드를 잇기를 바라셨지만, 마법을 타고나지 못해서 포기했었습니다."

왜 줄곧 리오가 말을 아껴 왔는지 알 것 같았다.

처음에는 페르노크로선 불가능해 보였고, 후에는 전쟁이 시작되기 때문이었다.

"제가 이루지 못한 것을 루인 님께 부탁드려도 볼까 했지만, 그분은 아시다시피 세상을 등지셨었죠. 그리고 페르노크 님은……."

"불가능해 보였겠지. 아니, 세상의 어느 누구도 마법사가 아닌 존재를 라키스의 귀족으로 만들어 달란 소원을 이뤄 주지 못했을 거다."

"……그렇습니다. 그럼에도 한 가닥 기대를 품고 페르노크 님을 따랐습니다."

"내가 왕이 되지 못했다면?"

"조용히 상단을 꾸리며 살려 했지요."

"간이 큰 거지, 욕심이 없었던 건지 모르겠군."

"여러 살길을 모색했을 뿐입니다. 적어도, 페르노크 님을 따르면 뭔가 하나라도 얻을 거란 기대감이 있었으니 까요."

"지금은?"

리오가 결연한 표정으로 답했다.

"저만 잘하면 마일드의 영광을 되찾을 거라 믿고 있습니다."

"하면, 이제부터 너의 성은 마일드다."

"영광입니다."

페르노크가 고개를 끄덕였다.

"리오 드 마일드, 그 어떤 나라가 파나마 성을 원하더라도 내가 반드시 너에게 그 성을 안겨 주겠다."

"감사합니다!"

고개를 꾸벅 숙이는 리오의 등이 흐느끼듯 떨리고 있었다.

말없이 등을 두드려 준 페르노크가 넓은 바다가 한눈에 보이는 절벽에 올랐다.

여기 미련을 담은 또 다른 사념이 있었다.

[진짜네…….]

바몬트가 출렁이는 물결을 멍하니 바라보았다.

[정말…… 바다를 정복했네!]

오래도록 나라의 부강을 위하여 해안가를 정복코자 했던 정복왕에겐 이곳에서의 모든 시간이 특별하게 느껴졌다.

그건 한 단어로 딱 잘라 말하기 어려운 감정들이었다.

페르노크가 저울을 절벽 끝에 내려놓으며 먼바다들을 가리켰다.

"저 해협에 새로운 거점을 세우고, 우린 보다 넓은 세계로 뻗어 나갈 거야."

[잘했어, 정말 잘했어!]

"정복은 아니다. 하지만 이 바다는 우리 것이야."

[뭐가 됐든 얻었잖아! 내 후손 중에서 이런 뛰어난 아이가 나올 거라고 생각해 보지 못했는데.]

그럼에도 기대하며 오랜 시간을 저울 속에 잠들어 있었다.

[고맙구나. 정말.]

바몬트의 저울이 갈라지기 시작했다.

사념의 영력이 빠져나가자 세월을 견디지 못한 저울이 부서지는 것이다.

[페르노크.]

새하얀 알갱이로 화하는 바몬트의 입가에 빛나는 미소가 맺혀 있었다.

[이 나라를 부탁하마.]

이윽고 바몬트는 저울과 함께 재로 화하여 사라졌다.

바람결에 휘날린 잔재가 바다로 뻗어 나가는 모습을 페르노크는 묵묵히 지켜보았다.

나라를 지키지 못한 그와 가지지 못했던 바몬트.

둘 모두 부강한 나라를 얻고 싶었지만 한 명은 자신의 손으로 움켜쥐었고, 다른 하나는 맡기고 사라져야만 했다.

그 절실한 감정이 가슴에 녹아내려 페르노크를 더욱 단단하게 만들었다.

"너처럼 맡길 후손도 없는 사람에겐 이 모든 순간이 마지막처럼 느껴진다."

페르노크가 바다에 속삭였다.

"다음은 없겠지. 그러니 더 넓은 곳으로 반드시 향할 수밖에……."

한동안 바다를 지켜보던 페르노크가 몸을 돌려 절벽을 내려갔다.

* * *

왕성에 돌아온 페르노크는 각 영지에 흩어진 수하들을 불러 모았다.

그들에게 작위와 영지를 내리며 왕국의 체계를 바로잡아갔다.

그리고 각국의 사절단들이 찾아온 날.

마침내 대관식이 열렸다.

붉은 융단을 밟고 왕좌에 올라 왕관을 쓰기까지 어떤 미사여구도 사용하지 않았다.

페르노크가 도열한 사람들을 내려다보았다.

이곳에 오기 전까지 검토했던 수많은 말들이 깔끔하게 비워졌다.

죽어서도 꿈꿨던 날이 펼쳐지자 의외로 담담해졌다.

"이런 나라를 너에게 맡겨야 하는 아비를 용서해 다오!"

그의 아버지는 멸망해 가는 나라를 목전에 두고서야 페르노크에게 많은 것을 떠맡겼다.

백성들과 수하들의 비명이 원망으로 메아리치는 혼란의 한복판에서 페르노크는 검을 들고 죽었다.

막다른 절벽에 우두커니 서는 모습은 이제 사양이다.

"우리 앞에 놓인 벽은 아직 두껍고 높다. 그걸 넘어선 뒤에 이상향이 펼쳐질 거라 말할 수 없다. 세상은 미완성이고, 미래는 불투명해서 무엇을 헤쳐 나가야 할지 막막하기만 하다."

페르노크가 왕관을 내려놓고 아티펙트를 검으로 바꿔 가슴에 올렸다.

"그러니 나를 믿어라."

그 옛날, 출정식을 앞두고 나라의 만백성에게 고하였던 충절의 의식.

셀 수도 없는 시간이 지나고 나서야 페르노크는 당당히 선보일 수 있었다.

"내가 이 나라를 세계의 중심으로 만들겠노라!"

그리고 내리찍은 검의 파동이 왕성을 뒤덮으며 그들의
가슴을 뒤흔들었다.

"바르간타를 이 자리에서 천명하노라!"

바르간타.

태초의 인간을 하나로 묶었던 가장 위대한 제국.

세상의 모든 종족은 바르간타를 이렇게 칭하였다.

성스럽고 고귀한.

가장 아름다운 신들이 머무는 나라라고.

* * *

라키스의 패황이 세계를 들썩이는 소식에 기꺼운 웃음
을 터트렸다.

"허허허, 일루미나가 저물었군. 이것 또한 자네의 예상
이 맞았네."

크리스가 한쪽 무릎을 꿇고 고했다.

"송구하옵니다, 폐하."

"아닐세. 페르노크가 왕이 된다면 그곳에 새로운 나라
를 세울 거라고 전부터 얘기하지 않았던가. 그때부턴 교
섭도 타협도 할 수 없을 거라고 했었지."

"예. 신왕조 바르간타는 일루미나의 장점을 살려 세계

로 뻗어 나갈 강대국이 될 것입니다."

"아직은 강대국들 사이에 둘러싸인 나라에 불과하지 않은가."

"동맹국들에게 빚을 만들어 두고 연합하여 새로운 경계선을 세우겠지요. 그 중심엔 반드시 바르간타가 있습니다. 강대국들 한복판에 존재한다는 단점은 전쟁이 시작되는 순간 장점으로 바뀔 것입니다. 그리고 그것은 바다까지 이용할 가능성이 높습니다."

"자네의 우려는 한 번도 틀린 적이 없으니, 이번에도 맞겠지."

어둠 속에 파묻힌 권좌에서 호박색 눈동자가 일렁인다.

"한데, 자네 덕분에 우린 세상의 악이 되었네. 모두가 우리에게 칼을 겨눌 것이 자명한데, 어찌 막을 텐가?"

"이미 전대의 공작분들을 설득하였고, 새로운 13작의 체계를 갖췄습니다."

"그것만으론 부족하지. 성황…… 그 능구렁이가 참전할 텐데."

"하여, 미리 뿌려 둔 씨앗을 사용할까 하옵니다."

"호오, 뭔가를 해 두었었나?"

크리스가 고개를 들어 올리며 무심히 고하였다.

"모든 나라가 저희를 적대하진 않을 것입니다."

"기대되는군. 좀이 쑤셔서 견딜 수가 없어."

왕좌에서 일어난 패황이 어둠을 벗어났다.

올해 80이라곤 믿기지 않는 날렵한 체격의 중년인이 모습을 드러냈다.

머리는 백발이었지만 외형은 세월을 빗겨나간 듯했다.

전쟁의 피로 그 몸을 적셔 시간을 거꾸로 돌린다는 별명마저 붙은 패황, 아라드가 섬뜩한 미소를 지어 보였다.

"바르간타에 인사를 전해야겠네."

* * *

얀은 탑에 갇혀 멍하니 밤하늘을 바라보고 있었다.

율리아나의 죽음 이후 무엇도 그의 마음을 적시지 못했다.

그런데 바람결에 흘러들어온 목소리 하나가 얀을 뒤흔들었다.

[뭘 고민하지? 너 정도의 힘과 왕자라는 명분이 있다면 저주받을 페르노크보다 훨씬 크고 웅장한 나라를 만들 수 있잖아.]

얀이 자리에서 벌떡 일어났다.

그 목소리는 분명 최전선 기지에서 치열하게 싸웠던 라키스의 마도사 '광대'였기 때문이다.

[그렇게 둘러보지 않아도 나는 지금 근처에 없어.]

"나와!"

[하하, 지금 네 머릿속에 들리는 목소리는 내가 입힌 상처에서 비롯된 '개입'이라는 마도술이다. 내가 온갖 하얀 동물을 만들 때 사용한 것도 이 마도술 덕분이야. 쉽게 말하자면, 네 상처에 심어 둔 마도술로 내 의념을 전달한다는 거지.]

얀은 어깨에서 광대의 마력을 느끼자마자 깨달았다.

겉으로 드러난 상처는 모두 치료했다.

하지만 몸속에 광대가 남긴 자국이 있었다.

줄곧 잠복해 있던 그 마력이 이 수상한 의념의 정체였다.

[내 마도술이나 자랑하려고 이 아까운 기회를 사용한 건 아니야. 단도직입적으로 제안하지. 얀, 율리아나의 복수를 하고 싶다면 13작의 일원이 되어라.]

"……!"

[우리가 비록 좋지 않은 관계로 만났지만 잘 생각해 보면 세상에 우리만큼 신의를 중요시 여기는 자들이 없어. 우린, 반스를 왕자로 만들기 위해 다른 나라를 적으로 돌리면서까지 최선을 다했다. 하지만 정작 신의를 중요시한다는 타이르는 율리아나 왕녀를 어떻게 했지?]

"그 입에 율리아나를 올리지 마!"

목소리가 쩌렁쩌렁하게 울렸으나 마력까지 돋우진 않았다.

지금 마력을 퍼트렸다간 어깨에 심어진 광대의 마력이

사라진다.

그것은 대화의 단절을 의미한다.

겉으로 부정하면서도 대화를 이어 나가고 싶어 하는 심정을 광대는 눈치챘다.

[우린 바르간타를 친다. 네가 도와준다면 단언컨대, 썩어 빠진 타이르를 정화하고 네 지고지순한 사랑의 복수까지 이룰 수 있어.]

"내 욕심에 나라를 배신하진 않는다!"

[아니지. 넌 엄연히 나라를 이어받을 차기 왕위 계승자야. 그걸 조금 앞당겨서 신의를 짓밟는 버러지들을 단죄하고, 나라를 바로잡겠다는데 어느 누가 너를 손가락질할 수 있을까?]

얀의 눈동자가 흔들린 순간, 광대가 그 안에 억지로 삭이고 있던 분노를 끄집어냈다.

[얀 왕자여. 억울하게 죽은 율리아나 왕녀가 지금 곁에서 살려 달라고 울부짖고 있는데, 정녕 들리지 않는가?]

쇠사슬을 움켜쥔 얀의 주먹이 부르르 떨렸다.

[일루미나가 바르간타가 되었듯 타이르 또한 새롭게 바뀌어야 하네. 얀의 이름 아래서. 후후후.]

어깨의 마력이 사라지고 광대의 목소리가 희미해졌다.

하지만 쇠사슬에 묶인 얀의 머릿속엔 그가 남긴 단어가 메아리치고 있었다.

율리아나 왕녀가 살려 달라고 울부짖고 있어.

얀이 어금니를 꽉 깨물었다.

[수이라가 네 감정을 조절하기 위해 머리에 심어 놓은 속박은 내가 해결해 줄 수 있어.]

그 순간, 얀의 눈동자에 섬뜩한 빛이 번뜩였다.

* * *

대관식이 끝나고 나서 본격적인 업무가 시작되었다.

수하들에게 미리 일러둔 작위와 영토를 만인 앞에 확정 지어야 했고, 백성들의 안위를 살핀다는 명목으로 왕관을 쓴 채 왕성을 행진해야 했다.

새로운 군부의 책임자들과 바로 면담했고, 플레미르와 상의한 법안까지 공표했다.

하루가 어떻게 지났는지도 모를 만큼 숨 가쁘게 흘러갔다.

그리고 땅굴족에게 의뢰한 봉인구가 도착했다.

"이 안에 상자를 넣으라 했습니다."

저번 해안가 방문 당시 핵이 담긴 상자를 땅굴족에게 보여 줬었다. 그들은 수백 년 전의 상자에서 놀라운 기술을 발견했다며 이리저리 만져보았고 유사한 장치를 만들어 낼 거라 자신했었다.

그렇게 도착한 봉인구는 상자를 통째로 가두는 방식이었다.

봉인구에 갇힌 상자를 부분 개방시켜 개방된 힘이 그 안에 머물도록 만드는 원리였다.

봉인구 한쪽에 손을 집어넣을 수 있는 공간까지 구비되어 있어 봉인구에 갇힌 힘을 바로 흡수하도록 설계되어 있다.

철컥!

페르노크가 봉인구를 열고 상자를 안에 집어넣었다.

그리고 다시 봉인구를 닫고 공간에 손을 넣어 상자를 열려 하는데.

"음……"

페르노크가 못마땅한 듯 미간을 찌푸리며 손을 빼냈다.

리오가 고개를 갸웃하며 물었다.

"무슨 일이신지요, 전하?"

"실패다."

상자를 살짝 매만졌음에도 폭발 반응이 느껴졌다.

"외부 반응에만 자극을 느끼는 줄 알았더니, 손을 얹자마자 상자 자체에서 반발력이 생기는군."

"봉인구로 감당하기 어렵습니까?"

"봉인구는 상자의 힘을 조절해서 꺼내기 위한 장치다. 상자에서 핵이 전력으로 터진다면 봉인구는 순식간에 녹아내릴 거야."

페르노크가 봉인구를 열고 상자를 빼냈다.

"새로 봉인구를 조정해야겠다. 내가 적은 것을 땅굴족에게 일러두도록."

"예!"

리오가 종이를 받아들고 밖으로 나갔다.

페르노크는 상자에 손을 얹고 마법을 발동시켰다.

이윽고, 상자의 크기가 반지의 큐빅만 한 사이즈로 줄었다.

핵에 간섭하지 않고 상자 자체의 크기를 자유자재로 조종하는 건, 폭발의 대상에 해당하지 않는다.

페르노크는 간편해진 큐빅을 보석 빠진 반지에 꽂아 넣었다.

이 또한 휴대를 위해 따로 땅굴족에게 제작을 부탁한 강화 악세서리다.

'들고 다니면서 실험은 계속해야지.'

조급하게 여긴다고 될 일이 아니다.

가히, 한 나라를 집어삼킬 거대한 영력을 탈 없이 먹기 위해 페르노크가 반지를 어루만지고 있을 때였다.

"전하, 귀빈들이 도착하셨습니다."

"뫼시거라."

페르노크가 예복을 차려 입고 대전을 가로질렀다. 잘 꾸며진 화원에 들어서자, 며칠 전 만난 르젠과 타이르의 왕. 그리고 새하얀 법복의 노인이 앉아 있었다.

일견, 성스러워 보이는 마력을 두른 노인의 영혼이 심상치 않았다.

'재밌는 혼이군.'

이제까지의 마도사들보단 평범한 크기다.

하지만 혼을 이룬 영력이 몹시 맑고 깨끗하여 안이 내비치는 시냇물을 보는 느낌이다.

'영혼의 형질만으로 위업에 도달할 자질이 있어. 숨이 다할 때까지 살아 있을지가 의문이지만.'

페르노크가 빈 자리에 앉아 노인을 바라보았다.

청색과 붉은 색의 오드아이.

소문만 무성했던 성황국의 주인.

성황 바르티유.

S2의 마도사라고 알려진 바르티유에게 다른 왕들도 호기심 어린 시선을 보내고 있었다.

"대신관이 아닌 성황께서 직접 이 자리에 오실 줄은 몰랐습니다."

"아리샤가 어찌나 페르노크 왕을 만나야 한다고 간곡하게 말하니, 나도 성의를 다해야 하지 않겠습니까."

"제가 일전에 보낸 시신도 읽어 보셨습니까?"

"아리샤가 준 그 편지 말입니까? 라키스를 상대한다는 그 무서운 말?"

페르노크가 탁자에 몸을 가까이 했다.

"글쎄요. 여기 있는 모두가 힘을 합친다면 해볼 만한

싸움이라고 여겨집니다."

"라키스의 패황......아라드를 아십니까?"

"크리스 이전에 라키스를 초강대국에 올린 괴물이라고 들었습니다."

바르티유가 고개를 끄덕였다.

"아라드와 저는 젊은 시절 참 많이 부딪치고 지냈습니다. 서로의 실력을 인정하고 각자의 영역을 침범치 않기로 무언의 약속을 하였지요. 하지만 그건 어디까지나 제 쪽에서 일방적으로 밀어붙인 호기와 같습니다."

"무슨 말씀입니까?"

"저는 아라드가 두렵습니다."

그러자 수이라와 살라반이 놀란 눈을 드러냈다.

세계의 패자를 다투는 성황국의 주인이 이런 말을 쉽게 할 거라곤 누구도 생각하지 못했다.

"그 자의 기질은 몹시 흉포하고 지극히 쾌락을 탐하는 광인에 가까워 생각을 읽어 내려갈 수 없기 때문입니다."

"전쟁엔 늘 있는 일이죠. 서로의 수를 교환하여 일진일퇴를 반복하다가 기회를 포착해서 죽이는 것이 전략입니다. 단지, 패황의 전술이 두려워 머뭇거린다면 단언컨대, 제가 꺾어버릴 수 있습니다."

"아라드가 무서운 점은 그뿐만은 아니지요. 녀석은 마도사가 아님에도 마도사를 아우르는 특별한 힘이 있습니다."

"마력이 아닌 다른 힘? 처음 듣는 말이군요."

"그럴 테지요. 이건 직접 싸운 당사자가 아니면 알 수 없는 일이니."

"패황의 무기가 무엇입니까?"

바르티유가 젊은 시절을 회상하며 말했다.

"지배."

"……?"

"단지 그렇게밖에 표현할 수 없습니다. 분명, 안티 매직은 아닌데, 그 앞에선 마도술이 경직된 것처럼 멈춰 버립니다. 그건 보다 높은 곳에서 찍어누르는 황제의 위엄 같은 것이어서, 수십 년이 지난 지금도 나는 아라드의 그 불가사의한 힘을 파악하지 못했습니다."

페르노크가 고개를 끄덕였다.

"그럼 그 힘을 밝혀 내는 것부터 시작하면 되겠군요."

"왕은 아라드가 두렵지 않습니까?"

"한 번도 보지 못한 적을 왜 미리 두려워해야 합니까. 게다가 무서워해선 상황이 나아지지 않습니다. 여기 모인 이들은 라키스에게 당한 것을 되갚아 주고 싶어 하니까요."

"일국을 이끌어 나가기엔 지나치게 감정적인 대응입니다."

"하지만 이 명분들이 함께 따른다면 우린 더 큰 미래를 가져갈 수 있습니다."

페르노크가 탁자에 지도를 펼쳤다.

각 나라와 긴밀히 상의하여 완성한 라키스 포위망이었다.

바르티유가 천천히 지도를 살펴보곤 침음을 흘렸다.

"지금껏 라키스를 멸망시킨다는 나라가 단 하나도 없었다는 이유를 알고는 있겠지요?"

"돌은 저들이 던졌고 우리는 일어설 준비가 되었습니다."

"성황국이 함께하지 않겠다면?"

"이미 함께할 생각으로 오신 거 아닙니까. 그리고 제 제안이 그리 매력 없진 않을 겁니다."

"동맹의 대가로 무엇을 지불할 겁니까?"

"빼앗은 영토의 완전 소유권."

바르티유 눈동자에 일순 스쳐 간 빛을 페르노크는 놓치지 않았다.

"그건…… 전쟁이 끝난 후에 전리품을 따로 나누지 않겠다는 뜻입니까?"

"복잡하게 계산하지 않겠습니다. 누구 덕분이라는 이유도 필요 없습니다. 다 같이 진격해서, 빼앗은 것은 온전히 그 나라에 귀속합니다. 그것이 영토가 되었든 뭐가 되었든."

"혹 13작을 죽이지 않고 데려가겠다면?"

"그 처분 또한 그 나라에 맡길 겁니다."

모든 나라가 연합하여 승률이 비약적으로 상승해 있다.

여기에 라키스가 이룩한 것들을 하나씩 빼앗을 때마다 바로 자국에 귀속시키는 방법은 가볍게 흘려듣기 어려운 제안이다.

뒤탈이 나오지 않는 깔끔한 방식이어서 살라반과 수이라도 고개를 끄덕였다.

"성황국이 빠지겠다고 해도 상관없습니다. 그럼 저희는 1년 정도 시간을 두고 정비하면 그만이지요. 하지만 명심하십시오. 라키스가 본격적으로 칼을 빼든 이상 포화는 성황국에게도 향할 것입니다."

"으음······."

"아울러 대신관에게 약속했던 신전 설립은 해안가로 정하겠습니다. 대신, 그 해안가는 저희가 굴복시킬 라키스의 해안가일 것입니다."

말장난을 치는 거냐고 꾸짖기엔 포위망을 가리키는 페르노크의 눈동자가 소름 끼치게 차가웠다.

"저흰 라키스를 멸망시킬 겁니다. 합류하시겠습니까?"

지금이 아니면 기회가 없다는 듯 단호한 말에 바르티유가 고개를 끄덕였다.

이곳에 오기 전부터 아리샤와 많은 얘기를 주고 받았다.

그리고 페르노크의 행적을 살펴본 후에 이 동맹 제안은 도박이 아닌 승률 높은 전쟁이라고 판단했다.

'성황국만으론 라키스를 이기지 못한다. 다른 무엇보다 마도사의 숫자가 부족했어. 하지만 3개국과 마법 협회가 합세한다면 라키스의 예비 마도사들까지 감당할 수 있다.'

무엇보다 페르노크의 상태가 심상치 않았다.

'크리스 공작을 상대할 때까지만 해도 S2에 불과하다는 말을 아리샤에게 들었건만, 내 마력으로 페르노크 왕을 가늠하기 쉽지 않다. 이건 S3에 이르렀다는 말인데⋯⋯.'

바스티유가 고개를 저었다.

아무리 생각해도 그건 말이 되지 않았다.

크리스도 몇 년에 걸쳐 단계적으로 성장하지 않았던가.

고작, 몇 달 만에 마도술이 급상승하는 경우는 역사를 따져 봐도 존재하지 않았다.

'⋯⋯페르노크 왕의 변수. 이건 라키스도 예상하지 못했을 터.'

페르노크라는 강자가 전장에서 어떤 활약을 펼칠지 몰라도, 성황국이 아리샤를 앞세워 진격할 때까지 충분한 변수로 작용할 거라 판단했다.

바스티유는 모든 상황을 고려한 후에 답했다.

"전쟁 선포는 언제 하시겠습니까?"

페르노크가 씨익 웃었다.

"한 달 후. 모든 병력이 각자의 자리에 위치했을 때, 동시에 총공세를 가할 겁니다."

그리고 이어진 설명에 모두의 눈이 휘둥그레졌다.

강한 먹잇감을 미끼로 사용한다는 내용이었기 때문이다.

"라키스는…… 아니, 크리스는 걸려든다. 반드시!"

* * *

왕국이 안정화될 무렵, 대규모 병력이 북쪽 국경을 지났다.

그와 동시에 타이르와 성황국도 각자의 방향에 대군을 집결시켰다.

르젠의 보급과 마법 협회의 정예 마법사들을 루인이 별동대로 이끌며, 해상에 무수한 선박까지 위치시켰다.

도합 40만에 이르는 대군.

성황국의 대신관을 비롯한 마도사 신관들.

그리고 각국의 마도사만 6명.

무려 십수 명에 달하는 마도사들이 집결한 거대 동맹군의 탄생이었다.

형식상 수장을 바르티유로 임명하였으나, 대부분의 지휘는 페르노크가 맡기로 하였다.

"르젠의 보급은?"

"내일 당도한다고 하였습니다."

"우리가 북쪽을 도맡을 테니, 추가 증원을 북서쪽 방향으로 하라 이르고, 성황국은 때에 맞춰 치고 들어오라 전하도록."

"예."

"한데, 타이르는 왜……."

페르노크가 타이르의 선봉장을 떠올리며 고개를 저었다.

"……얀을 탑에서 꺼낸 거지?"

리오가 조심스럽게 답했다.

"수이라 왕이 얀의 광증을 조절할 수 있다고 자신했습니다."

"무언가 속박할 수단이 있다고는 들었다. 하지만 얀은 동맹군에 해가 될지도 모르는 요소야. 내가 분명 이 자는 심사숙고해서 제외하라고 하지 않았었나."

"고민 끝에 내린 결정이라고 합니다."

"본인이 원한다면 말릴 수 없지."

페르노크가 피식 웃었다.

"그 대가도 당연히 타이르가 감당해야 할 것이고."

"그럼 군사를 어찌 배치할까요?"

"2만을 타이르와 인접한 국경에 보내. 그리고 성황국에 서신을 보내도록."

"알겠습니다."

리오가 서신을 받아들며 막사를 떠났다.

페르노크도 밖에 나와 언덕 너머의 광활한 대지를 살폈다.

이곳을 점령하기까지 꽤 시간이 필요할 거라고 생각했지만, 라키스는 너무나 허무하게도 이곳에 병력을 배치하지 않았다.

　아직 전쟁을 선포하기 전이었으나, 대군의 움직임을 분명 전해들었을 텐데도, 라키스는 기묘하리만치 조용하다.

　이쪽의 선포를 기다리는 것처럼.

　'우리가 이토록 빠르게 움직일 거라고 예상하지 못 했다, 라는 어설픈 변명은 아니겠지. 무얼 준비하든 상관없다. 어차피 이쪽은 끝없이 두드릴 뿐이니, 받은 것은 이자까지 쳐서 되갚아줘야겠지.'

　페르노크가 반스를 도와 왕국을 유린했던 13작의 모습들을 떠올리며 싸늘하게 웃었다.

　"개전의 나팔을 울려라."

　곳곳에서 웅장한 나팔 소리가 울려퍼져 황야를 뒤덮었다.

　이윽고 신호는 봉화까지 타고 전달되어 바다에 이르렀다.

＊　＊　＊

　해상 선단.
　특별기동대장 루인.

절벽에 피어오른 봉화를 살핀 그가 지팡이를 선체에 두드렸다.

마력이 파동처럼 수십 척의 선박에 울려 퍼졌다.

[왕께서 하명하셨으니! 우리의 왕국을 유린했던 야만인들을 이 땅에서 모조리 벌하여 대의가 이곳에 있음을 세계에 알리리라!]

라키스의 해상은 타이르보다 못하다.

페르노크는 그 점을 노려, 개전의 첫 진군을 해상 선단으로 잡았다.

[이틀 안에 라키스의 해안가를 정복한다!]

그에 응하듯 각국에서 모인 날고 기는 실력자들이 무기를 들어올리며 호응하자, 루인이 싸늘한 목소리로 외쳤다.

[라키스를 섬멸하라!]

기존 선단에 마법 협회까지 더하여 S2의 마도사가 이끄는 고위 마법사 부대가 바닷물을 가로질렀다.

동시에 선단의 진군을 살핀 전령이 봉화를 피어 올려 다시 내륙에 신호를 전달하니, 바르간타와 타이르 그리고 성황국이 일제히 라키스의 사방으로 진군하기 시작했다.

4장. **세계 전쟁**

세계 전쟁

"어디까지 보고 있느냐."

초로의 노인이 크리스를 무심히 바라보았다.

현 황제를 제외하고 크리스를 나무라듯이 하대할 수 있는 사람은 제국에 오직 한 명뿐이다.

전대 황제의 죽음 이후 은거를 택했던 전대 공작.

크리스의 스승인 마르도 포르카제.

제국의 번영을 이끌었던 S3의 마도사가 새로운 13작이 되어 크리스 옆에 나란히 섰다.

"40만 대군과 그에 버금가는 대군이 추가로 증원될 것입니다."

"잘도 큰 판을 벌였구나. 이미 적이 코앞에 닥쳐 있는데, 대체 무슨 생각으로 그람을 죽인 거지?"

"전쟁을 위해서는 내부의 배신자를 솎아 내야 했습니다."

"결국, 그것이 제국의 전력 약화로 이어졌다."

"그 덕분에 스승님께서 은거를 깨시지 않으셨습니까."

마르도의 입꼬리가 뒤틀렸다.

황제의 명령이랍시고 느닷없이 크리스가 자신들을 찾아와 13작의 공석을 채워 줄 것을 제안했었다.

그때는 웃으며 넘어갔지만, 모든 나라가 자신들에게 칼을 겨눈 지금은 얘기가 달라졌다.

"예전부터 나는 너를 알 수가 없었다. 조그마한 악동이 항상 일을 벌이면 온 나라가 뒤숭숭해져 모두의 이목을 붙잡고 누군가가 다치곤 했었지. 그리고 결국은 네가 원하는 방향으로 모든 결과가 이어졌다."

지금도 마찬가지였다.

"세계 통일이라는 이름하에 너는 기존 체제를 뒤흔들었다. 전력 강화를 위해 나라를 궁지로 몰아넣었지."

"이해하기 어려운 말씀이군요."

"전 황제 폐하를 모시던 우리를 꿰어 내기 위해 나라의 위기를 부채질하지 않았더냐."

"억측이십니다."

"글쎄. 결국, 나라에 위기가 닥쳐 조용히 여생을 마치려던 우리를 네가 이끌어 냈다."

아무리 은거한 마도사들이라 해도 나라의 위기를 어찌

보고만 있겠는가.

"이미 우리의 시대가 끝났거늘, 너는 과거의 강함에 이끌려 과한 행동으로 우리의 안식을 깨뜨렸다. 반스를 왕위에 세우지 못했다면 조용히 물러나 제국의 안위를 지켰어야지. 결국, 큰불을 일으켜 모든 나라를 적으로 돌리고, 평온을 추구하는 자들까지 전쟁에 내몬 것이 정녕 네 뜻이 아니라 할 수 있겠냐?"

"힘이 있는 자가 마땅히 검을 쥐고 나서야 하는 순간이 지금입니다. 스승님. 원로들과 여러 은거기인들은 제국에 받은 은혜가 이루 말하기 어렵습니다. 굳이 전쟁이 아니어도 마땅히 되돌려 놔야 할 것들이 있었습니다."

"크리스……."

"모든 것을 버리실 각오로 은거하셨다면 차라리 죽으셨어야지요. 왜 이토록 오랜 시간 살아계십니까?"

마르도의 눈동자가 가늘게 좁혀졌다.

S3 마도사의 기세가 피어오르지만, 크리스는 눈 하나 꿈쩍하지 않았다.

"제국의 품에서 구차하게 목숨을 연명하고 계셨다면 마지막까지 제국을 위해 싸우십시오. 시작과 중간이라는 무의미한 논답을 나눌 가치가 전혀 없습니다."

"나는 지금 피해야 할 싸움을 어찌하여 일으켰는지 묻고 있는 것이다."

"이미 벌어진 일을 굳이 설명할 필요가 있겠습니까. 오랫

동안 이 세계는 전란을 반복하며 명예와 민심이 바닥으로 떨어졌습니다. 제국이 나서서 그것들을 바로잡겠습니다."

"오만한 처사다."

"그럼에도 지금이 바로 세계를 하나로 묶을 절호의 기회임은 분명합니다. 제가 있고 스승님이 살아 계시지 않습니까."

마르도는 입을 다물었다.

크리스의 13작 복귀 제안에 분노했던 것도 사실이지만, 라키스의 이름 아래 세계를 하나로 묶는다는 말에 설렜던 것도 사실이다.

전대 황제를 모시고도 이루지 못했던 일을 지금 S3의 마도사 둘이 함께한다면 가능할지도 모른다.

"넌 대체 어디까지 보고 있는 것이냐."

"폐하와 같은 경치입니다."

"아르잔 폐하······."

새로운 황제로 올라섰을 때, 아르잔이 보였던 미소가 아직도 기억에 남는다.

마도사가 아님에도 마도사들을 두렵게 하였던 불가사의한 힘.

패황이란 자질에 걸맞은 그 힘이 크리스를 두들겼는지도 모른다.

'야망을 꿈꾸는 자들이 만나 세계에 불을 지폈으니, 이젠 누구도 꺼뜨릴 수 없다.'

모든 것이 재가 되어 새로운 지도자 손에서 싹을 틔우기 전까지는.

"적이 수십만 대군이라 하여도 두려울 건 없습니다. 결국, 저들은 지금 흩어져 있고 우린 두 곳만 막아 낸다면 이 전쟁을 승리로 이끌 테니까요."

"두 곳?"

"해안가와 성황국."

가볍게 말한 크리스가 말에 올라탔다.

"해안가에는 이미 사람을 보냈습니다. 성황국은 제가 직접 처리하겠습니다."

"왜 굳이 성황국이지?"

"저 동맹의 핵심은 우리와 마도사의 숫자를 맞췄다는 것에 있습니다. 페르노크라는 변수가 있지만, 지금 가장 저들의 사기를 끌어 올리는 성황국의 대신관과 신관들을 처리한다면 전쟁을 손쉽게 가져올 수 있지요."

"전방의 일루미나와 타이르는 신경도 쓰지 않는 건가?"

"13작으로 막아서면 됩니다. 아니면, 스승님께서 직접 나서 주시겠습니까?"

"아니."

마르도가 마찬가지로 말에 올라탔다.

"나도 성황국으로 향한다."

"수도를 지키겠다고 하지 않으셨습니까?"

"최선의 수비는 공격이다. 성황국이 전력으로 나서는 이때, 내가 너와 함께 대신관을 죽인다면 적들은 감히 수도로 진격할 엄두를 못 내겠지."

크리스가 고개를 끄덕였다.

"휘하의 마도사들도 함께 데려가겠습니까?"

"수련원의 마도사들까지 함께 동원한다."

"죽을 각오로 싸우셔야 할 겁니다."

마르도가 무심히 답했다.

"13작의 한 사람이 남을 때까지 모두 불태울 것이다."

그리고 마주 보던 두 사람이 말을 몰았다.

40만 대군이 라키스의 죄를 물며 전쟁을 선포한 날.

크리스는 전대의 공작과 3만 대군 그리고 작위를 얻지 못한 강자들을 이끌며 성황국으로 진격했다.

* * *

루인은 닷새 만에 라키스의 해안가에 도착했다. 하지만 내륙에 배를 대기도 전, 언덕에서 진을 치고 있는 라키스의 1만 병력과 마주해야 했다.

"오랜만이외다!"

선두에서 우렁차게 소리치는 자를 보자마자 루인의 표정이 싸늘해졌다.

르젠에서 자신에게 치명적인 일격을 먹인 S2의 마도

사, 브레이아였기 때문이다.

"내 분명 그때, 각자의 자리로 돌아가 페르노크와는 엮이지 말라고 하지 않았나! 한데, 뭐 이리 잡다한 것들을 데리고 어려운 걸음을 하셨을까!"

"라키스의 포악한 행동을 모든 나라가 단죄하려 하니! 무의미한 살생을 원치 않거든 그곳에서 비켜라!"

"으하하하하하! 그때도 나를 감당치 못했거늘! 지금이라고 뭐가 달라질까?"

브레이아의 마력이 끓어오른 그 순간, 루인이 그 뒤편을 노려보았다.

"네놈이 새로운 13작이렸다!"

침묵의 마법이 자그마한 탄환처럼 쏘아졌다.

브레이아가 고개만 살짝 꺾어 피하자, 탄환이 뒤편에서 무언가와 부딪치고 흩어졌다.

"끌끌, 요즘 애들의 기세가 남다르구먼."

음침한 웃음을 흘리며 새우 등의 노인이 걸어 나왔다.

"멧돼지야. 저 괴물 같은 아해를 정녕 네가 막았었단 말이냐?"

"저와는 상극이었습니다, 공작님."

노인이 고개를 끄덕이며 브레이아 옆에 자리했다.

"신임 마법협회장 루인. 나는 제르 타르가스라고 하네."

"제르?"

루인의 미간이 찌푸려졌다.

"참수왕 타르가스 공작?"

"끌끌, 연배가 있으니 잘 아는구먼. 하지만 참수왕이란 말은 오래전에 버렸어. 지금 나는 은거를 잠시 멈춘 크리스의 장기짝에 불과하지."

루인이 지팡이를 움켜쥐었다.

"크리스가 새로운 13작을 선발했다. 정보에 의하면 전대의 거인들을 다시 불렀다고 하더군. 확실하진 않으나, 조심하여 전투에 임하도록."

확실하지 않았던 정보는 사실이었다.

'공석을 모두 전대의 귀인들로 채웠다면, 절반이 S2 이상의 마도사들일 터.'

제르 타르가스는 한 때, 수십만의 인간을 혼자 도륙하여 참수왕이란 이명을 얻은 S2의 마도사였다.

전대 라키스의 공작이었고, 잔혹함은 귀족답지 않다며 많은 나라가 두려워했었다.

그로부터 수십 년이 흘렀음에도 제르를 타고 흐르는 마력이 소름 끼치게 날카롭다.

곧 죽어도 이상하지 않을 뼈마디만 남은 노인의 눈동자에서 서슬 퍼런빛이 번뜩였다.

"긴말하지 않겠다. 나는 과거의 참상을 영광과 묻어 두며 은거를 택하였다. 다시 전장에 나섰으나 애들을 상대로 과하게 손 쓸 생각은 추호도 없다. 너희가 모두 무릎 꿇고 제국에 충성을 맹세한다면 그에 걸맞은 지위와 명예를 보장하지."

하지만 선단에선 일말의 동요도 없었다.

해안가는 페르노크가 특히 당부한 주요 거점 지역이었다.

이곳을 점령하기 위해 선발된 자들은 라키스를 증오하는 각국의 병사들뿐이다.

"제국은 마도사란 이름 아래 너무 많은 패악을 저질렀다. 제국은 아르잔의 대에서 멸망할 것이다."

루인이 선체에 지팡이를 두들기자, 제르가 브레이아를 힐끗 보았다.

"상륙하지 못하게 막거라."

"그러지요."

브레이아의 마도술이 찬란한 섬광을 발한 순간, 루인의 상실이 바다와 내륙까지 집어삼켰다. 제르의 눈동자가 가늘게 좁혀졌다.

'브레이아에게 들었지만, 어지간한 마도술은 이것 앞에서 제대로 힘을 쓰지도 못하겠어.'

제르의 마력까지 침범하는 루인의 마도술이 심상치 않았다. 하지만 지금 곁엔 브레이아가 있다.

그의 마도술은 모든 것을 꿰뚫는 창의 성질을 가져서, 응집된 마력으로 공간을 장악하는 마도술을 쉽게 돌파한다.

쾅!

상실 속에서 유일한 굉음이 울려 퍼졌다.

브레이아가 르젠에서처럼 루인에게 도약한 순간이었다.

바닷물에서 두 개의 그림자가 솟구쳤다.

"……?"

브레이아가 주먹을 내뻗음과 동시에 튕겨졌다.

해안가에 내려앉은 그가 가로막은 두 사람을 노려보았다.

"네놈들은…….."

성황국의 예복을 차려입은 신관들이었다.

그중 한 명은 브레이아도 익히 아는 자였다.

자애신을 신봉하는 적의 신관.

"시작하시지요."

그가 합장하듯 손을 모았을 때, 브레이아가 눈을 부릅뜨며 뒤로 몸을 날렸다.

일대에 거대한 손바닥 자국이 무차별적으로 생성되었다.

상실이 방해하지 않겠다는 듯 오로지 라키스에만 몰아칠 때, 적의 신관은 해안가와 언덕에 이르는 모든 지형을 붕괴시키기에 이르렀다.

그리고 남은 빛의 신을 신봉하는 녹의 신관이 양팔을 활짝 펼쳤다.

……그그그그긍!

상실 너머에서 거대한 파도가 밀려온다. 각 선체의 수속성 마법사들이 결계와 같은 장막을 일으켜 선체를 보호했다.

하지만 내륙은 대비하지 못했다. 제르의 마도술은 무언가를 지키는 영역이 아니었기 때문이다.

'지형 변화?'

언덕에 이르기까지 바닷물에 담가 버리겠다는 헛웃음 나오는 발상에 타르의 여유가 싹 가셨다.

왜 성황국의 신관이 이곳에 있는지, 어째서 그들이 지척에 있음에도 기척을 느끼지 못했던 건지. 모든 것이 의아하고 예상을 벗어나는 일이었으나.

브레이아의 발목이 두 신관에게 붙잡혔을 때, 제르는 루인의 목을 베어 내기 위해 최선단으로 쏘아졌다.

하지만.

카아앙!

제르가 쏘아 보낸 마력의 칼날을 이해 불가의 힘이 가로막았다.

'이건 뭐지?'

루인의 곁에 아이들이 있었다. 그중 하나가 새까만 기류를 흘려보내며 제르의 '마력칼'을 흘려보냈다.

생전 처음 보는 방식이었고, 마력은 조금도 느껴지지 않았다.

"계속 이런 방식으로 저를 지켜 주십시오."

"예, 선생님."

마르코와 근원의 아이들이 본격적으로 근원을 발동시키자, 이곳에 존재하는 모든 원소가 그들의 의지를 따라 움직였다.

마력으로 생성되지 않은 순수한 자연계의 힘은 뭉치고 풀어지며 그 자체로 강한 물리력을 행사했다.

눈앞에서 수많은 원소들이 출렁이는 모습에 제르마저 놀랄 수밖에 없었다.

마력이 조금도 느껴지지 않건만, 7레벨 마법사를 웃도는 원소들이 폭발적으로 터져 나왔기 때문이다.

콰아아아앙!

이윽고 선체에서 마력섬광포가 불을 뿜으며 언덕을 완전히 무너뜨렸다.

바닷물이 마법사들과 녹의 신관의 마력을 따라 해안가와 언덕을 모두 집어삼켰다.

라키스의 마법사들이 대항하기도 전에, 바다의 사냥꾼들이 움직였다.

쉐에에엑-!

바다에선 누구보다 빠른 비늘족 1만이 뽈족을 태우며 라키스에게 쏘아졌다.

'몬스터?'

연달아 이해할 수 없는 것들만 출몰했다. 제르의 상식으론 도저히 이 상황을 납득하기 어려웠다.

하지만 몸은 머리보다 정직했다. 당황하는 그가 비늘족에게 마력칼을 날리기 시작했다.

우우우웅!

그 앞을 근원과 상실이 막아섰다.

"이것을 보인 순간, 우리도 더는 물러설 곳이 없다."

루인이 상실의 범위를 좁혀 브레이아와 제르만을 감싸안았다.

"한데, 라키스는 생각보다 준비가 조촐하군."

브레이아와 제르는 상실에 어느 정도 대처할 방법이 있었다. 하지만 그 말이 상실에 완전히 면역된다는 뜻은 아니다.

아주 조금만 억제해도 두 신관은 브레이아를 몰아칠 수 있다.

"이쪽은 13작의 다섯까지 생각하고 움직였다."

페르노크는 해안가의 중요성을 몇 번이고 거론하며 성황국의 두 신관을 얻었다.

S2의 마도사와 S1의 마도사.

그들에게 침묵의 마법을 덧씌워, 외부에서 인식하지 못하게 숨겼다.

그것도 모자라 바닷물에서 비늘족과 함께 이동시켜 철저히 라키스의 감시망을 벗어나게 만들었다.

두 사람의 역할은 새로 합류했다는 13작을 막아서거나, 브레이아에 대처하는 것.

라키스도 해안가의 중요성을 아는 만큼 브레이아가 반드시 올 거라 예상했기에 가능한 방법이었다.

이미 이쪽은 한 번 라키스에 데인 후 각 13작의 대처법을 마련했다.

설마, 원로인 제르가 나타날지 몰랐지만, 근원의 아이들과 함께 몰아친다면 루인도 해볼 만한 싸움이다.

"적들은 분명 내륙 상륙을 저지하려 하겠지. 일반적인 구도라면 이미 진을 친 놈들을 물리치고 내륙에 상륙하기 어렵다. 하지만 지형을 바꾼다면 어떻게 될까?"

페르노크는 선체의 병력을 낭비하지 않겠다며, 해안가와 언덕의 지형을 붕괴시키고 그곳을 바닷물로 채우라 이르렀다.

녹의 신관은 물과 바람을 다룰 수 있었고, 각 선체에 고위 자연계 마법사를 배치하여 파도를 일으키는 것쯤은 어렵지 않았다.

거기에 비늘족이 있었다.

굳이 선체의 병력을 사용하지 않아도, 바닷물에 잠긴 적의 병력쯤은 바다의 사냥꾼들인 비늘족이 얼마든지 유린할 수 있다.

"책만 읽어 대는 고상한 협회장일 줄 알았는데, 제법 머리를 굴렸구나."

제르의 여유가 싹 가셨다.

내륙의 전쟁만을 휩쓸었던 역전의 용사가 생소한 전투 방식에 마력을 최대치로 개방시켰다.

다급해지는 제르와 달리 루인은 여유롭게 지팡이를 흔들었다.

"과거의 망령이 낄 자리가 아니다."

루인의 상실이 제르에게 몰아쳤다.

"추하게 발버둥 치다가 사라지도록."

상실이 아군을 피해 오직 적만을 갉아먹는다.

라키스와의 전투에서 성장한 것은 페르노크뿐만이 아니었다.

루인도 적아를 구분하는 새로운 경지에 들어서 있었다.

* * *

페르노크는 고요한 전방을 살피며 피식 웃었다.

"역시, 해안가와 성황국에 집중하는가."

적들이 마음껏 먹어 치우라고 병력을 보기 좋게 분단시켰다.

라키스가 진군을 시작했다면 각 진영을 두들겨야 했지만, 크리스는 이곳에 나타나지 않았다.

"해안가는 아닙니다. 봉화가 피어오르지 않았습니다. 타이르 쪽에서도 소식이 없습니다."

"그럼 성황국이겠군."

크리스는 지금 성황국으로 향하고 있다.

동맹의 핵심을 먼저 끊겠다는 강경한 수단이었고, 페르노크였어도 그렇게 했을 것이다.

자신과 생각이 같았기에 읽을 수 있다.

"우리도 시작하자꾸나."

적이 동맹군의 수장에 집중한다면 이쪽의 대처도 어렵지 않다.

"플레미르 공작과 루트밀라 공작은 지금부터 크리스가 사라진 제국을 사정없이 짓밟아라."

명령을 내리기 무섭게 플레미르와 르젠에서 합류한 루트밀라가 각자 병력을 나눠 양 갈래로 찢어졌다.

리오는 플레미르와 함께 이동했고 페르노크의 심복들은 루트밀라 곁에 붙었다.

르젠과 바르간타가 뒤섞인 대군의 뒤로 무수한 포대가 함께 이동하고 있었다.

그리고 페르노크는 나지막이 웃으며 말머리를 틀었다.

은신 마법으로 몸을 감추며 그들과 다른 방향으로 은밀히 나아갔다.

* * *

바르간타가 두 갈래로 나뉜 그 시각, 타이르는 이미 라키스의 성 하나를 공략하고 있었다.

"철벽의 마도사다!"

"결계를 뚫어!"

타이르가 일방적으로 두들기고 있지만, 성은 뚫릴 기미를 보이지 않았다. 성벽을 타고 흐르는 녹색의 외벽 때문이었다.

13작의 일원.

철벽이란 이명을 가진 다스 백작의 결계 마도술은 모든 공격을 튕겨 내는 듯했다.

콰아아아앙!

하늘에서 모르포의 마도술 '뇌운'이 수십 갈래의 낙뢰를 떨어뜨렸다.

동시에 타이르의 또 다른 마도사 가르도 공작의 진동이 정면을 두드렸다.

다스가 부르르 떨리는 결계를 보며 미간을 찌푸렸다. 두 명분의 마도술보다 거대한 일격이 서쪽 성문을 후려쳤기 때문이다.

콰앙!

결계에 구멍을 뚫음과 동시에 짐승 같은 남자가 성벽으로 쏘아졌다.

다스가 반사적으로 손을 뻗어 간이 결계로 막아서니, 은빛 갑주를 입은 젊은 사내였다.

"마도사를 삼키는 마법사……."

얀이 매서운 안광을 번뜩였다.

쾅!

다스가 결계째 튕김과 동시에 성벽을 감싼 철벽이 무너
져 내렸다.

"진군하라!"

10만 대군의 공성 병기가 사방에서 들쑤셨다. 그리고
모르포와 가르도가 라키스의 마법사들을 정리하기 시작
했다.

다스가 가루처럼 부서지는 간이 결계 너머를 노려보았다.

"광대에게 당했다는 소문이 거짓이었나."

끝도 없이 치솟는 마력이 유형화되어 얀의 주먹에 모였
다.

특색 하나 부여되지 않았지만, 농도 짙게 모인 마력이
증폭되는 것만으로 마도술보다 강한 무기가 탄생했다.

"곧 광대도 너와 같은 곳으로 가게 될 거다."

그사이에 증폭된 마력을 더하여 일권을 내질렀다.

다스는 결계째 성 밖으로 튕겨 나갔고, 얀이 빠르게 달
라붙어 연타를 이어 나갔다.

콰콰콰쾅!

짙은 모래 먼지가 자욱하게 피어올라 사위를 분간하기
어려웠다. 흉포한 소리만이 전장을 집어삼키는 그때, 얀
이 모래 먼지에서 뛰쳐나와 수이라에게 달려갔다.

그리고 다스의 피 묻은 갑옷을 공손히 내밀며 고개를

숙였다.

"전하, 다스를 핏물로 다져 놓았습니다."

모래 먼지가 걷힌 벌판으로 수이라가 시선을 돌렸다.

과연 그곳엔 핏자국 외에 살아 있는 생명체가 없었다.

수이라가 왕의 검을 높게 들어 올리며 소리쳤다.

"다스 백작을 죽였다! 성을 점령하고 동맹에게 승전을
알려라!"

와아아아아!

환호와 함께 사기가 오른 병사들이 마도사가 사라진 성
을 점령했다.

성을 공략한 지 반나절도 지나지 않아 이뤄 낸 성과였다.

수이라는 성내의 백성들과 남은 라키스의 병력을 한곳
에 모아 외쳤다.

"이곳은 이제부터 타이르의 영토이며, 귀화를 원하는
자들은 두 팔 벌려 환영하겠노라! 하나, 귀화를 거부한다
해도 짐은 벌하지 않겠다! 라키스의 백성으로 살고 싶다
면 이곳을 떠나 다른 성으로 향하라!"

전쟁의 승리는 언제나 패잔병들의 처리를 중요시 여겨
야 한다.

여유가 없었다면 모두 죽였겠지만, 동맹군의 저력으로
볼 때 성을 점령하고 왕국화시키기까지 제법 오랜 시간
이 될 듯했다.

이제부턴 점령한 성들을 하나씩 타이르의 색으로 물들

여야 한다.

전쟁에서 중요한 자원인 백성들에게 좋은 모습을 보여서 나쁠 건 없다.

이후에도 성을 거머쥐었을 때, 타이르의 이름이 높게 치솟아 백성들을 모이게 하려면 자비를 베풀어야 한다.

"무의미한 살생은 금하도록 하겠다!"

"예, 전하!"

수이라가 기분 좋은 미소를 머금으며 다스의 영주실에 들어갔다.

전쟁에 꽤 골머리를 앓았는지, 작전도가 어지럽게 널브러져 있었다.

간단하게 치운 후 수이라는 중신들을 불러 술자리를 열었다.

"오늘의 승전은 시사하는 바가 크다. 제아무리 13작이라도 뭉쳐 있지 않으면 우리를 당해 내지 못하며, 13작을 제외한 병력 간의 싸움에서 타이르가 압도하였다. 이 성을 거점으로 보급을 받아 가며 적을 압박한다면, 우린 최소 3개의 성을 더 가질 수 있다."

"그 말이 지당하옵니다, 전하."

가르도가 수이라의 빈 잔에 술을 채우며 미소를 머금었다.

"한쪽에 균열이 발생했으니 이곳을 견제하려는 13작이 나타날 것이나, 페르노크 왕은 바보가 아닙니다. 한쪽에 마도사가 쏠린다면 필시 라키스의 심장부를 찔러 들어가려 할 것입니다."

"공작의 말이 옳습니다. 라키스는 이제 머리가 아플 겁니다. 세계 최강의 크리스를 두었으나, 이쪽엔 성황국이 있습니다. 13작을 절묘하게 배치하지 못하면 라키스는 멸망하게 될 것입니다."

모르포까지 거들며 기분 좋은 소리만 골라 하자 수이라는 함박웃음을 터트렸다.

"하하하하! 지난 평화가 거짓말 같구나! 동맹군의 누구보다도 타이르가 먼저 13작을 처리하였으니! 이 용맹이 세계에 널리 떨치리라!"

"실로 그러하옵니다, 전하!"

중신들이 아첨을 떨며 날이 저물어가도록 술판을 벌일 무렵, 얀이 안으로 들어왔다.

"전하."

"오오! 그래, 얀! 어디 갔다 이제 오는 것이냐!"

"전하의 즐거움을 깨뜨리고 싶지 않아 잠시 바람을 쐬고 왔습니다."

"네가 있어야 흥이 더욱 돋거늘, 말에 뼈가 있구나. 혹 아비가 서운하더냐?"

중신들이 잔을 멈추고 조용히 두 부자를 바라보았다.

"참으로 많은 고민을 했습니다. 마지막에 마지막까지 전하를 이해해 보려 했습니다. 그리고 바람을 쐬며 결론을 내렸습니다."

얀이 수이라의 곁으로 다가갔다.

"율리아나를 그렇게 보내선 안 됐습니다."

"아직도 그런 철딱서니 없는 소리를……!"

"오늘은 전하께서 즐기시는 마지막 연회가 될 것입니다."

날카로운 목소리가 수이라의 말을 자르고 들어온 순간.

서걱!

가르도가 눈을 끔뻑였다.

"왕자……?"

얀의 손날이 가르도의 척추를 관통해서 배를 뚫고 지나
간 것이다.

쿵!

얀이 손을 빼내자 가르도가 탁자에 허물어졌다.

그 뒤통수를 뒤꿈치로 내리찍어 완전히 으깨 버린 얀이
흉흉한 안광을 수이라에게 돌렸다.

"너…… 너…… 이게…… 무슨……!"

충격적인 광경에 정상적인 판단을 내린 사람은 모르포
뿐이었다.

뇌운의 마도사는 얀의 광증이 다시 도졌다고 판단하여
벼락으로 수이라와 그 사이를 가로막았다.

"전하!"

정신을 번쩍 차린 수이라가 외쳤다.

"잠들어!"

얀이 어린 시절 통제되지 않았던 광증을 잠재우기 위해, 전대의 왕실마도사가 머리에 '명령'을 심었다.

최면 혹은 세뇌에 가까운 마도술 명령은 대상자와 정복자를 지정할 수 있다.

수이라는 정복자로 얀의 광증을 명령하여 조종하게 된 것이다.

하지만.

"잠들어!"

명령을 내려도 얀은 우뚝 서 있었다.

끓어오르는 마력으로 벼락을 찢어발기며 수이라에게 다가갔다.

[자식을 명령으로 통제하려 하다니. 참 안타깝고 웃긴 일입니다.]

모두의 머릿속에 낯선 자의 목소리가 울려 퍼졌다.

[얼마나 실력이 부족하면 하찮은 술수로 귀한 인재를 슬프게 한단 말입니까.]

"웬 놈이냐!"

모르포가 사방에 벼락을 뿌리며 고함을 내지른 순간, 중신들의 머리가 모두 터져 나갔다.

뚫린 구멍에서 튀어나온 것은 새하얀 나비였다.

[그 술에 제 마력을 심었습니다. 참고로 제 마도술은 무언가에 개입하여 형태를 조작할 수 있지요. 그건 타인의 마도술이라 해서 다르지 않습니다.]

그 순간, 수이라와 모르포는 두 가지를 생각했다.

하나는 얀이 이 수상한 마도술로 명령을 극복했다는 것.

그리고 다른 하나는 이 목소리가 뇌리를 울리고 있다는 것.

[제 개입이 심어진 모든 것들에게 제 목소리가 닿습니다. 하지만 억울해하지 마십시오. 이 자리에서 얀 왕자를 제외하면 누구도 이 술 안의 마력을 알아채지 못하니까요. 후후후후.]

손가락이 튕기는 소리가 들리자 모르포가 코피를 흘리며 그 자리에서 무릎 꿇었다. 전신이 마비된 것처럼 꼼짝도 하지 않았다.

'내가 지배당했다고?'

모르포가 경악한 눈동자를 굴리는 순간, 얀은 수이라에게 손날을 치켜세우고 있었다.

"야…… 얀…… 이게 무슨 짓이냐!"

"잘못된 것을 바로잡으려 합니다."

"네, 네가 지금 라키스와 손을 잡은 것이야?"

"전하께서 페르노크와 동맹을 맺었는데, 제가 라키스와 연합하지 못할 건 뭐란 말입니까?"

"안 된다! 나라를 통째로 라키스에 팔아넘겨선 안 돼!"

"걱정하지 마십시오. 타이르는 이제부터 바르간타를 집어삼킬 테니."

"이노오오옴! 그깟 여자에 정신이 팔려서……!"

얀의 손날이 수이라의 심장을 꿰뚫었다.

따뜻한 핏물이 얼굴을 적셨지만, 얀의 표정은 무심했다.

"모두가 나를 도구처럼 사용할 때, 유일하게 나를 사랑해 준 단 한 명이었어."

얀이 고개를 돌렸다.

모르포의 눈동자가 거칠게 흔들렸다.

"너는 그녀를 지켰어야 했어. 그렇게 허무하게 죽도록 내버려 둬선 안 되는 거였다! 모르포!"

입을 열어 살려 달라 빌 수도 없었다.

개입이 뇌와 척추를 장악하여 모르포의 사지를 마비시켰다.

그가 할 수 있는 유일한 일은 다가오는 죽음을 마주하는 것뿐이었다.

서걱!

모르포의 목이 바닥을 나뒹굴었다.

핏물에 적셔진 왕의 검을 허리에 찬 얀이 밖으로 나왔다.

호위들이 한 사람 손에 모두 죽어 있었다.

"꽤 소란스러울 거라 생각했다만, 괜한 우려였군."

얀이 죽인 거라 생각했던 다스 백작이었다.

타이르 수비군의 복장을 한 다스가 응접실을 감싼 결계를 회수했다.

"날 살릴 때처럼 구멍을 파서 수이라 왕을 따로 빼돌리진 않았겠지?"

"약속이나 지켜."

"까칠하기는."

피식 웃은 다스가 손등의 나비 문양을 두들겼다.

"이봐, 광대. 얀이 응접실을 모두 정리했다. 예정대로 얀이 타이르를 통솔하여 바르간타를 치도록 하겠다."

[이보게, 다스. 타이르 왕실군도 함께 보내도록 하게. 페르노크가 국경수비군까지 빼서 이곳에 온 만큼 적의 경계는 허술해. 타이르 본대와 왕국군이 사방에서 친다면 바르간타는 빠른 시일 내에 함락시킬 수 있어.]

다스가 광대의 전언을 얀에게 전달했다.

"이 습격을 바르간타에 대한 분노로 바꾼 뒤에야 왕국군을 움직일 수 있다."

"하긴, 갑작스럽게 국왕과 중신들이 죽었다고 하면 병사들도 혼란스럽겠지."

다스가 손가락을 튕기자 그림자에서 사람이 솟구쳤다.

"페르노크의 모습으로 변장해서 연극 한 편 찍어 보자고."

얀이 고개를 끄덕인 순간, 낯선 자가 페르노크의 모습으로 변했다.

다스가 차갑게 웃으며 손등을 두드렸다.

"일주일 안에 얀을 왕으로 만들어 보내지. 그쪽도 시작해."

* * *

광대가 우람한 체구의 사내를 바라보았다.

"타이르 일이 순조롭게 풀렸군요. 저는 이 길로 얀 왕과 합류하겠습니다. 데모스 자작은 병력을 끌고 바르간타로 향하십시오."

"타이르가 향하는데, 굳이 저까지 가야 합니까?"

"하하하, 자작. 우리의 목적을 잊었습니까? 전초기지로서 일루…… 아니, 바르간타는 아주 훌륭한 곳입니다. 어찌 타이르에게만 모두 쥐여 주게 한단 말입니까."

"으음…… 알겠습니다. 한데, 이건 백작님 생각입니까?"

"설마요. 제가 무슨 힘으로 13작을 전부 위치시킵니까."

광대가 새빨간 입술로 크게 미소 지었다.

"크리스 공작께옵서 13작의 마지막으로 얀을 택한 순간, 이렇게 될 일이었습니다."

데모스도 웃으며 고개를 끄덕였다.

"그럼 바르간타에서 다시 만납시다."

"제가 먼저 기다리고 있겠습니다."

광대가 요사스러운 웃음을 흘리며 사라졌다.

그리고 데모스는 주둔지의 병력 2만을 이끌었다.

본래라면 동맹군의 두꺼운 경계로 없었어야 할 틈, 타이르의 이탈 덕분에 생긴 정면을 질주했다.

바르간타의 북쪽 국경까지 이어지는 최단 거리였다.

'닷새면 충분해.'

일부러 기동력이 남다른 기마대 위주로 편성했다.

데모스는 바르간타의 국경을 누구보다 빠르게 점령하여 아르잔에게 공을 인정받고 싶을 뿐이었다.

그렇게 사흘째, 행군하던 날.

심상치 않은 기세가 평야를 가로막고 있었다.

"저건……."

바르간타의 깃발이었다.

선두에서 냉철한 눈으로 전장을 훑어보는 노인은 분명 바르간타의 플레미르 공작이었다.

"……?"

언뜻 보아도 수만 대군이 진형을 갖추고 있었다.

타이르의 승전 소식에 취하여 라키스로 치고 들어가야 할 바르간타의 주요 병력이 왜 이곳에 있단 말인가.

의아함이 짙어질 무렵, 서늘한 목소리가 전장에 흘러나왔다.

"전하의 우려가 현실이 되지 않기를 바랐었건만."

페르노크는 병력을 두 갈래로 나눌 때 루트밀라와 플레미르에게 명했다.

"일주일 동안 플레미르가 바르간타로 향하는 길목을 막고 있거라. 적이 나타나지 않으면 타이르와 합류하여 성황국에 합세토록 하라. 하지만 적이 나타난다면…….."

페르노크의 목소리는 어쩐지 희열이 섞여 있었다.

"……타이르가 배신한 것이니, 플레미르는 적군을 막아서라. 그리고 루트밀라 공작은 적이 진군한 경로를 따라 어느 성에서 빠져나왔는지 파악하여, 13작이 출진한 '빈 성'을 함락토록 하라."

플레미르가 검을 들어 올리자 나팔 소리가 길게 울려 퍼졌다. 그리고 전서가 루트밀라 공작이 주둔한 전방으로 날아올랐다.

데모스가 지키던 성을 포기하고 바르간타를 공략하러 들어왔으니.

데모스가 빠져나간 그 성을 루트밀라가 역으로 공략하여 순식간에 함락시킬 것이다.

"적은 예상한 대로 기동력이 빠른 기병 위주의 편성을 하였다. 창병으로 진형을 갖추며 원거리에서 요격하라. 정면으로 부딪힌다면 저들보다 2배는 더 많은 우리의 승리다."

검에 피를 닮은 마력이 들러붙기 시작하자, 플레미르가

싸늘한 미소를 지으며 말고삐를 움켜쥐었다.

"모조리 쓸어버려!"

* * *

페르노크는 타이르 본대를 이끌고 성황국과 합류할 생각이었다.

하여, 타이르가 점령한 거점 성에 도착하였건만 분위기가 심상치 않았다.

"내 그리 얀을 멀리하라 경고했건만, 결국 자신을 너무 과신했군, 수이라."

수이라를 비롯한 중신들의 기척이 느껴지지 않았다.

모르포의 톡톡 튀는 마력마저 사라진 것을 보아 성은 우려했던 결과를 맞이한 모양이었다.

"결국, 감정을 주체하지 못한 건가, 얀."

성에서 날아온 전서가 타이르로 향한다.

페르노크는 굳이 제지하지 않았다.

아니, 멈출 생각이 없었다.

타이르가 본격적으로 바르간타에 적의를 내세운다면 이보다 기쁜 일이 어디 있겠는가.

"못 보던 마도사가 있군. 13작인가. 라키스와 동맹을 맺을 것까진 생각 못 했지만……."

페르노크가 입맛을 다셨다.

"······잘됐어. 조금이라도 동화율을 끌어올릴 수 있다면 뭐든지 먹어 치워야 했으니까."

페르노크는 얀이 10만 대군을 모조리 장악할 때까지 기다렸다.

성내의 고함 소리가 밤낮을 가리지 않고 울려 퍼질 즈음.

마침내 성문이 열렸다.

"페르노크 왕에게 죄를 묻겠다!"

선두에서 호기롭게 외치는 얀.

어떤 방식으로 군을 설득했는지 지금 와선 중요하지도 않았다.

얀의 마력이 계속해서 늘어나며 영혼이 어느 때보다 강렬한 색채를 내기 시작했다는 것.

그 주위에 수상한 마도사들이 따르고 있다는 점만이 페르노크를 미소 짓게 만들었다.

* * *

언제나 높게만 보였던 성.

사절단으로 방문했을 땐, 터무니없이 태산 같았던 라키스의 성이 오늘은 모래 알갱이처럼 덧없게 보였다.

"페르노크 왕의 우려가 현실로 드러났군."

루트밀라는 데모스가 빠진 성을 훑어보았다.

"저 성의 13작은 필시 바르간타로 향했을 터."

"하면, 스승님. 저희도 회군해야 하지 않습니까?"

"타이르도 우리에게 등을 돌렸다는 뜻이니, 당장 돌아가도 이상하지 않을 것이다. 하지만 플레미르 공작이 말머리를 돌려 적의 습격을 방비하고 있다."

"타이르는 어찌하고요?"

"페르노크 왕이 막겠다고 하였으니, 그쪽은 더 이상 우리가 관여할 부분이 아니다."

바르간타에서 파견된 살리오와 여러 길드장들도 걱정하는 눈치가 아니었다.

루트밀라가 부관들과 제자들을 앞세우며 외쳤다.

"13작이 빠졌다곤 하나, 라키스의 성은 만만히 볼 곳이 아니다! 반나절 안에 함락시키도록!"

"예!"

루트밀라가 글러브에 물을 휘어 감으며 제일 먼저 쏘아졌다.

데에에에엥—!

습격을 감지한 성에서 경계령이 울려 퍼졌지만, 루트밀라의 기세는 시들지 않았다.

'수천의 병력이 수성에 돌입했다. 고위 마법사는 20명 정도. 공성 병기도 있지만 13작이 없는 성은 마도사에 대처할 수 없다.'

누구도 루트밀라를 막지 못한다.

'나라를 미끼로 13작을 밖으로 꿰어 내 빈 성을 친다니.

용병일 때부터 심상치 않았지만, 가히 상상도 못 할 배포
로다. 페르노크!'

　페르노크에게 경의를 표하듯이 루트밀라가 성벽을 박
차고 뛰어올라 일권을 내질렀다.

　콰아아아앙!

　주먹에서 분출된 물이 폭포수처럼 터져 나와 성루를 휩
쓸었다.

　심지에 불이 붙던 마력포와 각종 공성 병기들이 물에
젖어 무력화되었다.

　"공작님을 따르라!"

　"방패를 세우고, 성문을 두드려!"

　"모두 젖었다! 적의 공성 병기는 끝났어!"

　단숨에 루트밀라가 성벽을 짓밟자 병사들의 사기가 하
늘을 찔렀다.

　특히, 페르노크의 가신들인 용병 길드장들의 전술이 눈
에 띄었다.

　일루미나 내전 당시, 몇 번이고 공성전을 치러 왔던 만
큼 그들은 성을 어떻게 공략할지 잘 알고 있었다.

　저마다의 마법을 함께 뒤섞어 성의 이음새나 구석진
곳, 지면을 두드려 성벽까지 흔들어 버린 뒤에 원거리 마
법사의 요격을 지원받으며 강화계 마법사들이 성벽을 뛰
어오른다.

　루트밀라가 적의 고위 마법사들을 처리한 덕분에, 살리

오를 필두로 한 아군의 강화계 마법사들은 화살을 쳐 내며 여유롭게 성벽을 점령했다.

"고작해야 철검! 밀어붙여!"

살리오가 망치에 모인 파동을 터트리며 질주했다. 길드장들도 그동안의 경험을 뽐내듯이 각자의 길드원들을 이끌고 주요 거점들을 공략해나갔다.

각 길드끼리 퍼졌다가 한데 뭉쳐 뚫어 버리는 자유분방한 전술에 성벽의 지휘관들은 맥을 못 추고 쓸렸다.

'좋군.'

페르노크가 저들에게 작위를 수여한 이유를 알 것 같았다.

"죽어어어!"

루트밀라가 성루에서 달려드는 지휘관을 한 손에 움켜쥐고 틀어 버렸다.

꽈드득!

사지가 분질러진 지휘관을 성벽 밖에 내던지며 외쳤다.

"적의 수성 지휘관이 죽었다! 성문을 열고 이곳을 우리의 성으로 만들어라!"

루트밀라가 르젠의 깃발을 내리꽂는 순간, 어느새 달려온 살리오가 그 옆에 바르간타의 깃발을 함께 꽂았다.

루트밀라가 돌아보니 살리오가 씨익 웃는다.

"함께 점령한 겁니다."

그 성을 점령한 나라가 가진다.

하지만 두 나라가 연합해서 성을 점령했다면?

'이러려고 심복들을 내게 붙인 거로군.'

생각하면 할수록 혀가 내둘러진다.

루트밀라가 활약했지만 페르노크의 심복들이 함께 섞여 성을 점령했기 때문에, 전쟁이 끝난 후에 이 성의 처분을 다시 논의해야 한다.

"페르노크 왕은 지독하게 탐욕스럽군."

"괜히 용병왕이 되신 게 아니죠."

루트밀라가 피식 웃었다.

"알겠네. 일단, 이 성을 빠르게 거점화시키도록 하지. 성내 백성들은 털끝 하나 건들지 말게."

"병사들은 어찌할까요?"

"지휘관급들은 모두 죽이고, 잡병들은 무장을 해제시킨 뒤 한곳에 모아 두도록 하게."

"예!"

살리오가 병사들을 이끌고 성을 빠르게 안정화시켰다.

루트밀라는 성루에서 다음 성으로 이어지는 길목을 바라보았다.

'이 성은 결국 라키스의 변두리다. 해안가에서 빠르게 치고 나와야 우리도 다음 성으로 향할 수 있어.'

생각을 정리한 루트밀라가 부관을 불렀다.

"5천 정도 뺄 수 있겠나?"

"예. 문제없습니다."

루트밀라가 고개를 끄덕였다.

"7레벨 마법사 10명을 함께 내주지. 5천의 병력을 끌고 해안가를 지원토록 하게."

"알겠습니다!"

부관이 성루를 내려가 병력을 재정비했다.

그리고 날이 저물 무렵 발이 빠른 자들을 선발해 해안 가로 향했다.

* * *

카아앙!

맞부딪친 무기에서 불똥이 튀어 오르자 데모스는 어금 니를 꽉 깨물었다.

'혈검…… 플레미르.'

평야에서 아무리 기동력이 좋은 기마대라고는 하나, 적 의 무차별 폭격과 굳건한 방패술을 뛰어넘진 못했다.

결국, 플레미르가 원하는 대로 한껏 뒤섞인 난전이 벌 어졌다.

병력이 2, 3배 이상 차이 나는 바르간타군과 길게 싸운 다면 이쪽의 필패였다. 여기서 변수를 창출한 사람은 오 직 데모스뿐이었다.

플레미르도 적의 마지막 수단을 알고 있었기에 끈질기 게 달라붙었다.

"노인네가 힘이 장사로군!"

"라키스의 13작은 소문만 못 하군."

데모스의 창으로 새까만 기류가 몰려들었다. 닿은 것들을 검게 물들여 부식시키는 특이계 마도술이었지만, 플레미르의 검은 녹지 않았다.

전장에서 솟구치는 피가 검에 모여 모든 것을 절단하는 새빨간 칼날을 만들었기 때문이다.

서걱!

검은 기류가 붉은 마력에 갈라지자 데모스가 식은땀을 흘렸다.

'나는 계속해서 소모하는 타입이고, 플레미르는 피로 마력을 흡수하는 타입이다. 장기전은 내가 불리해.'

데모스는 병력을 재정비해야 한다는 생각을 버렸다.

여유도 없을뿐더러, 삼켜지는 병력을 구할 방법이 없었다.

'플레미르를 빠르게 죽이고 빠진다.'

결국 기마대를 내주고 적장을 베어 차후를 노린다는 방식을 택하였으나, 플레미르 또한 심상치 않은 기류를 느끼고 있었다.

데모스의 창에서 검은 기류가 미세한 침으로 가다듬어졌다.

눈에 보이지 않는 이 미세침에 하나라도 닿은 순간 상대는 비명도 못 지르고 부식된다.

고작 10걸음 남짓한 거리에서 소나기처럼 몰아치는 미세침을 플레미르가 피하지 못할 거라고 판단했다. 하지만 플레미르 또한 마도술을 발동했다.

전장에 흘러넘치는 피가 검과 함께 그의 몸을 감싸 안았다.

플레미르가 붉은 눈이 되었을 때, 데모스는 경악하고 말았다.

콰아아아아─!

붉은 잔상이 꼬리를 이으며 미세한 침을 모두 베어 나갔다.

어떤 형과 식도 없이 무차별적으로 휘두르는 검은 마치 폭풍 같았다.

머리를 풀어 헤친 광인이 날뛰는 듯한 모습이었다.

무엇보다 마력이 폭등했다.

S2 마도사에 버금가는 마력이 검을 피가 나올 것처럼 찐득하게 물들여 전면으로 쏘아졌다.

서걱!

데모스의 창이 반으로 갈라졌다.

검은 기류가 흩어짐과 동시에 붉은 궤적이 데모스의 중앙을 가로질렀다.

푹!

혈검이 데모스의 마력 장벽을 뚫고 복부에서 등까지 관통했다. 그 상태로 검을 위로 치켜올리자 데모스는 눈을 부릅뜬 모습으로 갈라졌다.

플레미르가 지면에 검을 꽂으며 숨을 헐떡였다.

"……쓰으읍, 허억…… 허억…… 헉……!"

혈검이 일정 상태를 넘어선 순간 주위의 피를 모두 빨아들여 시전자를 강화시킨다.

이때, 시전자는 몇 배나 강한 마력을 얻는 대신 호흡이 불가능해진다.

심장에 굉장한 충격을 강타하는 대가로 얻은 힘의 발동 시간은 고작 2분.

그 안에 승부를 보지 못하면 오히려 플레미르가 죽는 '광화' 상태였다.

"허억…… 허어억…… 쓰으읍…… 하아아……."

가슴 부위를 쓸어내린 플레미르가 창백한 안색으로 평야를 돌아보았다.

어느새 정리가 되어 가고 있었다.

"적장을 죽였다!"

플레미르가 안간힘을 짜내 외치자, 적아 구분 없이 이곳을 바라보았다.

그리고 얼굴에 극명한 대비가 이루어졌다.

"지금 당장 무기를 내려놓는 자들은 살려 주마!"

핏방울조차 모이지 않는 검을 간신히 들어 올리며 외쳤지만, 라키스는 물러설 생각이 없었다.

데모스의 죽음도 아랑곳하지 않고 모두 플레미르에게

달려오고 있었다.

"공작님을 모셔라!"

"적군을 섬멸하라!"

진형이 흐트러진 적을 바르간타군이 일방적으로 유린했다.

날이 저물어 갈 무렵, 평야엔 인간과 말의 시체가 즐비했다.

"공작님! 모두 정리했습니다!"

"지휘관급들은?"

"한 명도 남김없이 죽였습니다! 대승입니다!"

부관이 기쁘게 소리치자, 플레미르가 긴 숨을 내쉬며 몸을 일으켰다.

"바로 준비하거라."

"성으로 가는 겁니까?"

"아니. 우린 타이르군에게 향한다."

"그곳은 전하께옵서 가신다 하지 않았습니까."

"그래, 혼자 처리하겠다고 하셨지. 하지만 신하 된 도리로 어찌 주군이 적진에 홀로 들어가는 것을 방관할 수 있겠느냐."

"하오나, 루트밀라 공작을 지원해야……."

"빈 성 하나 먹는 데 우리까지 필요 없다. 애초에 우리 도움이 필요했다면 이미 전령이 당도했을 터. 연락이 없는 것을 보아 무사히 성을 점령하였으니, 우린 성으로 가지 않고 전하를 모신다."

부관이 굳은 표정으로 말했다.

"30분 안에 병력을 정비하겠습니다!"

"서두르거라. 전하와 타이르가 이미 부딪쳤는지도 모른다."

"예!"

승전을 울리지 얼마 되지도 않아 부관의 목소리가 전장에 울려 퍼졌다. 병사들은 지쳤다는 투정을 부릴 수조차 없었다.

왕을 모셔야 한다는 말에 너 나 할 것 없이 무기를 거머쥐었다.

플레미르가 마력을 간신히 다스리며 말에 올랐다.

"배신자 타이르를 처단하고 전하를 모셔 동맹군의 위엄을 라키스에게 알리겠노라!"

플레미르가 말고삐를 움켜쥐었다.

"타이르를 단죄한다!"

* * *

얀이 10만 대군을 장악하기까지 나흘이면 충분했다.

페르노크로 변신한 마법사가 응접실을 습격한 것처럼 꾸미며, 수이라와 중신들의 죽음을 병사들에게 공표했다.

간밤의 소란을 지켜본 자들이 하나같이 페르노크를 보

앞다고 말하였으나, 각 부대의 천인장급 인사들은 이를 납득하지 못했다.

"이건 말이 안 됩니다."

"어떻게 중앙을 가로지르는 페르노크 왕이 이곳에 온단 말입니까!"

"어찌하여 왕자님 혼자 상처 없이 계신 거죠?"

그때, 광대는 또 다른 13작을 투입시켰다.

마르모사 자작.

그의 마도술은 거짓을 진실로 바꾸는 '세뇌'였다.

변신술사의 모습을 목격한 자들에게 그것이 정말 페르노크였다고 믿게 만들었다.

의문을 토하러 온 지휘관들은 모두 세뇌되어 각 부대에 퍼졌고, 이 허무맹랑한 거짓을 진실처럼 퍼트렸다.

그와 동시에 얀은 수도 왕국군을 바르간타로 진격시키라는 서신을 보냈다.

며칠 뒤, 모든 혼란이 정리되어 바르간타에 대한 분노로 뒤바뀔 즈음, 타이르 왕국군도 출병을 거행했다.

이제 남은 건, 이곳에 있는 10만 대군뿐이었다.

얀이 왕의 검을 들어 외쳤다.

"우리를 배신한 바르간타를 벌하여, 이 땅에 정의가 살아 있음을 증명하겠다!"

그때, 10만 대군은 얀을 왕으로 받들고 있었다.

모두가 사라진 지금, 차기 왕위 후보자인 얀의 무력이

야말로 자신들을 이끌어 주기에 부족함이 없으리라 판단
했기 때문이다.

그리하여 타이르 왕국군이 출병한 날, 10만 대군도 바
르간타로 진격했다.

하지만 그들은 며칠 가지도 못하고 멈춰 섰다.

바르간타의 북쪽 국경으로 향하는 길목에 익숙한 자가
서 있었던 것이다.

"페르노크?"

일순, 타이르의 13작들이 살기를 터트렸다.

'저자가 페르노크?'

'직접 본 건 처음이군.'

'페르노크를 죽인다면 나도 후작이 될 수 있다.'

얀은 13작을 가로막지 않았다.

오히려 그의 마력이 날카롭게 치솟았다.

"참 오래도 걸렸군. 시간도 없는데 좀 더 일찍 출병하
지 그랬어? 라키스의 13작까지 대동하고 굼벵이처럼 노
닥거리기는."

얀이 이를 갈았다.

"타이르가 너를 대동한다고 했을 때, 이런 일이 일어날
거라 우려하긴 했었다. 실제로 일어나 유감이군. 그리고
감사한다."

13작의 3명과 10만 대군.

그리고 계속해서 치솟는 얀.

한 나라를 정벌하기에 부족함 없는 전력 앞에서 페르노크는 덤덤히 주먹을 말아쥐었다.

"타이르가 바르간타를 적으로 지목해 준 덕분에 나도 거리낌 없이 너희의 바다와 땅을 가져갈 수 있겠어."

"페르노크ㅇㅇㅇㅇ!"

얀의 비명과도 같은 고함이 터져 나오기 무섭게 13작이 움직였다.

갑자기 빈 하늘에서 새하얀 나비와 새 떼가 출몰했다.

광대가 마력에 개입하여 형태로 조작한 마도술.

이것에 닿은 자들은 폭발하거나 체내에 마력이 스며들어 이후 광대의 간섭을 받게 된다.

페르노크가 백색으로 물든 하늘을 힐끗 보더니 마법을 개방했다.

콰콰콰콰쾅!

전쟁을 거쳐 흡수한 수백, 수천의 마법이 새하얀 마도술과 맞닿아 터져 나가기 시작한다.

'과연, 보고대로 다양한 마법을 구사하는군. 저건 이미 더블의 범주를 넘어섰어. 자연계를 모두 조작할 수 있는 특이계의 마법이 분명하다.'

광대는 모든 마력을 끌어 올렸다.

어차피 그가 이 자리에서 지쳐 주저앉더라도 뒤이어 해결해 줄 자들이 한가득이다.

'놈의 마력을 소모시키기만 해도 우리의 승리다.'

페르노크가 어떻게 알고 이 자리에 섰는지 알 이유가
없다.

중요한 건, 지금 그가 사지로 걸어왔다는 것.

크리스가 제일 경계한 변수를 죽일 수 있다는 사실에
광대의 입꼬리가 찢어졌다.

콰아아아앙!

백색 섬광이 폭발하여 사방으로 비산했다.

흘러넘치는 조각들 너머, 페르노크의 마력이 뚝 끊겨
있다.

'힘이 다한 건가?'

광대도 마력의 대부분을 소모했다.

당연히 페르노크 또한 상당한 마력을 사용했다고 생각
했다.

하지만 페르노크가 한 발자국 내디딜 때 광대는 이유
모를 오싹함을 느꼈다.

그 압도감은 13작 모두에게 전파되었다.

쿵.

가볍게 찍는 소리가 들리자마자, 다스가 반사적으로 반
응했다.

결계를 빈 허공에 세웠다.

그곳은 개입으로 주위와 동화된 광대가 숨은 안식처 같
은 공간이었다.

하지만.

쾅!

결계가 세워짐과 동시에 부서졌다.

허공이 뚫리며 감춰진 광대가 모습을 드러냈고.

콰앙!

눈 깜짝할 사이 그가 지면에 추락했다.

페르노크가 함께 착지하여 광대 뒤통수를 지그시 내리밟았다.

"……?"

일련의 과정을 지켜보았음에도 13작들은 물론 얀도 이해하지 못했다.

무언가 마력을 자극하여 반사적으로 대응했을 뿐.

손을 움직이려 했을 땐, 이미 광대가 페르노크 발아래 쓰러진 뒤였다.

그리고 그들은 불가사의한 무언가를 목격했다.

마력이 없는 페르노크의 몸에서 희끄무레한 연기가 피어올라 마력을 찍어누르기 시작했다.

"사물은 물론 마력과 닿은 것들에 전부 개입하는 마도술인가. 나쁘진 않군."

"이…… 이거…… 놔……!"

쾅!

페르노크가 발에 힘을 더하자 광대의 안면에서 시작된 지면의 균열이 사방으로 퍼져 나갔다.

"내게 필요한 건, 이깟 마도술은 아니지만 말이야."

"아드드득!"

광대가 이를 악물며 몸을 일으키려는 순간, 페르노크가 발에 영력을 더하여 찍어 눌러 버리니.

콰득!

광대의 뒤통수가 터지며 파편이 사방으로 튀었다.

손 쓸 도리도 없이 죽어 버린 광대의 몸에서 흘러나온 영력과 마력을 흡수하자, 동화율이 무려 1퍼센트나 상승했다.

페르노크가 미소를 지으며 돌아보았다.

13작과 얀이 어깨를 흠칫 떨었다.

"언제까지 지켜만 보고 있을 참이냐."

명분은 주어졌으니, 얀의 역할은 끝이다.

페르노크는 라키스와 연합한 타이르라는 싹을 내버려 둘 생각이 추호도 없었다.

그가 전신 무기화 상태에 돌입하여 무심히 적을 바라보았다.

"오거라."

* * *

일순, 전장에 적막이 감돌았다.

얀을 포함한 10만 대군이 고작 페르노크 개인에게 어떤 호통도 치지 못한 채 그 자리에 멈춰 섰다.

마력을 두른 것도 아니었다. 그럼에도 페르노크의 모습이 태산처럼 거대해진다.

"역사에 길이 남을 왕과 영웅들은 존재만으로 거대한 벽처럼 보인다고 한다. 오래전의 우리 선조들께선 그런 휘광을 가진 자들을 격이 다른 존재들이라 표현하셨었지. 나 또한 언젠가 타이르를 내륙에 우뚝 세워 위대한 업적을 남겨 보고 싶구나."

어린 시절 수이라가 머리맡에 두고 해 줬던 말이다. 왜 지금 죽은 자의 말이 머릿속에 맴도는지 알 수 없었으나, 얀은 전장에 감도는 묘한 기류를 떨쳐 내고자 소리쳤다.
"타이르의 원수가 저 앞에 있다! 무엇을 망설이는가! 왕국의 위엄을 이 땅에 세우겠노라!"
왕의 검을 들고 얀이 말을 박찼다.
"페르노크를 죽여라!"
적막함 뒤에 살의가 감돈다.
들끓는 마력을 검에 휘어 감으며 지면을 박차는 모습이 한 마리 흉포한 맹수를 보는 듯했다. 복수에 눈이 멀어 버린 얀의 뒤를 다스가 따랐다.
광대가 허무하게 죽었지만, 지금은 다른 것을 생각할 겨를이 없었다.
페르노크의 수준은 S2에 인접하여 크리스에게서 5분을

버렸다.

그와 같은 정보를 머리에 되새기며 전력을 새롭게 재평가한 결과.

10만 대군을 위시한 이쪽이 한꺼번에 덮쳐든다면 페르노크를 능히 제압할 거라 판단했다.

'결계를 단단히 세워 페르노크를 가두는 게 우선이다.'

복합적인 마법을 사용하는 자에게 운신의 폭을 넓게 만들어 줘선 안 된다.

발을 묶고 얀과 지근거리에서 난전을 유도한 뒤, 대군이 쓸어버리게 만들어야 한다.

얀의 특이체질은 지속적인 마력 증폭.

그의 마법인 마력 유형화와 연결되어 무한한 강함을 증명시킨다.

단, 시간이 필요하다.

증폭된 마력은 일정 시간을 두고 기하급수적으로 상승하게 된다.

이 평야를 다 뒤덮을 정도로 마력이 치솟았을 때, 일격승부로 페르노크의 숨통을 끊어 버린다.

쿠쿠쿵!

다스의 녹색 결계가 페르노크의 사방에 세워졌다. 광대를 감싸던 것보다 10배는 더 단단한 원형 형태였다.

각각의 결계가 지면에 박히기 무섭게 마력을 연결시켜 거북이 등껍질 같은 형태로 페르노크를 감싸 안았다.

그리고 결계에서 녹색 빛이 흘러나와 페르노크의 몸을 뒤덮음과 동시에 얀이 안으로 난입했다.

쾅!

왕의 검이 페르노크의 오른 손등에 가로막혔다.

"네놈만은 반드시 죽이겠다!"

얀의 마력은 어느덧 3배 가까이 상승하여 S1에 버금가는 수준까지 치달았다.

페르노크가 검을 손등으로 가볍게 쳐냄과 동시에 정권을 얀의 복부에 날렸다.

쾅!

복부에서 등에 이르기까지 거대한 구멍이 뚫렸다. 하지만 얀의 마력은 시들지 않았다. 상처가 순식간에 재생되어 갔다.

'이 결계 때문인가.'

아무리 얀이라도 몸이 뚫리는 중상을 입고 살아남을 길이 없다. 불가능을 가능케 한 것은 결계에서 내리쬐는 녹색 빛이다.

이것이 페르노크의 마력을 빼앗아 얀에게 더하고, 재생과 회복에 관련된 개입을 시작한다.

'이 마도술은 쓸 만하겠군.'

크리스를 약체화시키며 반대로 자신이 강해지는 결투장을 생성하기에 아주 적합한 마도술이다.

광대의 개입부터 다스의 결계, 그 외에도 13작의 마도술은 흥미로운 것들투성이다.

하지만 얀을 북돋기 위한 방식만으론 페르노크의 전신 무기화 상태를 깨뜨리지 못한다.

쾅쾅!

얀의 검을 가볍게 피하며 이쪽의 권격을 연거푸 때려 박았다. 결계가 얀의 상처를 재생시키지만 무의미한 일이다.

아무리 페르노크의 마력을 빨아들이고, 얀이 마력을 증폭시켜도 정작 털끝 하나 스치지 못하니까.

감정에 활활 타올랐던 얀도 닿지 않는 검에 비로소 냉정을 되찾는다.

콰아아아─!

또다시 증폭된 마력은 가히 S2에 이르렀다. 결계가 떨릴 정도의 마력을 검에 모아 일시에 터트리니, 대기가 일그러지는 것 같은 착시 현상마저 일 정도였다.

페르노크가 한 손을 뻗어 날카로운 마력 덩어리를 잡아부쉈다.

"……!?"

너무나 쉽게 마력이 흩어지자 얀은 저도 모르게 뒤로 물러섰다.

무언가 위험을 느꼈을 땐, 이미 늦었다.

수많은 충돌과 순환 과정이 전신 무기화에 이루어지며 주먹에 찬란한 섬광을 맺혔다.

"제아무리 강한 힘도 섬세하게 다루지 못하면 의미가 없지. 증폭된 힘을 무분별하게 발산할 뿐인 네놈 같은 망나니에겐 참 아까운 재능이다."

맥시멈 임팩트.

전신에서 흘러나온 기류가 주먹을 타고 셀 수도 없이 불어난 순간.

태양마저 삼킬 정도로 찬란한 섬광은 정면에 자리 잡은 모든 것을 때려 부쉈다.

콰아아아앙─!

증폭된 마력을 교차시켜 막는 얀과 결계를 함께 삼키며 대군에 이르니.

중갑 기병들은 손도 못 쓰고 갈가리 찢겨 나뒹굴었다.

콰앙!

페르노크가 지면을 내리밟자 발끝에서 시작된 균열이 끝도 없이 퍼져 나갔다.

"히히히힝!"

말들이 앞발을 치켜세우며 울부짖고, 병사들이 기겁하여 뒤로 물러난다. 그 당황스러운 모습에선 어떤 진형도 찾아보기 힘들었다.

삽시간에 전장을 아수라장으로 만들어 버린 페르노크는 덤덤히 지면을 밟아 나갔다.

그때마다, 사방이 붕괴되고 균열이 생겨 도저히 생명체가 밟기 어려운 지대로 재탄생되었다.

마법사들은 도저히 그 광경을 믿지 못했다.

마력을 덧씌운 것도, 마도술을 발동한 것도 아니다.

그저 몸에 휘감은 희끄무레한 것이 발을 타고 지면에 전달되었을 때, 모든 것은 부서져 나갔다.

마법사들이 지금껏 보지 못한 괴현상이었으며, 어떤 식으로도 그와 같은 힘을 이해할 수 없었다.

영력.

동화율이 70퍼센트를 넘긴 순간, 그것은 단순히 현상에 개입하는 수준으로 끝나지 않는다.

진화된 육체에 맞춰 영력이 형태를 구현하고 한 줌의 힘을 태산처럼 거대하게 만들어 내뱉는 선순환의 증폭 고리를 만들게 한다.

하계에 존재하는 어떤 힘들보다도 월등하여, 이 대기 중에 흐르는 마력조차 찍어 누르고, 현상을 장악하는 그 것이 태초에 존재하던 영력이다.

"좋군."

페르노크는 전장에서 오랜만에 미소 지었다. 이 육체는 아직 자신의 모든 것을 끌어 쓰진 못하지만, 이제 영혼에 담긴 영력만큼은 끊기지 않고 내려받는다.

방대한 영혼의 영력을 견딜 만한 육체가 완성되니, 굳이 이곳에 죽은 자들의 영력을 흡수하지 않아도 무한한 영력을 끌어 쓸 수 있다.

'순간적인 증폭은 아직 어렵지만……'

상대가 수십만에 이르는 대군일지라도 상관없다.

지금 이 영혼에 담긴 영력은 명계를 지배하던 초월자의 역량 그 자체다. 이 영력이 끊길 때까지 페르노크는 쓰러지지 않는다.

"페르노크!"

자욱한 먼지 속에서 하늘까지 치솟을 마력이 터져 나왔다.

페르노크가 그곳으로 무심히 돌아보았다.

녹색 결계를 얇게 두른 얀이 새빨간 안광을 번뜩이고 있었다.

S2를 훌쩍 뛰어넘은 마력이 평야를 무겁게 내리찍는다.

이 일대의 마력은 모두 얀의 뜻대로 움직이기 시작한다.

페르노크가 발버둥 치지 못하게 마력이 유형화된 형태로 꽉 붙잡았다.

"왕!"

한쪽 팔이 날아간 다스가 남은 손을 얀에게 뻗었다.

결계가 갑옷처럼 얀의 전신을 감쌀 때, 일대의 마력은 그의 주먹에 뭉쳐 들었다.

닿기만 해도 찌부러질 것 같은 지독한 농도에 다스가 마른침을 꼴깍 삼켰다.

'이것밖에 방법이 없어.'

라키스의 정보가 잘못되었다.

방금 전 페르노크의 일격은 가히 크리스를 연상케 했다.

페르노크는 단순한 S2를 넘어섰다.

적어도, 다스가 목격한 수준만으론 가히 성황국의 아리샤에 버금간다.

어떻게 마력이 느껴지지 않는 몸에서 이와 같은 일이 벌어지는지 이해할 수도 없었다.

이해 불가의 상대와는 절대 겨뤄선 안 되건만, 이미 상황은 도망칠 구석도 용납되지 않았다.

싸워야 한다.

하지만 다스의 결계로는 역부족이다.

수십 겹의 결계조차 뚫어 버리는 압도적인 폭력엔 그에 버금가는 맹수가 맞서야 한다.

'얀이 무르익었다!'

다스는 모든 마력을 결계에 집중시켜 얀에게 전달했다.

결계가 가진 모든 특성을 마도술화시켜 얀의 신체 능력을 한계 끝까지 올리도록 갑주처럼 덧씌웠다.

설령, 페르노크와 공격이 교차하더라도 한 번은 살아남는다.

준비는 끝났고, 얀은 예상보다 빠른 시간에 가장 가능성 높은 전투 지점까지 도달했다.

얀이 한 점에 마력을 집중시킨 순간, 굉음이 일대를 찢어발겼다.

눈 깜짝할 사이 얀은 페르노크 지척에서 주먹을 내뻗고 있었다.

쾅!

소리가 형태보다 뒤늦게 도착했다.

한순간에 얀은 소리를 넘어섰고 마력은 어느 때보다도 흉흉하게 페르노크의 심장을 뒤덮으려 했다.

그건 설령 브레이아라 해도 막지 못할 강화계의 극한이었다. 순수한 마력 덩어리를 지척에서 막을 어떤 마도술도 생각나지 않았다.

모든 것이 완벽했다.

적어도 다스는 일격에 승부가 갈릴 거라 예상했었다.

콰앙!

페르노크가 피하지 않고 맞선 순간, 얀이 눈을 부릅떴다.

자신이 살아온 일생을 통틀어 무엇과도 비교할 수 없는 일격이 페르노크에게 막힌 것이다.

까드득!

얀이 이를 악물며 한 발 앞으로 내디뎠다.

증오심이 마력에 개입한 순간, 그의 체질은 다시 한 꺼풀 한계를 벗어던졌다.

페르노크의 전신 무기화에 작은 떨림이 일 정도였다.

하지만 페르노크는 식은땀 한 방울 흘리지 않고 팔을 위로 흘렸다.

강대한 마력이 허무하게 허공으로 솟구쳤다.

그러나 두 사람은 알고 있었다.

아직 끝이 아니다.

얀은 페르노크가 힘을 다시 흘려버릴지도 모른다는 본능에 가까운 직감으로 허공의 마력을 원격으로 뭉쳤다.

이미 이 일대의 마력을 장악했기에 흘려보내진 마력을 조작하는 건 어렵지 않았다. 그렇게 뭉쳐진 힘은 마력으로 이루어진 하늘 같았다.

하늘이 노하여 그대로 지상에 내리꽂히는 듯하였다.

그리고 페르노크는 얀이 그와 같은 수단을 동원할 거라 예상했었다.

마력을 내주고, 영력에 치중했기에.

이 일대의 장악력은 모두 얀에게 있다고 파악했기 때문이다.

하여, 아주 천천히 손을 내리고 마력의 하늘을 마주하였다.

'됐어!'

지켜보는 다스마저 승리를 장담했다.

흉포한 마력 덩어리는 어디서도 피할 곳이 없다.

반드시 직격한다.

저걸 막아서려면 그에 상응하는 힘으로 구멍을 뚫어야 할 텐데, 페르노크는 저항하지 않았다.

마력에 짓눌린 거라고 지켜보는 이들이 모두 확신할 즈음, 얀의 표정이 일그러졌다.

갑자기 눈앞에 있는 페르노크의 기척이 사라졌다.

산 사람이 연기가 되어 버린 것 같았다.

아무것도 느낄 수 없었다.

손만 뻗으면 닿을 거리에 그가 웃고 있는데도…….

콰아아아아아아앙!

하늘이 내리찍어 붕괴된 지면을 재로 만들었다.

시체들이 형태조차 남겨지지 않는 그곳에 얀이 떨고 있었다.

"어떻게…….."

뒤늦게 시선을 모은 자들도 마찬가지였다.

페르노크의 옷자락 하나 상하지 않은 것이다.

처음 섰을 때의 그 모습 그대로 페르노크는 오연한 시선만을 보내고 있을 뿐이었다.

"이게…… 말도 안 돼……."

특이체질이 더 이상 마력을 증폭하지 못할 정도로 한계 이상을 짜내서 펼친 최후의 수단이 애꿎은 지면만 두드렸다.

상상조차 못 한 일이 펼쳐지자, 적막이 감도는 황야엔 페르노크의 발소리만 울려 퍼진다.

"아무리 잘난 공격도 맞지 않으면 소용없지."

마력이 내리 찍힌 순간 영체화로 넘겼다.

제아무리 페르노크라도 그만한 위력을 곧이곧대로 맞았다간 무기가 부서질지도 모르기 때문이었다.

얀의 마력은 영체화를 쓸 만한 가치가 있었다.

그게 전부였다.

"처음 봤을 땐, 영혼이 아주 맑고 강하더니. 이젠 그 색도 바래지는군. 한심한 놈."

페르노크가 얀의 목을 움켜쥐었다.

캑캑거리며 발버둥 치는 손아귀에선 더 이상 힘이 느껴지지 않았다.

"유…… 율리아나를…… 왜…… 왜……!"

"능력도 안 되는 자가 이 왕좌에 욕심을 부렸다. 그것을 부추긴 자가 바로 너야. 네가 너무도 뛰어나기에 율리아나는 감히 품어선 안 될 욕심에 손을 대고 말았다."

"컥…… 컥……!"

"살리고 싶었나? 그럼 네가 율리아나를 설득해서 도망쳤어야지. 하지만 넌 그 어떤 변명을 동원해도 지금 이 자리를 설명할 수 없다. 결국, 아비를 죽이고 그 자리를 차지하지 않았나."

페르노크가 새하얗게 질린 얀에게 씨익 웃었다.

"덕분에 타이르를 얻었으니, 내 타이르의 백성들을 내팽개치지 않는다고 약속하지."

"카아악!"

악귀처럼 일그러지는 얀의 목을 부러뜨렸다.

그리고 심장을 손날로 꿰뚫어 단숨에 숨통을 끊어 버렸다.

축 늘어진 몸을 바닥에 내팽개치고 페르노크가 오른쪽

으로 시선을 돌렸다.

안간힘을 다해 도망치려는 다스의 등에 타이르 왕의 검을 던졌다.

검날이 등에서 지면까지 관통하자 다스도 즉사했다.

얀과 다스의 치솟는 영력과 마력을 흡수하며 페르노크가 뒤를 돌아보았다.

왕을 잃은 군사들이 압도적인 신위 앞에 꼬나 쥔 무기만 덜덜 떨고 있었다.

'전부 죽일 순 없지.'

전쟁이 끝난 후에 왕국을 지탱할 노동력도 생각해야 한다.

저항할 의지를 잃어버린 자들.

먹어 봐야 영력 상승에 유의미한 도움도 되지 않을 자들에게 자비를 베풀어, 향후 타이르를 온전히 지배할 기반을 만들어 두는 편이 좋았다.

"수이라 왕은 내가 아닌 얀이 죽였다. 믿든 말든 네놈들 자유지만, 지금 당장 무기를 내려놓고 도망친다면 목숨은 살려 주마."

병사들이 지휘관들만 떨리는 눈으로 바라보았다.

페르노크의 힘을 목격한 마법사들이 지휘관의 옷깃을 붙잡았다.

도망쳐야 한다고 말하는 그들의 모습이 싫어서였을까.

얀을 따르던 부관이 검을 들어 올렸다.

"적은 한 명······!"

페르노크가 가벼운 자연계 마법으로 부관을 불태워 버렸다.

그리고 천벌을 일으켜 하늘에 새하얀 뇌운을 드리웠다.

"마지막 경고다. 이대로 무장을 버리고 병사가 아닌 농부가 되어라. 이는 왕으로서 너희들에게 처음이자 마지막으로 베푸는 자비이니, 혹여 바르간타의 심판을 막아선다면 네놈들을 이 땅에서 지워 버리겠다."

하늘이 노하고 땅이 부서졌다.

아직도 시들지 않는 페르노크에게 병사들은 대항할 의지를 상실했다.

페르노크에게서 흘러나오는 영력이 그들의 영혼을 밑바닥까지 자극하여 본능적으로 두렵게 만들고 있었다.

"와, 왕국으로 귀환한다!"

얀과 다스의 시체도 수습하지 않고, 지휘관이 소리치며 누구보다 빨리 말을 몰고 도망쳤다.

병사들이 무기를 내던지며 황급히 뒤를 따랐다.

넓은 평야가 황량해지기까지 채 반나절도 걸리지 않았다.

* * *

페르노크는 황야에서 죽은 자들의 영력을 흡수했다.

동화율 - 73%

얀과 다스 그리고 광대의 영력이 제일 많은 동화율 상
승으로 이어졌다.

상당한 양의 영력을 소모했음에도 몸은 지치지 않는다.

한계를 거듭 넘어선 육신이 새로운 전장을 물색한다.

"타이르에 13작을 두 명 붙였다. 해안가에 최소 두 명
이상이라고 한다면, 나머지는 성황국에 붙었나."

크리스를 위시한 13작들.

그리고 수만의 군사.

그것만으로도 성황국을 궤멸시킬지도 모른다고 생각했
다. 하지만 한 가지 걸리는 점이 있다.

"패황은 대체 뭘 하고 있는 거지."

루트밀라가 라키스의 성을 집어삼켰다.

라키스가 태동한 이래 처음 있는 수치였다.

상당한 전쟁광이라고 알려진 패황이 이에 분개하여 검
을 빼 들어도 이상하지 않다.

하지만 수도에서는 아무 소식도 들려오지 않는다.

크리스가 성황국으로 향한다고 짐작되는 지금. 또 하나
의 변수라 생각되는 패황의 어떤 소식도 듣지 못하자 몇
가지 우려되는 점이 머리를 스쳐 지나갔다. 그러나 페르
노크는 이내 고개를 저었다.

강대국들이 모여 치르는 전쟁이다.

모든 전략과 행동을 완벽하게 조종할 순 없다.

다소의 변수가 있다면 가장 큰 위험 요인부터 제거해서 우려를 종식시켜야 한다.

"라키스도 우리도, 피차 물러설 곳은 없지."

시작한 이상 누구든 과감한 수를 던질 것이고 그에 대가를 치르게 된다.

얀이 수이라를 죽이기 위해 13작과 손을 잡은 것처럼.

크리스 또한 성황국부터 죽인다는 단호한 결정을 내렸다.

각국의 총력전이 이루어질 그곳이 이 전쟁의 승부처가 될 것이다.

스스슷!

페르노크의 몸이 잔상조차 남기지 않고 부드럽게 흩어진다.

이곳의 일이 알려지기 전에 성황국에 도착해야 한다.

* * *

"막아라!"

가르트의 고함이 성벽 위에 울려 퍼졌다.

한밤중에도 환한 불빛이 곳곳에 번지는 중이었다.

"타이르는 더 이상 동맹이 아니야! 쏴! 전부 죽여 버리라고!"

페르노크의 지시로 왕국에 남아 국경을 수비하고 있었다.

동맹군들이 모두 전진한 마당에 자기 혼자 이곳에 남았다는 사실이 전력 낭비처럼 여겨졌지만 좋은 쪽으로 해석했다.

라키스와 싸운다면 필시 수많은 희생이 따를 것이다.

군부 서열 1위인 자신은 희생양이 될 확률이 높았다.

어떻게 거머쥔 바르간타의 대장군직인가.

페르노크의 호의라 생각하며 순순히 받아들였을 때, 사건은 발생했다.

갑자기 타이르에서 수상한 움직임이 느껴지더니, 보고에 없는 병력들이 국경을 두드리기 시작했다.

예상치도 못한 일에 제대로 대비조차 안 되었던지라 가르트는 식은땀을 흘리며 바쁘게 성벽을 돌아다니고 있었다.

"마력포를 더 가져와!"

"더는 동원할 마력포가 없습니다!"

"뭐? 국경에 50문이 있어야 하지 않나!"

"해인가 점령군에게 30문을 내줬습니다!"

"왜 그 말을 지금 하는 게야!"

"이곳에 오셨을 때, 이미 보고를……."

콰아앙!

타이르의 포문이 성벽을 두들겼다. 자세를 잡기 어려워

주저앉은 자들이 부지기수였다.

흔들린 틈을 노리며 사다리가 성벽에 걸쳐졌고, 거대한 쇠고리가 날아왔다.

"수이라 전하의 원수를 갚아라!"

"한 놈도 살려 두지 마라!"

"성문을 두드려!"

국경에 주둔한 병력은 고작 3만.

반면 타이르의 병력은 주둔군까지 긁어모아 가히 6만에 달했다.

게다가 해상군의 공성 병기까지 가지고 와서 여유롭게 성벽을 두들기니 가르트도 수성에 집중하기 어려웠다.

동맹이라고 생각한 타이르가 느닷없이 기습할 거라고 예상이나 했었겠는가.

'젠장! 쓸 만한 마법사도 죄다 전쟁으로 보냈는데…….'

무엇보다 타이르의 7레벨 마법사들이 거슬렸다. 부유 마법을 기병들에게 걸어 성벽 너머로 날려 보내는 타이르 특유의 공성 전술에 대항할 방법이 떠오르지 않았다.

"대장군! 성벽 안에 기마대입니다!"

"성문의 앞뒤가 타이르에게 둘러싸였습니다!"

"서쪽 성벽에 집중포화입니다! 이대론 성벽이 무너져 내릴 것입니다!"

"대장군! 결단을 내려 주십시오!"

적의 준비가 만만치 않다. 눈에 불을 켜고 달려드는 타이르의 사기가 하늘을 찌를 것 같다.

일방적으로 공략당하는 쪽이 한숨 돌릴 시간조차 주지 않는다. 모든 것이 열세다.

'국경을 내주고, 전하께 속히 원군을 요청해야 한다.'

결사 항전한다면 날이 밝을 때까지 버틸 수도 있었을 것이다. 하지만 가르트는 모험을 두지 않았다.

이 자리에 올라온 모든 시간이 머리를 스쳐 지나가며 성보다 자신의 목숨이 더 소중했기 때문이다.

"국경을 버린다!"

"예?"

"적의 부유마법을 막지 못하는 이상 대치는 우리가 불리해!"

"하지만 아직 버틸……."

"다음 성으로 향한다! 그곳에서 버티며 전하를 기다리겠다!"

부관들이 당황한 눈빛을 보내자 가르트는 나팔을 빼앗아 직접 불었다.

뿌우우우-!

퇴각을 알리는 신호에 치열하게 싸우던 병사들이 어리둥절한 표정이 되었다.

"퇴각! 퇴각하라!"

그리고 누구보다 먼저 성벽을 내려간 가르트는 기마대의 목을 치고 말에 올랐다.

"어서 병력을 철수시키도록!"

"하오나! 이곳엔 마력포 20문이 있습니다!"

"일일이 챙길 겨를이 없다! 어차피 전하가 오시면 되찾을 것들이야!"

"하지만……."

"뭣들 하느냐! 서둘러라!"

일부 병력을 성 위에 남겨 놓고 퇴군을 결정했다.

밤하늘을 대낮처럼 환하게 만드는 폭발을 뒤로하며 가르트가 말고삐를 잡아챈 순간이었다.

그림자에서 치솟은 검이 말과 가르트의 몸을 동시에 관통했다.

"……?"

가르트가 눈을 부릅뜨며 낙마했다.

어느새 주위의 그림자가 일그러지며 새까만 인영들이 불쑥 튀어 오르고 있었다.

'암행족…….'

문득, 타이르에 잠복을 특기로 하는 마법사 일족이 있다는 소문이 떠오른다.

당연히 뜬구름 잡는 소리라고 생각했다.

만약 그런 부족이 있었다면 라키스와의 전장에 출몰해서 정체가 드러났을 테니까.

하지만 동맹군 편성에서 암행족은 보지 못했었다.

아니, 이제 와서 그런 게 뭐가 중요할까.

그림자가 솟구친 자리에 원형의 막이 생기고, 그곳에서 수많은 인영들이 튀어나왔다.

'장거리…… 이동…… 마법…….'

흔히 포털이라 부르는 공간 이동 특이계 마법사가 성안과 밖을 연결시켰다.

부유 마법은 눈을 현혹시키기 위한 술수에 불과할 뿐.

진짜는 바로 이동 마법이다.

"대, 대장군을 모셔라!"

어떻게 타이르가 공성의 대가라고 불리는지 알 것 같다고 생각하며, 그림자가 뻗은 검에 가르트의 목이 떨어졌다.

"성문을 열고, 한 놈도 살리지 마라."

그림자의 무심한 소리가 성벽을 내려온 바르간타 병사들을 휩쓸었다.

성문은 순식간에 개방되고 타이르군이 물밀듯이 밀려들었다.

국경이 손쉽게 타이르 손에 넘어가려는 순간이었다.

콰아아앙!

별안간 밤하늘을 찢어발기는 굉음이 남쪽에서 들려왔다.

성벽 위의 병사들은 물론 타이르까지 그곳을 돌아보곤 눈을 부릅떴다.

"르, 르젠이다!"

살라반이 대군을 이끌고 마력포를 난사하고 있었다.

콰콰콰쾅!

성안으로 진입하지 못한 타이르 병력들이 측면에서 파고드는 화력에 쓸려 나갔다.

"동맹을 어지럽히는 타이르를 단죄하여! 동맹군의 정의를 바로 세우리라!"

전장을 뒤흔드는 목소리에 타이르가 당황했고, 바르간타의 사기가 다시 치솟았다.

"돌격!"

살라반이 타이르에게 검을 겨누자 기마대가 질주하기 시작했고, 마력포가 곡선을 그리며 타이르를 휩쓸었다.

성내에 진입한 타이르 별동대는 바르간트의 성벽 수비병이 맡았다.

삽시간에 전장의 판도가 뒤바뀌자 곳곳에서 절규하는 타이르의 비명이 들려온다.

살라반은 점점 시들어 가는 타이르를 바라보며 쓰게 혀를 찼다.

'결국, 이렇게 되고 말았군.'

타이르가 얀을 선봉장으로 포함시켰을 때, 페르노크는 살라반에게 서신을 보냈다.

혹여, 타이르가 수도에서 기묘한 움직임이 보인다면 즉시 원군을 이끌고 국경에 합류해 달라는 요청이었다.

결국, 페르노크의 말처럼 우려하던 일이 현실이 되었다.

국경을 타이르가 점령하기 전에 도착해서 다행이었다.

"한데, 왜 이자는 도망칠 생각부터 한 거지. 페르노크 왕 밑에 이런 겁쟁이가 있었단 말인가."

어느새 성에 들어와 싸늘한 시체가 되어 버린 가르트를 한심하게 내려다보며 살라반이 고개를 저었다. 그리고 성루에 올라 멀어지는 타이르를 바라보며 외쳤다.

"잔당들을 추격하여 배신의 대가를 철저히 각인시켜 주도록!"

"예, 전하!"

르젠의 기마대가 타이르의 잔병들을 뒤쫓기 시작했다.

* * *

해안가의 전투는 동맹군 쪽으로 기울어지고 있었다.

바닷물을 언덕 위까지 뒤덮어 비늘족을 침투시키는 전략에 육지의 인간이 저항할 방법은 마땅치 않았다.

무엇보다 브레이아와 제르가 동맹군 마도사들에게 가로막힌다는 점이 악재로 작용했다.

"실력이 녹슬지 않았나, 브레이아!"

적의 신관이 손을 합장하듯 모으자 브레이아 주위가 일그러지며 강한 압력이 터져 나왔다.

브레이아가 떨치며 도약하지만 압력은 계속 달라붙었다.

형태가 없고 한 번 마킹한 대상을 찍어 누를 때까지 계속 따라다니는 지긋지긋한 마도술이다.

모든 것을 꿰뚫는 힘도 눈앞에 유형화된 무언가가 있어야 가능한 법인데, 이 압력만큼은 떨쳐 내기 어렵다. 게다가 이 일대를 사로잡은 '상실'도 문제다.

'상실이 마력을 갉아먹고, 압력이 육신을 무겁게 짓누른다.'

몇 겹이나 되는 추를 몸에 달고 움직이는 느낌이다. 더군다나 물은 이제 언덕을 집어삼키고 크게 솟구치는 중이다.

녹의 신관이 바다를 본격적으로 조종하자 선상 위의 자들을 제외한 것들이 모두 물에 삼켜지기 시작했다. 브레이아라고 예외는 아니었다.

상실, 압력, 물.

세 가지가 한꺼번에 닥쳐오자 브레이아는 본인의 장점을 조금도 발휘하기 어려웠다.

마치 올가미에 걸린 것 같은 기분이었다.

'후작님은……'

제르 쪽도 상황이 안 좋긴 마찬가지였다.

루인도 만만치 않은 상대인데, 근원이라는 해괴한 힘이 더해지자 제르의 특기인 '참수'가 제대로 진행되지 않았다.

마력이 수백, 수천의 칼날로 뒤덮인다 한들 상실이 흐

름을 흐트러뜨리고, 근원이 방패처럼 가로막아 상쇄시키
자 제르도 곤혹스러워져 갔다.

그도 인간인 이상 물속에서 계속 호흡을 참아 가며 전
력을 쏟아 내긴 불가능했던 것이다.

'어떻게 마법협회장을 죽인다 해도, 나 또한 과한 출혈
을 각오해야 한다. 그 뒤에 이어질 선단의 포격과 저 수
상한 애새끼들…… 그리고 성황국의 신관들까지 모두 감
당하진 못해.'

적장이 루인 한 명뿐이라면 기꺼이 목숨으로 승리를 가
져올 것이나.

이 자리엔 성황국의 신관들과 멀쩡한 적의 선단까지 있다.

루인 하나만 죽여서 될 일이 아니다.

오히려 무모한 행동이 라키스의 패배를 보다 치욕적으
로 만들 수 있다.

'이 전술을 계획한 놈을 당장이라도 라키스에 데려오고
싶군. 이 빌어먹을 놈들.'

물에 잠겨 산 채로 물어뜯기는 라키스 병력들의 피가
바닷물에 섞이기 시작했다. 공성 병기까지 물에 잠긴 바
람에 대응할 수단도 마땅치 않았다.

쾅!

제르가 물을 박차고 허공에 솟구쳤다.

그와 동시에 마력을 흩뿌려 브레이아를 감싼 압력을 찢
어발겼다.

바로 응전태세에 돌입하는 브레이아를 제르가 멈춰 세
웠다.

"퇴각한다!"

"……!"

"전력을 재정비한다!"

믿기지 않는 명령에 뒤를 돌아본 브레이아의 표정이 딱
딱해졌다.

이미 바다가 라키스의 시체로 가득 채워지고 있었다.

"겁쟁이처럼 도망갈 생각인가?"

"이 자리에서 결판을 내자, 브레이아!"

브레이아도 끝까지 항전하고 싶은 마음이었지만 이를
악물며 간신히 충동을 억눌렀다.

해안가를 빼앗기는 일보다 더 치명적인 것은 13작의
죽음이다.

여기서 브레이아와 제르가 모두 죽는 순간 적은 해안가
를 넘어 라키스의 서쪽 성들을 빠른 속도로 잠식해 나갈
것이다.

쾅!

결단을 내린 브레이아가 상실 한구석에 구멍을 뚫었
다. 제르가 마력 칼을 뿌려 신관들을 가로막고 브레이아
와 함께 도망쳤다.

뒤쫓으려는 신관들을 루인이 저지했다.

"쉽게 추격할 수 있는 자들이 아닙니다. 무의미한 전력

낭비보단, 지금 해안가를 넘어 서쪽 성들을 공략해야 합니다. 그곳을 기준으로 경계선을 그려 우리가 완벽히 해안을 장악해야, 추후 원군과 보급에 차질이 없을 것입니다."

"으음…… 아쉽긴 하지만 단시간에 끝내기 어려운 전쟁이니……."

"그렇게 하시죠. 어차피 해안가가 정복되었단 소식이 퍼지는 순간, 동맹군은 일제히 진격하지 않습니까. 13작은 결국 모습을 드러내게 될 것입니다."

그리고 선단에서 내린 병력들이 손쉽게 라키스의 해안가를 점령했다. 그들은 정비할 새도 없이 곧장 라키스의 서쪽 국경으로 나아갔다.

* * *

성황국 본대는 고요했다.

동맹군의 승전보만 전달되었을 뿐, 라키스의 동쪽 국경에 도달하기까지 적은 코빼기도 비치지 않았다.

하지만 병사들의 표정엔 긴장감이 가득했다.

신앙심으로 똘똘 뭉친 그들은 성황국을 위한 전쟁에 작은 여유도 보이지 않았다.

묵묵히 병장기를 차려입고 앞으로 나아갈 뿐이었다.

그렇게 동맹군이 전쟁을 시작한 지 보름이 지날 즈음이었다.

타이르의 배신 소식을 전해 듣던 아리샤가 묵묵히 몸을 일으켰다.

"오는군요."

다섯 신관도 느끼고 있었다.

저 멀리, 국경 너머에서 다가오는 거대한 기운들을.

"원로들까지 13작에 끌어들였을지 모른다는 페르노크 왕의 우려가 사실일지도 모르겠네요."

크리스와 더불어 아리샤를 자극하는 새로운 S3 마도사의 존재감이 느껴진다.

하지만 이 자리의 어느 누구도 두려워하거나 긴장하는 기색이 없었다.

그들도 이런 순간을 기대하며 오랫동안 감춰왔던 '보물'이 잠들어 있었기 때문이다.

아리샤가 오래된 나무 상자를 들고 자리에서 일어났다.

"저들에게 신의 지엄한 심판을 내려주도록 하겠습니다."

삼교 신관들 모두 신에게 기도를 올리는 자세로 막사를 빠져 나왔다.

국경 너머의 거대한 마력들이 대기를 일그러뜨리며 이곳으로 다가오고 있었다.

5장. **절대자들**

절대자들

　모두가 드러난 전장에 신경을 곤두세우고 있을 때, 라
키스의 국경을 크게 도는 무리들이 있었다.
　다른 나라의 시선 너머를 질주하는 무리들의 기세가 범
상치 않다.
　그들은 페르노크가 행적을 알지 못했던 남은 13작들이
었다.
　13작의 절반과 5만 대군을 선두에서 이끄는 중년인은
만면에 미소를 머금고 있었다.
　전장의 쾌락을 즐기는 라키스의 패황 아라드.
　놀랍게도 그는 격전지가 될 성황국이 아닌 다른 나라들
을 친다는 역발상을 행한 것이다.
　"……?"

한창 기세를 높이던 아라드가 갑자기 말고삐를 잡아 쥐었다.

병력들이 행군을 멈춤과 동시에 13작들이 아라드 옆에 다가왔다.

"허허, 이런 능구렁이를 보았나."

아라드가 전면을 가로막은 대군을 살피곤 피식 웃었다.

크리스에게 모든 신경이 쏠리도록 만든 후 수도의 정보가 새어 나가지 않게 철저히 단속하여 은밀히 빠져나왔다.

누구도 아라드가 분쟁지대들을 크게 돌아간다는 사실을 알지 못한다.

하지만 단 한 명, 동맹군에도 아라드와 같은 생각을 한 자가 있었다.

"오랜만이군! 바르티유!"

성황 바르티유.

그가 10만 대군을 협곡에 배치한 채 아라드를 기다리고 있었다.

꽤 오래전부터 진을 치고 있었는지 협곡을 돌파할 엄두가 나지 않는다.

마도사라고는 고작 성황 한 명.

S2였지만 이곳엔 전대의 원로들이 함께하고 있다.

13작들을 투입시켜 지형 자체를 바꿔 버리는 건 일도 아니다.

하지만 아라드는 알고 있다.

언제나 성황국에 몸을 감추며 살아오는 매사에 조심스러운 바르티유가 당당히 모습을 드러냈을 땐, 그만한 방패가 있다는 사실을.

라키스처럼 오래된 역사를 간직한 성황국엔 아직 세상에 드러나지 않은 보물들이 많다.

바르티유가 그중 하나를 가져왔을 거라고 여기며 아라드는 앞으로 나섰다.

"폐하!"

13작들이 다가오려 하자, 아라드가 손을 올려 가로막았다.

반대편의 바르티유도 마찬가지였다.

그도 혼자서 전장의 중간 지대까지 말을 이끌었다.

세계를 양분하는 절대자들이 지근거리에서 마주했다.

"이게 몇십 년 만이지?"

"헤아릴 수 없군. 그 조그맣던 황자가 이젠 나이를 제법 먹었어."

"하하하, 그대 역시 얼굴에 주름이 새겨지는군. 영원히 나이를 먹지 않을 것 같던 소심한 신관이 이젠 내 앞에 모습도 드러내고, 많이 성장했어."

아라드가 제국을 드높일 무렵 성황국과 분쟁이 있었다.

그 당시 신관이었던 바르티유와 맞부딪쳤고 많은 승리

를 가져왔다.

하지만 단 한 번도 결정적인 일격을 먹이지 못했다.

최소한의 희생만 내주고 바르티유는 물러났기 때문이다.

그리고 세월이 흘러 어느새인가 라키스와 성황국은 대륙을 양분하고 있었다.

줄곧 영토를 내줬다고 생각했던 바르티유는 눈 깜빡할 사이 성황국을 부유하게 만들었다.

아라드가 강하게 부딪칠수록 부드럽게 흘려보내는 자가 바르티유였다.

"내가 여길 올 줄 알고 있었던가?"

"자국이 침공받든 말든, 너는 언제나 피를 탐하며 돌아다니지. 어쩌면 동맹군이 라키스에 시선이 쏠린 틈을 타서 반대로 동맹국을 침공할지 모른다고 생각했을 뿐이다."

"하하하, 그 배 속에 몇 마리의 구렁이가 살고 있는지 궁금하군."

예전부터 그랬다.

라키스가 침공받아도 아라드는 여유로웠다.

바르티유는 그런 아라드가 껄끄러워 전면전을 피해 왔었다.

하지만 지금은 얘기가 다르다.

라키스의 전력은 뿔뿔이 흩어졌고, 아라드는 젊은 날의

치기를 버리지 못하고 있다. 지금도 적장을 대면하려는 젊은 시절의 습관을 그대로 행하지 않는가.

'자신이 죽일 자를 직접 보고 판단한다는 그 모습은 여전히 오만하군.'

바뀌지 않아서 다행이다.

아라드는 절대 물러날 생각이 없다.

곧이곧대로 부딪힌다면 이쪽이 준비해 온 패가 반드시 그의 목을 옥죌 것이다.

"성황국을 칠 때나 되어야 자네를 만날 거라 생각했지. 자네는 언제나 거북이처럼 신관들 뒤에 숨기만 했었으니까. 이런 식으로 만나게 될 줄 생각지 못했지만, 자네답지 않은 죽음에 경의를 표하지."

"사람을 아래로 내려다보는 모습은 여전하군."

"수십 년 동안 국경을 맞대며 경쟁해 온 사이이지 않은가. 질긴 인연의 마지막 인사를 나누고 싶었네. 단지 그뿐이었어."

바르티유가 무표정해지자 아라드가 씨익 웃었다.

"먼저 가서 기다리고 있게. 내 이 땅을 정복하고 무용담을 들고 따라갈 테니. 하하하하하!"

쾌활하게 웃으며 아라드는 본대로 돌아갔다. 13작들이 식은땀을 흘리며 다가왔다.

"폐하! 어찌 적장에게 한마디 상의도 없이……."

"바르티유와 맞부딪친 지도 수십 년이 흘렀네. 이젠 적

이라기보단 친우에 가깝지. 내 손으로 죽여야 할 친우의
마지막 모습을 지켜보는 것도 전장의 도리 아니겠는가."

"……하오나, 다시는 혼자 가지 마십시오! 행여 성황이
독한 수를 마음먹었다면 큰일이 날 뻔했습니다."

"그럴 리가. 바르티유는 모략가의 자질이 넘치지만, 단
독으로 날 죽일 만한 실력은 안 돼. 저 녀석도 지금의 내
가 예전과 얼마나 달라졌는지 살펴보고 싶었던 거겠지."

아라드가 후련한 표정으로 고개를 끄덕였다.

"예전부터 참 궁합이 잘 맞는단 말이지. 하하하하!"

13작은 아라드를 볼 때마다 이해할 수 없었다.

대군을 앞두고 당당하게 홀로 나서는 배포를 보이는가
하면, 어떨 때는 승기를 잡은 전투에서 물러나기도 한다.

도저히 종잡을 수 없는 그의 비위를 알아채는 건 오직
크리스뿐이다.

그리고 바르티유 또한 아라드의 괴팍한 행동을 고심 중
이었다.

대체 무슨 자신감으로 여유를 부리는가.

설마, 눈에 드러난 마도사의 숫자만 보고 승기를 자신
하는가.

'그런 단순한 놈이라면 성황국은 진즉에 라키스를 꺾었
겠지.'

바르티유는 라키스의 가장 위험한 존재를 크리스가 아
닌 아라드로 생각한다. 그에 대한 대처를 위해 성황국의

태동과 함께했던 보물까지 가지고 나왔다.

바르티유가 낡은 천에 감싸인 물건을 두 손에 감싸 안았다.

멀리서 그 모습을 지켜보던 아라드가 악동 같은 미소를 지어 보였다.

"날이 저물기 전에 예우를 다하여 저 목을 취해야겠구나."

아라드의 눈동자가 호박색에 젖어 들었다.

영롱한 광채가 향하는 곳에 희끄무레한 기운이 흐르기 시작했다.

* * *

국경 너머에서 내려오는 자들은 실로 신과 같은 위용을 자아냈다.

크리스와 더불어 S3의 마도사인 마르도 포르카제.

그리고 작위를 꿈꾸며 훈련처에서 맹수행하던 고위 마법사들과 예비 마도사들.

도합 100명에 달하는 전력 뒤편으로 어림잡아 5만은 족히 넘을 법한 라키스 정예군이 나타났다.

단지, 마력만으로 대기를 일그러뜨리는 절대자의 모습에도 성황국은 흔들리지 않았다.

선두에 나선 아리샤가 조용히 미소 짓고 있었다.

크리스가 먼발치에서 마주 보곤 서슴없이 다가왔다.

그 어떤 말도 필요하지 않았다.

오늘 이 자리에서 누군가는 반드시 죽어야 한다.

"마르도 포르카제입니다."

빛을 신봉하는 백의 신관이 크리스를 따르는 또 다른 마도사를 알고 있는 듯이 말했다.

"마르도…… 분명, 전대 백의 신관님께서 맞상대하셨던 라키스의 공작이군요."

"망령이 죽지 않고 아직 라키스를 배회하고 있었습니다."

"여러분들께서 마르도를 막을 수 있겠습니까?"

"죄송합니다. 불가능합니다."

아리샤는 아무 말 없이 고개를 끄덕였다.

마르도의 명성은 수십 년이 흐른 지금도 세계를 울리고 있다.

단신으로 강대국들의 수많은 마도사들을 죽인 무패의 영웅.

전대 백의 신관도 마르도에게 당한 상처를 회복하지 못해 죽고 말았다.

그리고 마르도는 그 시절보다 훨씬 강해진 모습으로 나타났다.

이곳의 신관들로는 마르도의 털끝도 건드리지 못할 것 같았다.

하여, 아리샤가 제일 먼저 나섰다.

"저 뒤의 작위를 얻지 못한 마도사들을 처리해 주세요."

"마르도와 크리스는……."

"제가 막겠습니다. 아무도 제 곁에 다가오지 마세요."

즉시, 백의 신관이 병력들을 물렸다.

다른 신관들도 아리샤를 우회하였다.

라키스도 마찬가지였다.

단독으로 나오는 아리샤를 보자마자 크리스가 마도사들과 병력들을 따로 보냈다.

두 세력이 우회로에서 맞부딪칠 즈음 크리스가 장침을 꺼내 들었다.

마르도는 어느새 새까만 갑주를 두르고 있었다.

아리샤가 치솟는 마력을 상대로 조용히 두 손을 모았다.

면포 속에서 새하얀 안광이 번뜩인 순간 세상의 섭리가 그녀의 손바닥에서 춤을 추기 시작했다.

사상변환.

인세에 존재하는 모든 것들이 그녀의 의도대로 변화한다.

물이라 인식한 것은 불이 되고.

공기는 가시가 되어.

적의 마도술마저 원하는 형태로 바꾼다.

성황국에선 이를 마도술이 아닌 신에 가까운 권능이라

칭하고 있으니.

어느 누구도 그녀가 발하는 영역 속에 몸을 담그지 못한다.

지금까지는 그랬었다.

"저번에 내게 보여 주지 않았나."

메마른 목소리가 사상변환의 영역을 꿰뚫었다.

순간이었다.

장침이 영역 한 귀퉁이를 뚫어 내며 크리스가 절반을 가로질렀다. 그리고 머리 위에서 거대한 그림자가 내리꽂혔다.

콰아앙!

아리샤가 물러남과 동시에 영역을 터트렸다.

사상변환의 조각들이 라키스의 마도사들을 휩쓸었다.

"성황국을 지켜라!"

돌연, 마도사들이 흰자위를 드러내며 크리스와 마르도를 덮치기 시작했다.

아리샤가 그들의 인식을 통째로 바꿨기 때문이다.

"구해라."

해일처럼 몰려오는 마도사들을 크리스에게 맡긴 마르도가 아리샤에게 달라붙었다.

이미 이곳의 공기마저 불처럼 뜨겁고, 가시처럼 따갑게 바꿔 놓았다.

호흡할수록 폐부와 심장이 타들어야 정상이건만 마르

도는 사상변환의 영향력을 전혀 받지 않는 모습이었다.

'저 갑주 자체가 안티 매직이라고 했었지.'

전대 백의 신관이 저술하길, 마르도의 갑주는 모든 마력에 저항력을 가지며, 상대의 마도술을 흡수해서 자신의 힘으로 바꾸는 성질이라 했었다.

아주 단순하지만 그렇기에 보다 강한 힘이 아니라면 마르도를 뚫지 못한다.

'순수한 힘 대결. 나와는 상성이 좋지 않아. 하지만 그라면 다르겠지.'

아리샤가 장침을 퍼트리는 크리스를 힐끗 보았다.

놀랍게도 그의 침이 스친 마도사들은 다시 제정신을 차리고 있었다.

'저건 단순한 모방이 아니야.'

사상변환을 되돌릴 방법은 시전자가 멈추는 것뿐이다.

그 외의 압력을 가해 봐야 사상변환에 함께 쓸리고 만다.

크리스는 이 법칙들을 무시했다.

시전자가 아님에도 시전자처럼 사상변환을 역으로 돌리는 방식.

이건 이미 모방의 틀을 넘어섰다.

"당신도 그렇게 생각하지 않나요?"

면포에서 나지막한 목소리가 흘러나올 때, 마르도가 눈을 부릅떴다.

마도사들을 모두 사상변환에서 해방시킨 크리스도 마찬가지였다.

이 전장에서 발생한 이변을 S3 마도사들이 누구보다 먼저 파악했다.

콰아아아앙!

라키스의 국경에 새하얀 뇌전이 몰아치고 있었다.

* * *

광대의 개입은 여러모로 쓸 만한 구석이 있었다.

예컨대, 현실에 개입하여 자신의 모습을 감추고 마치 공간을 이동하듯이 허공을 유영하는 방법도 가능했다.

아리샤가 사상변환으로 크리스와 마르도의 이목을 붙잡았을 때, 페르노크는 라키스의 국경을 침공했다.

콰아아아앙!

새하얀 뇌전이 성벽을 휩쓸고 귀퉁이를 무너뜨렸다.

자욱한 먼지가 휩싸인 성루에서 페르노크는 전장을 살폈다.

크리스가 어떤 방식으로 아리샤의 설대 법칙을 깨뜨리는지.

그가 지닌 비밀의 본질을 반드시 털어놓을 수밖에 없는 상황으로 몰아넣고 지켜보았다.

그리고 한 가지 착각을 수정했다.

크리스의 마도술이 타인의 마도술을 모방하는 종류라
는 것.

잘못된 오산이었다.

동화율이 급상승한 지금 크리스가 가진 '특이체질'이
훤히 보인다.

'피차 패를 보일 만큼 보였으니, 직접 전선에 뛰어든 것
이겠지.'

마르도라는 생각지도 못한 패를 보인 크리스.

자신감이 엿보이지만, 그는 한 가지를 놓치고 있었다.

이쪽도 마찬가지로 줄곧 치명적인 패를 숨겨 왔었다.

일루미나 왕위 쟁탈전에서조차 사용하지 않았던 그것
을 페르노크가 세상에 꺼내 보였다.

우우우우웅!

구름을 찢고 페르노크와 함께 이곳까지 날아온 거대한
성체가 모습을 드러냈다.

기상천외한 모습에 전장의 모두가 전투를 멈추고 그것
을 바라볼 정도였다.

크리스와 마르도 그리고 이것의 존재를 듣지 못한 아리
샤까지 감정의 기복을 보인다.

부유성.

전쟁이 시작된 순간부터 산과 허공을 가로지르며 모습
을 숨겨 왔던 그것은 이 격전지로 날아오고 있었다.

크리스에게 들킬까 봐 상당한 거리를 두고 성황국과 붙

을 때까지 상황만 주시했었다.

그리고 페르노크가 단신으로 찾아온 지금.

부유성은 오랜 침묵을 깨고 하늘 높은 곳에서 지상을 내려다보고 있었다.

[전하! 하명하여 주십시오!]

대기를 뒤흔드는 우레와도 같은 목소리에 페르노크가 전신무기화 상태에 돌입하며 외쳤다.

"전 포문 개방!"

그 순간, 셀 수도 없는 포문이 사방에 열렸고.

부유성 정면엔 용이 입을 벌리는 듯한 모양의 대형포신이 나타났다.

"모조리 쓸어버려!"

한 차례 개량을 거듭한 마력섬광포는 한 발의 포탄을 수십 개로 쪼개는 산탄 기능이 새로 추가되었다.

그런 마력포가 수백을 훌쩍 넘겼다. 지금까지 마력을 충전해 온 포신에선 태양보다 찬란한 섬광이 뿜어졌다.

라키스의 국경 위에서 쏟아지는 그것들은 도망칠 곳 없는 소나기와 같았다.

콰아아아아아앙!

국경부터 시작해 라키스의 후미에 이르기까지.

무참히 쏟아지는 포격을 넘어 30번의 순환을 끝마친 페르노크의 검이 전장을 휩쓸었다.

* * *

일순 크리스의 사고가 정지했다.

불패를 거듭해 온 군신조차 허공을 잠식한 성체는 이해하지 못할 비현실적인 광경이었다.

"이런 것을……."

페르노크는 지금까지 목숨의 위협을 몇 번이고 받아 왔었다.

그 모든 순간들 중에서도 부유성은 단 한 번도 꺼내지 않았다. 크리스에게 죽을지 몰랐던 그 순간까지도.

지상에 초점을 맞춘 크리스로선 부유성의 포격을 전혀 예상하지 못했다.

아니, 이 자리의 어느 누가 성이 하늘을 날아다닌다는 사실을 이해할 수 있을까.

크리스의 냉철한 사고는 금세 되돌아왔지만 그사이 국경부터 시작해 병력의 후미가 쑥대밭이 되어 있었다.

성에선 또다시 강렬한 마력이 느껴진다.

'2파가 덮치는 순간 라키스는 전멸한다.'

크리스가 눈을 부릅떴다.

"스승님!"

설령, 제정신을 차린 마도사들이 몸으로 가로막아 봐야 함께 재로 녹아내린다.

이 사태를 수습할 수 있는 사람은 마르도 뿐이다.

쾅!

흑색 갑주가 마치 섬광처럼 후미로 쏘아졌다. 한순간 여유로워진 아리샤는 재차 사상변환을 펼치려 하자 크리스가 그 앞을 가로막았다.

쏘아진 장침이 아리샤의 면포를 스쳐 지나갔다.

면포가 깔끔하게 잘리며 미소 띤 아름다운 여인의 얼굴을 드러낸다.

"저걸 가져오려고 시답잖은 시간 벌이나 한 건가."

"시간 벌이라니요. 우린 전력으로 싸움에 임했을 뿐입니다. 그리고……."

아리샤도 놀랍긴 마찬가지였다.

페르노크에게서 뭔가 가져올 거란 말을 들었지만, 그게 하늘을 떠다니는 성이라곤 상상조차 못 했었다.

"……상당히 급해 보이시는군요."

"그건 네 쪽이겠지. 저 무차별 폭격이 성황국을 향하지 않으리라 생각하나?"

"글쎄요."

아리샤가 아름다운 미소를 머금었다.

"그렇게 앞뒤 구분 없이 비장의 수를 꺼내는 사람이라곤 생각해 본 적이 없어서."

장침 세 발이 삽시간에 아리샤의 전면을 뒤덮었다.

한 발 한 발에 담긴 마력의 형태가 흡사 사상변환을 보는 듯했다.

'크리스도 더는 감출 생각이 없다.'

줄곧 세계의 의아함으로 남았던 크리스의 마도술.

아리샤도 얼핏 가닥을 잡아가고 있다.

페르노크 또한 이를 파악했으니 바로 모습을 드러낸 것이리라.

* * *

"진군하라!"

우렁찬 목소리와 함께 마르도는 포격의 중심으로 뛰어올랐다.

콰아아아앙!

수천 발의 마력포가 유성우처럼 떨어져 내렸다.

마르도는 갑주의 흑빛을 더욱 영롱하게 반짝이며 양팔을 교차시켰다.

그러자 산탄 되어야 할 마력포가 한데 뭉쳐 모조리 마르도의 갑주로 빨려 들어갔다.

갑주의 기능 중 하나인 마력 흡입이었다.

"흡!"

삽시간에 차오른 마력을 갑주의 또 다른 기능인 증폭으로 바꿔 지상에 착지한 마르도.

그가 대해처럼 밀려드는 섬광에 주먹을 내질렀다.

콰아아앙!

마르도가 세 걸음이나 밀려났다.

연기가 피어오르는 주먹을 바라보고 있으니, 멀리서 이 불가사의한 것들을 일으킨 장본인이 다가왔다.

"성황국에 또 다른 S3 마도사가 있었나."

전신무기화 상태에 돌입한 페르노크가 마르도와 100미터 거리에 착지했다.

다소 거리를 두었지만, 감각이 예민해져 있는 두 사람은 서로의 호흡이 느껴지는 듯했다.

결코 만만한 상대가 아니라는 것을 서로가 느끼고 있었다.

"원로…… 그것도 S3라면 마르도 포르카제로군. 흑갑주의 괴인이 당신인가?"

"라키스에서도 내 얼굴을 아는 자들이 손에 꼽거늘, 내 반의반도 못산 아해가 기억해 주다니 참 놀랍군."

마르도가 손을 털어 내며 투구 속의 안광을 번뜩였다.

"영광이라고 해야 하나, 페르노크 왕."

부유성의 포격을 홀로 맞선 것과 아리샤를 제지하고 조금의 흠도 없다는 점이 페르노크의 신경을 자극했다.

'저 갑주, 마력을 흡수하고 그것을 자신의 힘으로 바꿀 뿐만이 아니라 마법마저 무력화시킨다.'

페르노크가 관찰안으로 마르도를 살폈다.

놀랍게도 마르도는 흡수한 마력을 자신의 것으로 완벽

히 다루고 있었다.

갑옷을 타고 흐르는 마력과 투기가 흠잡을 곳 없이 완벽했다.

저 갑주가 마도술이 아닌 아티펙트로 이루어졌다면 필시 순환연동까지 사용했을지도 모른다.

마도술을 신기에 가까운 형태로 승화한 재능.

저 영혼은 크리스에 미치지 못하지만 적어도 격이라 부를 만한 형태를 갖추고 있었다.

'아리샤와 동급…….'

페르노크가 크리스와 겨루는 아리샤를 힐끗 살피며 고개를 저었다.

'……아니, 아리샤는 아직 감춘 게 있어. 그녀보다 한 끝 아래인가.'

강한 존재다.

그렇기에 지금의 페르노크가 어느 정도까지 올라섰는지 확인할 좋은 시험대가 될 것이다.

"터무니없는 짓을 자연스럽게 펼치는군. 어찌 일국의 왕이 본국의 국경에서 모습을 드러낼지며, 저와 같은 병기를 만들어 낸단 말인가. 실로 상식이란 것이 없는 괴팍한 존재로다."

마르도가 한 발을 내디딘 순간, 그의 중심에서 고농도의 마력이 원형으로 터져 나왔다. 스치기만 해도 마력 중독이 일어날 수준이었다.

"새 시대가 불어옴을 느끼고 있다. 그 시대의 끝자락을 함께해서 몹시 기쁘구나."

"비켜."

들끓어오르는 적의에 페르노크가 입맛을 다셨다.

"내가 처리해야 할 놈은 너 따위가 아니야."

"크큭."

투구 속에서 서늘한 웃음이 흘러나왔다.

그리고.

콰아앙!

페르노크와 마르도가 삽시간에 주먹을 맞부딪쳤다. 고농도의 마력이 갑주로 증폭되어 다시 한 점에 집중되었다.

흑색의 권격은 그 자체로 성 하나를 부숴 버릴 괴력을 담고 있었지만, 페르노크의 전신 무기화 상태도 이를 맞받아쳤다.

오히려 강한 힘이 순환에 자극을 주며 가속화시켰다.

팽팽한 힘은 찰나에 깨졌지만, 두 사람의 반경 300미에 거대한 구덩이가 생겼다.

'30번의 순환으론 흠집도 못 낸다. 그 이상을 가져와야 해.'

'포격까지 집어삼킨 마력임에도 찍어 누르지 못한다. 이대론 부족해.'

첫 합에 서로의 실력을 확실히 느꼈다.

그리고 판단했다.

서로의 목을 베어 낼 최적의 수단을.

"S2가 아니었군! 벽을 넘어섰었나, 페르노크 왕!"

장기전으로 넘어가 봐야 의미가 없다고 판단한 마르도가 제일 먼저 마도술을 극대화시켰다.

페르노크는 이미 S3에 들어섰다고 생각하며, 그 자질과 재능이 크리스에 뒤떨어지지 않음을 확인.

그리고 그에 걸맞은 최강의 모습으로 탈바꿈했다.

뭉툭했던 갑주가 몸에 착 달라붙는 날렵한 형태로 바뀌었다.

'방어를 포기하고 공격에 집중한 모습인가. 마력이 칼날처럼 예리해졌어.'

하지만 페르노크의 수단은 변하지 않는다.

적의 강한 충격을 아티펙트의 힘으로 전환시킨다.

'아무리 전신무기화라도 저만한 힘을 정면에서 계속 맞았다간 균열이 생기겠지.'

순환연동을 이어 나가며 전신무기화에 흠집 없이 적의 힘만을 이용할 방법.

예지에 가까운 관찰안으로 마르도의 움직임을 예상해서 스치듯이 흘려 넘긴다.

한 치만 삐끗해도 돌이킬 수 없는 결과를 초래하지만, 페르노크 또한 이 전투를 장시간 이어 나갈 생각이 없었다.

아리샤 혼자서는 크리스를 막지 못한다.

처음부터 그렇게 생각하고 합류해서 몰아치기로 결정했던 사안이다.

마르도를 단시간에 무력화시키기 위해선 다소의 위험을 감수해야 한다.

그리고 그건 마르도 또한 마찬가지였다.

갑주가 공격화 상태에 진입한 순간부터 그의 마력은 소모 속도가 가속화된다.

뚫지 못하면 마르도가 죽는다.

메말라 가는 입술을 혀로 핥으며 마르도가 자세를 낮췄다.

생의 마지막이 될지도 모를 적수를 눈앞에 두니 젊은 날의 혈기가 되살아나는 기분이다.

마치 황소처럼 뿔이 세워진 것만 같은 모습에 페르노크가 35번의 순환을 넘기며 피식 웃었다.

"좋군."

하늘에서 3번째 포격이 빗발친 순간, 흑색은 잔상조차 남기지 않았다.

소리가 따르지 못할 속도로 페르노크의 코앞에 도달했다.

관찰안으로 동작을 예상하고 피하자 마르도의 손이 유려한 곡선을 그렸다.

'이 속도에서 방향까지 조절할 수 있나.'

아직이다.

마르도는 본인이 컨트롤할 수 없는 최고 속도를 보이지 않았다.

그렇게 판단한 순간 페르노크는 오히려 마르도와 가까이 붙었다.

날카롭게 치고 들어오는 손날을 본인의 손등으로 휘감아 흘려보냄과 동시에 역으로 정권을 내질렀다.

마르도는 무릎을 세워 주먹을 가로막은 뒤, 다시 지면에 발을 내디디며 추진력을 발판 삼아 거리를 벌렸다.

페르노크의 권각술에 결코 호응해 주지 않겠다는 의미.

그리고 이 정도 속도에 대처하는 페르노크에게 보일 갑주의 최고 출력.

쾅!

예상했음에도 몸이 반응하지 못했다.

직선으로 날아오는 궤적이 페르노크의 반사신경을 초월했다.

무곡.

한순간, 이 세상에서 모습을 지워 버리는 게 아닐까 생각될 정도의 속도를 자랑한다.

그것은 소리를 남기지 않으며, 인지했을 땐 이미 목덜

미를 꿰뚫고, 단순히 속도에 치중하지 않으며, 손끝에 모인 마력은 세상 모든 것을 꿰뚫는 최강의 창이 된다.

'닿았다.'

마르도의 이 속도를 대처할 수 있는 사람은 없다.

설령, 크리스라 해도 사전에 작업을 해 두지 않으면 무곡에 꿰뚫리고 만다.

전 세계를 통틀어 무곡은 가장 빠르고 날카롭고 강하다.

그 자체로 신의 창이라 불리는 가히 권능에 가까운 이 마도술은 수많은 적들의 목을 찢어발겼다.

가만히 서서 눈으로 따라잡지도 못하는 페르노크 또한 여느 마도사들과 같은 신세가 될 거라고 확신했었다.

하지만 손끝이 페르노크의 전신무기화를 관통했을 때, 마르도의 표정이 일그러졌다.

"······?"

감촉이 없다.

불과 1초 전까지 두드린다는 느낌이 감돌았던 손끝의 느낌이 사라졌다.

마치 빈 허공을 두드리는 듯했다.

후웅!

마르도의 몸이 페르노크를 지나쳤다.

살점을 관통한 게 아니다.

말 그대로 눈앞에 존재하는 페르노크를 넘어섰다.

"······!"

마르도가 오른발을 축 삼아 뒤로 돌아봤을 때, 페르노크는 그 자리에 주먹을 말아 쥐고 있었다.

뭐가 어떻게 된 건지 이해할 수 없었지만, 페르노크의 미소만은 뇌리에 각인되었다.

영체화.

저 속도에 대처할 수단이 없다고 판단한 순간, 페르노크는 전신무기화를 센서로 활용했다.

제아무리 강한 창이라 할지라도 굳건한 방패를 바로 뚫진 못한다.

마르도의 손끝이 전신무기화를 두드릴 때, 반응한 몸은 즉각 영체화에 돌입했다.

일점에 모든 힘을 집중시킨 마르도의 무곡을 넘긴 순간 페르노크는 40번의 순환을 끝마쳤다.

콰아아앙!

맥시멈 임팩트가 마르도를 휩쓸었다.

전장 너머까지 발광하는 빛이 모든 것을 맹렬히 부숴 버릴 듯했다.

하지만 느닷없이 끼어든 무언가가 기나긴 빛 사이에 균열을 일으켰다.

캉!

페르노크가 반사적으로 영체화에 돌입하며 뒤로 물러났다.

그가 있던 자리에 장침이 꽂혀 있었다.

"……."

페르노크가 빛이 사라진 자리를 쳐다보았다.

한쪽 팔이 사라진 마르도의 앞을 크리스가 지키고 있었다.

'아리샤를 상대하면서 이 싸움에 개입한 건가.'

크리스는 여느 때처럼 무표정한 모습으로 중얼거렸다.

"괜찮으십니까."

"누구에게 하는 말이냐!"

마르도가 남은 팔로 어깨를 부여잡으며 일어났다.

"대신관을 처리해야 했을 텐데."

"쉽지 않군요. 이곳도, 저곳도."

"마지막에 내 공격을 흘린 녀석의 방식을 보았느냐."

"다시 확인해 봐야 할 듯합니다."

"범상치 않다. 어떻게 동시대에 너와 같은 재능을 가진 자가 태어났는지 경악스럽구나."

마르도가 이를 갈며 페르노크를 노려보았다.

"지금 죽이지 않으면 위험하다. 녀석의 어금니는 이미 라키스의 심장에 다가가고 있어!"

"하지만 지금은 따로 떨어지기 어려울 깃 같습니다."

어느새 아리샤가 페르노크 옆에 내려서고 있었다.

"합을 맞춰 주시죠."

"내 목숨을 걸지."

"더할 나위 없군요."

크리스가 장침을 빼 들고 마력을 전개했다.

삽시간에 전장을 뒤덮는 마력이 페르노크와 아리샤를 도망치게 두지 않을 거라 경고하는 듯했다.

페르노크는 아리샤를 힐끗 살피며 물었다.

"크리스는 확실히 파악했나."

"단순한 모방은 아니었습니다. 특이체질에 가깝더군요."

페르노크가 들끓는 기세를 느끼며 서늘하게 웃었다.

'크리스의 공격을 흘려보낼 수는 있겠지만, 내 공격이 통할 것 같진 않아.'

단순히 무승부로 넘길 수만도 없는 상황이다.

'내가 이곳에서 결전을 치르자 했을 때, 너는 수긍했었지. 지금 내 수준을 몰랐음에도 말이야.'

여전히 흐트러지지 않은 아리샤.

그 자신감엔 분명 이유가 있을 것이다.

"감춘 것을 꺼내."

더블 마도사.

그것만으론 크리스를 막지 못한다.

확신에 가까운 목소리를 내뱉자, 아리샤가 옅은 미소를 머금었다.

"10분만 더 버텨 주세요."

"그 정도면 충분하겠나."

"예."

자신감 넘치는 목소리에 페르노크가 피식 웃으며 앞으로 나섰다.

아리샤는 뒤에서 무언가를 읊는 중이었고, 마르도는 다시 갑주를 둘렀으며, 크리스는 모든 전황을 꿰뚫어 보고 있었다.

절대자들의 시선이 서로에게 얽혀 마력이 팽팽하게 달아오른 그 순간.

쾅!

시위를 당기듯이 페르노크와 크리스 그리고 마르도가 동시에 달려 나왔다.

한 발의 장침이 무곡을 타고 쏘아질 때, 페르노크의 천벌이 마력의 중심부를 내리쳤다.

* * *

마력의 중심부에서 펼쳐진 폭발에 무곡의 경로가 흐트러졌다.

페르노크의 우측을 스쳐 지나간 마르도가 눈살을 찌푸렸다.

'또 아까와 같이 불가사의한 힘.'

무곡을 정면에서 흘려버렸을 때와 지금처럼 무곡과 장침에 부딪힌 힘의 성질이 같다.

문제는 그 힘이 어디에서 비롯되는지 전혀 알 수 없다

는 점이다.

게다가 한 팔이 사라진 덕분에 방향이 조금씩 흐트러졌다.

무곡의 속도를 조절하기 위해선 양팔의 미세한 마력 흐름이 필요한데, 한 팔이 사라져 원하는 만큼의 정밀도를 끌어내지 못한다.

반대로 속도를 늦추면 페르노크가 반응한다.

결국, 무곡을 낭비하는 셈이 되니 마력을 조절해서 속도를 낮추는 건 좋지 못한 판단이다.

'아리샤를 먼저 죽이는 게 좋겠군.'

페르노크와 제법 떨어진 거리에서 두 손을 모으고 무언가를 시도하려는 모습이 심상치 않았다.

마르도의 눈길이 아리샤에 머무는 순간을 페르노크가 포착했다.

쾅!

눈 깜빡할 사이 마르도와 거리를 좁힌 페르노크.

그 앞에 장침이 내리꽂혔다.

이윽고 장침에서 시작된 균열이 지면을 타고 사방으로 번졌다. 그곳에서 불꽃이 치솟았다.

페르노크가 수 속성 마법을 흩뿌리며 허공으로 치솟으니, 크리스가 이미 머리 위에 도달해 있었다.

후웅!

하지만 그가 휘두른 팔은 페르노크의 잔상만 훑을 뿐이었다.

어느새 수백의 분신으로 나눠진 페르노크가 마르도에게 쏟아지고 있었다.

크리스는 당황하지 않고 바로 침을 쏘아 보냈다.

한 발의 침이 수백, 수천으로 나뉘자 페르노크의 분신은 허무하게 사라졌다.

'이 속도에 적응했다고?'

크리스의 눈은 정확히 페르노크가 숨은 곳을 꿰뚫어 보고 있었다.

바닥에 꽂힌 장침을 들어 올리며 무심한 표정을 짓고 있는 페르노크가 도저히 처음 만났던 그때와 같은 인간이라고 생각하기 어려웠다.

'무곡을 통과시킨 건 마법이 아니었어. 첫 격돌에서 내 침을 떨어뜨린 것도 마도술이 아니었지. 무척 생소한 힘이군.'

크리스의 눈동자가 옅은 빛을 흩뿌리기 시작했다. 그리고 그 모습을 페르노크도 마주 보고 있었다.

'역시, 이놈의 마도술은 모방이 아니야.'

동화율이 상승하여 아리샤에 버금가는 지금, 더욱 확실히 느끼는 중이다.

'이 장침에 마력을 부여하고 있어. 한데, 그 마력 부여 방식이 내가 선보인 마법과 흡사하다.'

처음엔 크리스가 마법을 그대로 모방해서 장침에 집어넣고 쏘아 보낸다고 생각했었다.

하여, 처음 작전 회의 때 크리스의 마도술을 모방이라고 짐작했었다.

하지만 여러 격전과 더불어 장침을 직접 손에 든 순간 그 생각은 확실히 뒤바뀌었다.

'녀석은 마법의 흐름을 꿰뚫어 보는 무언가를 가지고 있다. 그것으로 마법의 생성 원리를 파악해서 완성된 마력을 이 장침에 집어넣는다. 하여, 장침을 쏘아 보내면 그 마법이 발동되는 것이다.'

관찰안에 포착되는 영혼의 색다른 빛.

크리스의 눈에서 흘러나오는 빛은 분명 얀처럼 특이체질임을 드러내고 있다.

'저 눈이 마력을 꿰뚫어 본다.'

크리스는 자신이 본 마법을 마력부터 다시 재해석한다.

마력이 어떤 흐름으로 이어져 마법으로 탄생하는지 파악한 후에 똑같은 방식의 흐름을 만들어 장침에 불어넣는다.

'흐름을 부여하는 마도술.'

부여 마도술.

'녀석은 마력이 존재하는 모든 것의 흐름을 자기 방식대로 만들어 사용할 수 있어.'

그 종류와 대상을 가리지 않는다.

'이건 모방을 벗어난 실제의 복사물. 마력의 흐름을 기억

하는 한, 한 번 펼친 마도술은 무엇이든 복사할 수 있다.'

마력의 흐름을 꿰뚫어 보는 눈이라는 특이체질.

마력의 미세한 흐름까지 조작하는 천부적인 재능.

그 모든 것을 사물에 불어넣어 사용하는 부여 마도술.

무엇 하나라도 빠진다면 성립되지 않을 공식들이 집결된 절대자가 바로 크리스였다.

"장침의 속도는 단순히 마력의 흐름을 가속화시킨 형태였군."

페르노크가 나지막이 흘리는 말에 크리스의 눈동자가 흔들렸다.

수십 년 동안 아무도 알지 못했던 자신의 비밀을 페르노크가 꿰뚫어 보고 있었기 때문이다.

하지만 놀람도 잠시.

크리스는 전력의 노출을 신경 쓰지 않았다.

어차피 이곳에서 페르노크를 죽인다면 비밀은 다시 영원히 묻힐 테니까.

"몸놀림이 좋아졌군. 한데, 그 무기는 지금까지완 다른 형태…… 게다가……."

크리스 또한 페르노크가 가진 영력의 비밀을 살펴보고 있었다.

"……희뿌연 빛이 탐스럽게 여물고 있어."

그 순간 페르노크는 크리스가 보고 있는 경치가 관찰안에 다가가려 함을 깨달았다.

불가해의 영역을 꿰뚫어 보려는 눈이 마력을 넘어 새로운 무언가에 도달하려 한다.

'결코, 살려 둬선 안 될 놈이군.'

'반드시 이곳에서 죽여야 한다.'

서로가 서로의 비밀을 파헤치기 시작했다.

그것을 따라 할 수 있을지.

따라 하기 전에 죽일 수 있을지.

가볍게 끌어 올린 기세가 얽혀들며 달아오른 대지를 싸늘하게 가라앉힌다.

그리고.

[기동!]

시작은 부유성이었다.

부유성 최고의 공성 기능인 트라이던트 포스가 크리스의 머리로 쏘아졌다.

부유성의 강대한 마력을 신경 쓰고 있던 마르도는 아리샤에게서 트라이던트 포스로 방향을 전환했다.

콰아아아아앙!

흑색 갑주가 강대한 마력을 집어삼키며 마르도를 달아오르게 할 때, 한 발의 장침과 새하얀 뇌전이 교차했다.

격한 충돌은 일어나지 않았다.

놀랍게도 장침이 천벌을 흡수해 버렸기 때문이다.

'에너지 흡수 마법인가.'

단순히 마력만을 흡수하려 했다면 천벌은 기세를 타고 올라갔을 것이다. 하지만 크리스는 이미 생각을 전환했다.

페르노크의 영력이 자신의 마력보다 순도 높은 힘이라고.

판단이 빠르게 바뀐 순간, 대처도 완숙해지기 마련이다.

천벌을 흡수한 장침이 새하얗게 물들며 크리스가 부여한 뇌 속성 마법과 함께 터져 나왔다.

콰콰콰콰콰쾅!

뇌전이 눈에 보이지도 않을 미세한 침으로 나뉘어 사방에 폭사했다.

전신무기화로 막지 않았다면 단숨에 숨통이 끊어졌을지도 모른다.

그 정도로 천벌에 마력을 섞어 버린 크리스의 센스가 탁월했다.

'증폭의 개념을 깨우친 건가.'

단순히 마력만을 사용한다는 생각에서 상대의 생소한 힘까지 마력에 섞어 증폭시키는 방식은 페르노크가 아티팩트에 부여한 순환과 비슷했다.

크리스는 영력과 더불어 아티펙트의 전신무기화 원리까지 꿰뚫어 보고 있었다.

'하나, 네놈이 발동할 수 없는 힘을 똑같이 따라 하진 못한다. 내가 영력을 쏘아 보내는 게 아니라면 방금과 같

은 공격은 불가능해.'

어느새 15번의 순환이 끝났다.

페르노크가 맥시멈 임팩트를 쏘아 보내자, 크리스의 장침이 그의 코앞에서 핑그르르 돌았다. 그리고 사방이 짙은 어둠에 잠식되었다.

사상변환.

놀랍게도 크리스는 공간의 빛을 어둠으로 바꿔 닿은 자의 인식을 개변시키려 하고 있었다.

맥시멈 임팩트가 채 100미터를 가지 못하고 어둠에 삼켜졌다.

페르노크는 호흡할 때마다 가시가 몸 안에 박힌 것 같은 통증이 파고들기 시작했다.

사상변환의 영역은 오직 시전자가 원하는 형태로 만들어진다.

여기에 크리스는 몇 가지 특별한 마도술을 섞었다.

죽은 13작들의 마도술을 예전부터 꿰고 있었던 크리스만이 할 수 있는 방식.

사상변환 속에 그들의 마도술을 요소마다 침투시켰다.

흡입한 숨이 체내를 녹아내리게 만들거나, 한 발자국만 움직여도 전신이 도려지는 칼날 같은 예리함.

공간을 떨쳐 내지 못하게 사상변환 내벽 속에 결계를 다시 세워 버리고, 반사막을 덧씌워 페르노크의 모든 공격이 내부에 머물게 한다.

6중 복합 마도술.

상상도 못 한 광경에 마르도마저 눈을 부릅떴다.

'대체 이게 무슨 마도술이란 말인가.'

팔을 내린 채 무심히 꺼져 가는 빛을 바라보는 크리스에게서 벽이 느껴졌다.

'진정, X에 도달하려는 것이냐, 크리스.'

마도사의 신이 존재한다면, 그건 크리스를 두고 하는 말일 것이다.

마도술을 동시에 복합적으로 구사하는 크리스의 사상 변환 영역은 무곡이라 해도 뚫지 못할 것 같았다.

그런데 크리스는 다시 장침을 들어 올렸다.

"놀랍군."

무미건조하게 흘러나온 말이 마르도의 귓가를 파고들 무렵이었다.

페르노크가 어느새 그 자리에서 사라졌다.

크리스는 바로 공간을 거뒀다.

복합 마도술 너머에 페르노크가 호흡을 가다듬고 있었다.

'이런 것도 통과하나.'

무곡을 받아넘긴 불가사의한 능력이다.

반사막과 결계까지 쳐진 곳을 쉽게 넘어서는 성질이 크리스가 아는 모든 마도술을 통틀어도 비슷한 것조차 없다.

'하지만 저만한 회피 능력을 가졌으면서 제대로 된 공격은 해 오지 않고 있어.'

크리스는 계속 거리를 두는 페르노크를 살폈다.

'단순히 회피만 가능한 능력. 다른 방식으론 내 몸에 도달하지 못한다고 판단한 건가. 변변찮은 공격 능력이 없다면 계속 시간을 버는 이유가…….'

크리스가 어느새 언덕 위에 올라선 아리샤를 흘깃 보곤 판단을 끝냈다.

'……뭔가를 시도하려는 거라면, 이쪽에서 이용해 주지.'

페르노크가 필사적으로 싸울 수밖에 없는 상황을 만들어 버린다.

장침 세 발이 동시에 튀어나왔다.

각기 다른 마도술을 품고 아리샤를 꿰뚫으려 하자, 페르노크가 천벌로 가로막았다.

무언가에 집중한 아리샤는 사상변환을 펼칠 수 없다는 사실을 알게 되었을 때, 크리스는 바로 그곳에 질주하고 있었다.

'그 정도로 허술한 여자는 아니지.'

페르노크는 반대로 마르도에게 교차했다.

그리고 각자 타겟에 도착했을 때, 크리스는 예상과 다른 결과에 직면했다.

[당신이라면 올 거라고 생각했어요.]

갑자기 현실이 일그러지며 아리샤의 목소리가 울리기

시작했다.

'마도술?'

더블의 마도사인 아리샤의 또 다른 마도술.

왜곡.

이 안에서 발생하는 모든 현상은 아리샤가 원하는 방향으로 흘러간다.

사상변환과 달리 형태를 바꾸거나 새롭게 부여하는 성질이 아니지만, 그 어떤 공격도 굴절되어 흩어지게 만드는 마도술이다.

'이 정도 규모의 마도술이 펼쳐졌는데, 내가 느끼지 못했을 리가……..'

크리스는 왜곡 속에 흐르는 옅은 빛을 발견했다.

그건 분명 페르노크가 마도술을 투과시켰을 때 사용한 불가사의한 힘, 영력이었다.

'……설마, 이 능력은 자기 몸뿐만 아니라 환경에도 영향을 미친단 말인가.'

페르노크의 영체화는 본래 자기 몸 하나만을 영체로 만드는 능력이었다.

하지만 지속된 전투로 동화율이 오른 페르노크는 영력을 폭넓게 흩뿌릴 수 있게 되었다. 그리고 명계에서 사용하지 않은 새로운 방식을 떠올렸다.

모습을 감추는 영체화의 원리를 공간에 퍼트리면 어떻게 될까.

페르노크는 74프로에 이르는 동화율로 방대한 영력을 사방에 흩뿌렸고 생각지도 못한 결과를 얻게 되었다.

영력에 마도술을 감출 수 있다.

단순한 투과 능력을 넘어 영력보다 하위 등급의 힘을 흔적도 없이 숨기는 방식.

영체화의 응용법인 단절이었다.

페르노크는 크리스의 복합 마도술을 나왔을 때, 아리샤의 왜곡을 단절로 감췄다.

크리스가 아리샤를 분명 노릴 거라고 예상하여, 그의 눈으로도 보기 힘든 미세한 영력을 흩뿌린 것이다.

결국, 크리스와 페르노크의 생각은 같았다.

그것이 두 사람의 전술을 교차시키게 만들었다.

콰앙!

마르도의 무곡을 영체화로 피하기 무섭게 그의 뒷머리를 잡고 바닥에 짓눌러버린 페르노크가 등에 맥시멈 임팩트를 꽂아 넣었다.

트라이던트 포스의 마력을 소화시키지 못한 갑주는 연이은 충격에 과열되었다.

"커헉!"

억눌린 신음이 왜곡 속의 크리스를 싸늘하게 만들었다.

아무리 마도술에 갇혔다곤 하나, 사상변환까지 꿰뚫어 본 크리스였다.

왜곡의 방식은 이미 눈에 담았다.

해석해서 역으로 상쇄시키면 그만이다.

크리스의 눈동자가 마력의 흐름을 꿰뚫고 같은 왜곡을 장침에 부여하여 허공에 쏘아 보냈다.

마력이 우산처럼 펼쳐지며 왜곡된 공간을 다시 바로잡기 시작한다.

빛 가루처럼 흘러내리는 마력 너머.

아리샤가 온화하게 웃고 있었다.

"우린 분명 당신을 죽이지 못합니다. 하지만."

그녀 앞에 나무 궤짝이 둥둥 떠올랐다.

그곳에 지금껏 모았던 마력을 불어넣으니, 궤짝이 부서지며 새하얀 잔이 나타났다.

"당신을 이 세상에서 지워 버릴 순 있죠."

지금은 모든 힘을 잃어버린 성황국 세 교단의 성물.

본래 그것은 하나의 신물에서 비롯되었다.

성황국의 가장 신성한 곳에 보관되어, 신의 모습을 투영한다고 알려진 성스러운 잔.

알티에.

그것은 성황국이 존재하지 않을 때부터 존재한 이 땅의 가장 성스러운 돌로 만들었으며, 그 특별한 힘은 성황국의 역사와 함께한다.

역대로 이어져 내려온 성황국 마도사들의 마력이 축적되어 단단한 그릇을 만들고 그 안에 삼라만상의 모든 것을 가둬버린다.

설령, S3 마도사라도 알티에라는 그릇을 부수진 못한다.

삼킨 대상의 마력을 모두 갉아먹으며 그가 죽을 때까지 계속 유지된다.

하여, 알티에는 신물이라는 말 외에 다른 이명이 존재한다.

악마를 갉아먹는 형벌 도구라고.

후우웅!

크리스가 쏘아 보낸 장침이 알티에 속으로 허무하게 빨려 들어갔다.

한 번 마력을 발동하면, 백 년은 다시 잠들어야 하는 알티에.

하지만 상대가 크리스라면 성황국의 백 년을 내주어도 아깝지 않았다.

"아. 리. 샤……!"

이를 악문 크리스가 한쪽 무릎을 꿇을 때, 아리샤는 알티에와 공명하며 새하얀 빛을 번뜩였다.

* * *

페르노크는 새벽 신전의 성물을 직접 거둔 적이 있었다.

그때의 성물은 단순한 골동품에 지나지 않았다.

성물 특유의 성스러움과 신비함은 눈을 씻고 찾아봐도 볼 수 없었다.

다른 신전의 성물들도 마찬가지였다.

창세기 서고에 머무는 동안 우연히 보게 되었던 각 신전의 성물들도 예전의 고풍스러운 자태만 드러낼 뿐, 특유의 신성한 힘은 깃들어 있지 않았다.

성황국의 성물은 이름뿐인 유물에 불과하다.

그렇게 생각해 왔었다.

알티에를 보기 전까지는.

'수백 년 전에 사악한 악마를 멸하고, 성황만이 관리한다는 보물. 지금까지 모습을 보이지 않아서 뜬구름 잡는 소문이라고 생각했건만 사실이었나?'

아리샤와 공명하며 빛을 퍼트리는 잔은 관찰안으로 보지 않아도 알 수 있다.

저것을 휘감는 빛은 영혼마저 가둘 성스럽고 위대한 힘이다.

더 퍼스트 같은 아티펙트처럼 특수한 광물을 이용해 만들었음이 분명하다.

'저 안에 깃든 마력은 한 나라가 살아온 역사 그 자체다.'

끝도 짐작하기 어려운 마력이 잔 속에서 발광하고 있었다. 그 마력의 일부만으로도 부유성이 10년은 착륙하지 않고 거뜬히 비행할 정도였다.

하지만 압도적인 마력은 오직 적을 향해 적의를 돋울 뿐이다.

빛이 닿지 않은 자들에겐 온화하고 고귀하게 보이기만 한다.

'시간을 벌어 달라더니, 저런 것을 숨기고 있었나.'

저것이 혹 자신에게 향한다면 피할 길이 없다.

죽을 때까지 알티에 속에 갇혀야만 한다.

'하지만 이번뿐이겠지.'

관찰안으로 파악한 알티에는 몇 가지 결점이 있다.

하나는 알티에를 발동시킬 만한 천부적인 재능의 마력 소유자가 있어야 한다는 것.

다른 하나는 알티에가 발동되기 위한 최소한의 마력이 필요하다는 것.

첫 번째를 해결하더라도 두 번째가 문제다.

알티에를 깨우기 위해선 한 나라의 마도사들이 100년 은 쉬지 않고 마력을 담아야만 가능할 정도이기 때문이 다.

지금 알티에 속의 마력은 성황국이 수백 년 동안 모아 온 역사의 정수.

크리스를 봉인한 후에 이만한 마력을 또 모으기 전까지 알티에는 발동하지 않는다.

페르노크가 우려해야 할 점은 단 한 가지도 없었다.

'비장의 무기를 서슴없이 사용할 줄이야.'

크리스를 대하는 성황국의 각오가 느껴졌다.

이 짙은 역사의 무게에서 크리스가 벗어날 가능성은 존재치 않았다.

"크리스!"

짓밟힌 마르도가 울부짖으며 나가려 할 때, 페르노크가 그 등을 힘껏 내리찍었다.

과열된 갑주에 균열이 생기기 시작한다. 공격 일변도로 전환한 갑주로 트라이던트 포스를 정면에서 막아섰으니, 세계 최강의 방패와 창이라 불리는 갑주라 할지라도 형태를 유지하는 게 버거울 수밖에 없다.

"크아아아악!"

어느새 두 무릎을 꿇은 크리스가 핏줄을 바짝 세우며 비명을 내질렀다. 알티에의 휘광을 벗어나려는 크리스의 마력이 소름 끼치도록 솟구친다.

하지만 거세게 휘몰아치는 마력은 이내 휘광에 파묻혔다. 크리스는 특유의 장침도 뽑아 들지 못한 채 마지막 순간을 맞이하려는 듯 보였다.

"……?"

모든 것을 체념한 듯 크리스가 손을 내려놓은 순간, 관찰안에 수상한 움직임이 포착되었다.

크리스의 영혼이 짙은 색을 발광시키더니, 휘광보다 찬란해지며 희끄무레한 기운을 육신에 전달하기 시작한 것이다.

'영력······?'

아니, 페르노크의 영력과는 무언가가 다르다.

영력을 뽑아 쓰지 못하지만 억지로 흉내 내려는 듯한 느낌.

마력을 넘어섰지만 영력에 이르지 못하는 어중간함이 오히려 괴리를 일으킬 때, 휘광이 최종장에 돌입했다.

콰아아아아-!

오직 크리스만을 가두기 위한 빛이 사방의 모든 것을 차단했다.

아무도 방해하지 못하게 막아서는 결계가 크리스에게 집중되어 빛과 함께 육신을 빨아들이려 한 순간.

크리스의 이질적인 힘이 움직였다.

* * *

벗어날 수 없는 절대 압력 속에서 크리스는 생각했다.

이것을 돌파할 최선의 방법은 무엇인가?

어떤 궁지 속에서도 항상 냉정히 상황을 파악해 분석하고 최선의 결론을 내놓은 머리가 지금까지 살아온 모든 장면을 그려 낸다.

수많은 마도사들의 마도술이 그림처럼 지나가던 어느 한순간, 크리스의 생각이 멈춘 곳은 페르노크였다.

영체화.

정확한 이름도 모르는 그것의 특별한 힘이라면 이 궁지를 돌파할 거라 여겼다.

하지만 크리스가 지금 가진 힘으로는 영체화에 도달할 수 없었다. 평생을 탐구해도 절대 저 힘을 얻지 못할 거라 판단했다.

그 순간 S3 마도사가 된 이후 한 번도 위험을 자극받지 않았던 절대자의 생존 욕구가 재능을 두드렸다.

마력의 흐름을 꿰뚫어 보는 눈이 그 너머를 탐구했고, 페르노크의 힘을 흉내 내려는 육신이 새로운 무언가를 짜내기 시작했다.

그것은 마력이되 마력이 아닌 한 차원 높은 순도의 힘.

이루 명명하기 어려운 힘을 손에 돌리며 크리스가 생각했다.

나는 페르노크처럼 현실에서 사라지지 못한다.

그렇다면 지금 나를 억압하는 저 마력을 모두 내가 원하는 형태로 바꾼 후에 조종하는 건 어떨까?

페르노크가 현실에 동화되는 모습을 보고 문득 떠올린 생각이 정리되기도 전에 손을 타고 휘광에 전달되었다.

"……?"

아리샤는 알티에에 침입한 이변을 감지했다.

이미 최종장에 돌입했다.

누구도 피할 수 없다.

아리샤조차 이젠 되돌리지 못한다.

그런데 크리스가 이 짙은 압력 속에서 몸을 일으키며 씹어뱉듯 중얼거렸다.

"왜곡."

마력은 모두 빨려 들어갔을 터였다.

크리스가 사용할 마도술은 결단코 없어야 했다.

한데, 알티에의 파장 속으로 기묘한 것이 침투한다.

페르노크의 불가해한 힘보다 옅지만, 아리샤의 마력보단 짙은 '중간'에 이른 듯한 힘.

그것이 휘광을 '왜곡'시켰다.

단지, 크리스 주변만 일그러진 형태였지만 이어진 마도술에 이라샤가 경악했다.

"사상변환."

휘광이 모두 크리스가 발하는 힘과 동일화되었다.

그 순간, 크리스가 사방에 장침을 흩뿌렸다.

장침에서 동시에 수많은 마도술이 터져 나왔다.

중력, 결계, 반사막, 개입……

셀 수도 없는 특이계 마도술들이 휘광을 어지럽힌다.

힘으로 찍어 누르는 것이 아니다.

휘광의 흐름, 본질을 재해석하여 자기 뜻대로 흘려 버린다.

신의 권능을 한낱 인간이 조종하려는 것이다.

"쿨럭."

입 안에서 흘러나온 피를 손등으로 훑는 크리스의 눈동자가 호박색처럼 일렁이는 순간, 아리샤는 오싹한 소름이 돋았다.

저와 같은 모습을 한 번 보았었다.

라키스의 패황 아라드가 전장을 휘젓던 광기 어린 그 시절을 더듬어 가는 듯한 모습에 아리샤는 심장이 옥죄는 압박감에 사로잡혔다.

"죽어."

날 서린 목소리가 알티에를 조종하듯이 봉인의 경로가 뒤바뀌기 시작했다.

아리샤의 손을 떠난 휘광은 이제 페르노크에게 향하고 있었다.

* * *

"도망쳐!"

아리샤에게서 다급한 목소리가 터져 나왔지만, 알티에

에게서 페르노크가 달아날 방법은 없었다.

크리스의 영혼이 색을 발하고, 수십 개의 장침이 일시에 박히며 마도술이 한 번에 터져 나왔던 그 장엄한 광경까지 고작 5초였다.

휘광이 방향을 바꾸는 것은 그야말로 찰나였으며, 목소리가 도달했을 땐 이미 사방에 도망칠 수 없는 결계가 세워져 있었다.

"크하하하하하!"

마르도의 몸이 멀어진다.

아니, 페르노크의 몸이 부유한다.

"저 괴물이 드디어 X에 도달했어!"

마르도가 크리스 옆으로 빨려 들어갔다.

페르노크를 바라보는 크리스의 시선이 매섭다.

창백한 얼굴에 조금의 힘도 남아 있지 않지만, 부유성과 알티에를 모두 극복했다는 자부심마저 느껴질 정도였다.

"허억, 허억!"

알티에를 발동시키기 위해 모든 마력을 소모한 아리샤는 언덕 위에서 숨을 헐떡이고 있다. 방향을 되돌릴 여력은 추호도 없다.

네놈이 피할 길은 없다.

그렇게 말하는 것처럼 크리스는 한 점 흔들림 없이 페르노크를 응시했다.

콰아아아아─!

이 모든 상황이 찰나에 이루어졌다.

절체절명의 순간을 재능으로 극복해 버린 크리스 덕분에 아리샤와 페르노크가 끝까지 숨겨 왔던 카드들은 도리어 자신들의 목을 옥죄는 흉기로 바뀌었다.

최종장에 진입한 알티에의 휘광을 받은 이상 피할 길은 없다.

크리스처럼 흘려보내기엔 이미 늦었다.

영체화를 사용할 영력은 크리스의 공격을 연거푸 회피할 때 모두 소모해 버렸다.

다시 영혼에 새겨진 영력을 끌어오려 해도, 알티에는 힘이 회복될 시간을 주지 않았다.

두 번의 개입은 허용치 않겠다는 듯 알티에가 막바지에 치달았다.

페르노크에겐 저항할 수단이 없었다.

"아…… 안 돼……."

죽어 갈 것 같은 아리샤의 목소리가 마지막이었다.

페르노크는 알티에 속으로 빨려 들어가 외부와 단절되었다.

그곳은 온통 휘광으로 충만한 공간이었다.

명계처럼 무한하여 출구를 찾기 어렵고, 한 발을 떼려 하면 몸에 있는 기운들이 모두 공간 속에 빨려 들어가는 감옥 같은 곳.

배고픔과 고독함이 현실처럼 흘러가는 세상 안에서 천

벌과 맥시멈 임팩트는 개미처럼 작아 보일 뿐이었다.

관찰안은 이곳에 구멍이 없음을 다시 한 번 확인시켜 줬다.

"……."

영력은 다시 회복되어 가지만, 영체화를 쓴다고 해서 탈출구 없는 공간을 벗어나기란 불가능하다.

지금 가진 모든 힘을 다 동원해도 수백 년의 세월이 담 긴 성황국의 정수를 깨뜨릴 방법이 없다.

이것은 그 자체로 모든 것을 봉인하는 그릇과 같다.

"그릇……."

문득, 페르노크는 키마이오스의 심장이 떠올랐다.

한 나라를 멸망시키고도 남는다는 영력이 담긴 심장.

그것의 힘을 빼돌릴 방법이 없어서 지금까지 숱한 그릇 을 만들었지만 모두 실패하고 말았다.

하지만 이 공간은 어떨까?

이토록 무한하고 넓은 곳에서 심장의 봉인을 풀고 터져 나오는 막대한 영력을 흡수해 버린다면?

'육체가 붕괴할 수도 있겠군.'

하지만 크리스도 마찬가지였다.

알티에를 흘려보낸다는 비상식적인 발상을 현실로 이 뤄 냈다.

'하나, 이상적인 판단만으론 전장의 승리를 장담할 수 없다.'

정상적인 방법이 통하지 않는다면 이쪽도 미칠 수밖에.

페르노크가 반지의 큐빅을 빼 들었다.

마법을 해제하자 본래의 크기로 팽창했다.

무덤에서 보았던 모습 그대로의 자태를 뽐내고 있었다.

땅굴족이 만든 그릇 속에서 살짝만 열어 보았던 봉인구를 망설임 없이 열었다.

그 순간, 새하얀 심장이 그동안 참아 왔던 영력을 모두 쏟아 냈다.

콰아아아아─!

빛처럼 짙고 휘황찬란한 원의 형태로 넓게 퍼져 가는 영력은 닿는 모든 것들을 재로 만들었다.

무한한 공간 속에 영원히 식지 않을 영력이 채워지기 시작했다.

페르노크는 어디까지 뻗어 나갈지 모를 범람하는 영력 속에 몸을 맡겼다.

동화율이 치솟는다.

동화율 ─ 75······ 80······ 85······ 90······.

제어하기 벅찬 속도로 폭등한다.

페르노크가 흘러넘치는 영력을 빨아들이기 시작한 순간.

육체의 한계를 벗어난 영력이 페르노크의 영혼을 두드
렸다.

* * *

페르노크는 알티에 속에 갇혔다.

부정할 수 없는 현실이 눈앞에 펼쳐졌다.

아리샤는 창백하게 질렸고, 마르도는 웃었으며, 크리
스 또한 입꼬리를 말아 올렸다.

이제 남은 건, 저 성가신 성뿐이다.

무력화된 아리샤까지 죽이고 성을 붕괴시키면 동맹군
은 끝이다.

크리스가 장침 하나를 빼 들며 회복된 마력을 터트리려
는 순간.

쩌저적!

섬뜩한 소리가 귓전을 때렸다.

황급히 돌아본 곳.

빛을 잃은 알티에가 균열을 일으키고 있었다.

거미줄 같은 틈 사이로 새하얀 빛이 흘러나온다.

"저건……."

알티에의 휘광이 아니다.

페르노크다.

그가 사용했던 불가해의 힘.

한데, 그 양과 농도가 이제까지 마주했던 것들과 비교를 불허했다.

콰아아앙!

알티에가 깨지며 새하얀 빛 속에 파묻힌 무언가가 모습을 드러냈다.

그것은 사람의 형태를 띤 희끄무레한 빛이었다.

안개가 뭉쳐 모습을 이룬 것처럼 보이기도 했다.

그러나 그것이 손가락을 치켜세운 순간 일대에 거대한 빛이 도래했다.

빛은 삽시간에 전장을 넘어 국경까지 집어삼켰다.

파묻히고 나서야 깨달았다.

이것은 페르노크가 사용했던 불가해의 힘.

유형화된 영력이라는 사실을.

그리고 크리스는 뒤늦게 눈치챘다.

알티에 속에서 아득한 영력을 품고 나타난 저 유령 같은 모습이 바로 페르노크라는 것을.

동화율 - ???

측정되지 않는다.

파악할 수 없다.

눈을 마주치면 영혼이 빨려 들어갈 듯하고, 손가락을 꿈틀거리니 심장이 멈추는 것만 같았다.

무어라 형용할 수도 없었다.

이것 앞에선 어떤 저항도 무의미했다.

크리스의 찬란한 재능으로도 페르노크의 저 모습을 훑는 것조차 불가능했다.

스스슥.

그리고 그것이 손가락을 겨눴다.

개미를 찍어 누르듯 허공에 점을 찍어 버리며, 크리스가 가늠하기 어려운 것들을 모두 담아 명했다.

[사라져라.]

영력의 파도가 밀려온다.

손가락에서 시작된 빛이 크리스의 모든 세상을 집어삼켰다.

* * *

모든 것이 사라져 간다.

처음부터 존재하지 않았던 것처럼.

페르노크가 발하는 빛에 닿은 자들이 흔적도 남기지 않고 지워진다.

그것을 무어라 형용할 수 있을까.

크리스가 아는 모든 단어를 동원해도 이 광경을 표현할 길이 없었다.

콰지직…….

크리스가 남은 마력을 짜내 최후의 반항을 시도했다.

사상변환과 왜곡을 동시에 펼쳐 사방으로 뻗어 가는 빛을 자신의 방식으로 조절하려 했다.

하지만 왜곡은 닿자마자 빛에 삼켜졌다.

사상변환은 영력에 침투하지도 못하고 찍어 눌러지다가 사라졌다.

단순한 힘의 차이.

마력보다 월등한 힘이 짙은 농도로 갈가리 찢어 부수는 것만 같았다.

크리스가 공작이 된 이래 처음으로 마주하는 압도적인 광경이다.

"⋯⋯."

크리스는 저도 모르게 무릎을 꿇고 말았다.

마지막 마력을 토해 내며 저항한 결과는 무참히 부서졌다.

도망칠 여력 하나 남지 않았고, 빛은 목전까지 차올랐다.

모든 것이 허무해지는 장엄한 광경 앞이 크리스의 장침을 스쳤다.

장침은 흔적도 없이 사라졌고 이내 흘러들어온 빛이 손끝에 닿자 육신이 찌꺼기도 남기지 않으며 지워져 간다.

그리고 스며 들어온 빛이 크리스의 영혼을 뒤흔들었다.

"살려다오, 크리스!"

"내, 내가 죽인 게 아니야!"

"네깟 놈이 뭐? 13작에 들겠다고?"

"오오, 축하한다! 마르도 공작님의 문하로 들어간 것이냐!"

이제까지의 일생이 주마등처럼 스쳐 지나갔다.

기쁘고, 슬프고, 어렵고, 화가 나서 주체하지 못했던 나날들이 피어올랐다가 물거품처럼 터져 나간다.

드리운 장막의 끝에 위화감 하나가 자리 잡고 있다.

크리스가 처음 기사로 발탁된 시절, 함께 전장을 누비던 괴물.

패황, 아라드였다.

"크리스, 너는 먼 훗날 역사에 이름을 남길 위인이 될 것이다. 너는 세상의 모든 축복을 받고 태어난 재능의 결정체. 하지만 나는 그보다 짙은 너의 진실을 알고 있느니라."

아라드는 남들과 다른 세상에서 살아간다.

허술한 듯 보이면서도 그가 몸소 나설 때면, 크리스조차 예상하지 못한 결과가 일어나곤 했었다.

"너의 영혼은 참 맑고 빛나며 위대하다."

영혼…… 그러고 보니 아라드는 곧잘 크리스를 곁에 두며 영혼이란 단어를 자주 거론했었다. 그때마다 아라드의 눈동자는 호박색으로 일렁였었다.

"내 보건대, 너는 진실로 최강의 마도사가 될 것이나, 아쉽게도 시대에 선택받지 못할 것이다. 혼이라는 것은 본디 위대한 업적을 타고나기 마련인데, 너의 업적은 아직 알을 깨지 못하고 있으니, 이를 해결하지 못하고서는 절대 위로 올라갈 수 없다."

그때의 아라드는 영롱한 눈동자로 크리스를 꿰뚫어 보며 씨익 웃고 있었다.

"내게 충성을 바치거라. 너의 영혼까지 함께 나를 따르겠노라 약속한다면, 너는 죽어서도 위대할 업적을 가지게 될 것이니. 이 세상의 무엇도 너를 죽이지 못할 것이리라!"

크리스는 갈증을 느끼고 있었다.
더 강해지고 싶었으나, 벽에 가로막힌 듯 자꾸만 주춤거렸을 때, 아라드의 손길은 신이 내려 준 선물처럼 여겼다.

타고난 재능에 부족함을 채워 주듯이 맞잡은 손에서 기묘한 열기가 느껴졌다.
　알티에의 방향을 페르노크에게 돌리려고 사용했던 그 힘.
　마력도 영력도 아닌 중간에 위치한 초월적인 힘은 이때의 아라드를 생각하며 따라 한 것이었다.

　"내 너의 영혼과 함께하여 몹시 기쁘구나."

　크리스 일생에서 가장 충격적이었던 모습은 그 시절이었으니까.

　"반생자, 크리스여."

　반생자…… 그 말은 아직도 의문 속에 남아 있다. 하지만 손을 맞잡은 뒤의 기억이 잠시 사라졌던 것만은 분명하다.
　잠시, 눈앞이 깜깜했고, 추웠고, 누군가의 웃음소리, 행렬……
　묘한 기억들이 삽시간에 스쳐 지나간 끝에 다시 눈을 뜬 크리스는 이 힘을 얻게 되었다.
　세상의 모든 흐름을 꿰뚫어 보는 특별한 눈을.
　"크리스!"
　별안간 뇌전처럼 내리 꽂히는 다급한 목소리에 크리스

가 정신을 차렸다.

마르도가 자신 앞에서 빛을 가로막고 있었다.

그가 크리스에게 흑색 갑주를 덧씌웠다.

"살아라."

한 마디를 흘리며 마르도는 빛에 삼켜졌다.

그러나 갑주는 사라지지 않았다.

이 안에 담긴 마력은 모두 소모될 때까지 해제되지 않는다.

트라이던트 포스와 페르노크에게서 흡수한 마력을 과열시키며 그대로 폭발적인 가속에 사용했다.

마지막 무곡이 발동되어 빛이 쏟아지는 속도보다 더 빠르게 영력의 폭발 범위를 벗어나려 했다.

하지만 고작 영력 한 줌이 손끝과 발끝에 닿은 순간, 크리스의 양팔과 다리가 흔적도 없이 사라졌다.

무곡 또한 힘을 잃고 몸덩이만 남은 크리스가 낭떠러지로 굴러 떨어졌다.

아득해지는 정신의 끝자락 속에서 새하얗게 뒤덮여 가는 세상이 보인다.

그것은 페르노크의 손끝에서 빛하는 인세의 '종말'이었다.

* * *

"이, 이게 뭐야아!"

부유성의 연구소장이 비명을 내질렀다.

압도적으로 마무리되어 가는 전장이었다.

그런데, 갑자기 새하얀 빛이 세상을 잠식했다.

고작 빛 가루에 닿았을 뿐인데, 부유성의 측면이 사라지기 시작했다.

"이, 이대로는 추락합니다!"

연구원들이 당황하여 성의 기능을 매만져 보지만, 한 축이 사라진 시점에서 부유성이 방향을 잡기 힘들었다.

연구소장이 창백하게 질리며 소리쳤다.

"착륙한다!"

"하지만 지상엔 적군이……."

"이런 빌어먹을! 지금 다 뒤지게 생겼어! 적군이고 아군이고 모두 저 상상도 못 한 것에 휩쓸린다고!"

연구소장의 말처럼 지상의 사정은 부유성보다 심각했다.

빛에 닿은 모든 것들이 소멸되어 간다.

라키스와 성황국을 가리지 않고 마도사들조차 티끌로 지워진다.

그나마, 성황국의 신관들이 합세하여 옅은 빛에 저항할 뿐.

그마저도 짙은 빛이 다가오면 꼼짝없이 사라질 것처럼 보였다.

"부유 기능 유지에 쓸 마력을 모두 방어에 쏟아부어!

거북이처럼 웅크려야 된다! 라이오닉마저 못 막으면 우린 다 죽는 거야!"

"예!"

부유성은 최대한 빛에서 멀어진 지점에 착륙했다.

라이오닉 코어를 최대로 가동시키며 마력 장벽을 세우고 옅은 빛에 저항하였다.

그리고 보았다.

마력 장벽 하나 없는 국경이 순식간에 소멸되는 모습을.

"맙소사……."

세상이 무너져 내린다면 지금 이 광경을 두고 하는 말이 아닐까.

부유성의 사람들은 걷잡을 수 없이 불어나는 빛의 파동을 멍하니 바라볼 뿐이었다.

* * *

아리샤는 전율했다.

그것은 마치 신의 재림이라 부를 만한 광경이었기 때문이다.

적아를 구분치 않고 비명조차 내지 못하게 삼켜 버리는 자비로움.

저항조차 못 하고 소멸한 마르도.

사지가 지워진 채 나뒹구는 크리스.

허공을 유영하던 부유성마저 추락하고.

라키스의 국경을 지워 황무지로 만들어 버린 압도적인 힘.

그것은 차라리 권능이라 칭송할 만했다.

"아아……!"

모든 것이 사라져 가는 세상 속에서 아리샤가 두 손 모으며 무릎 꿇었다.

손끝 하나로 세상을 지워 가는 신에게 기도를 올리듯이 그녀가 고개 숙여 경배하였다.

어려서부터 꿈꿔온 신을 직접 마주하는 것처럼 사라져 가는 생명들 속에서 아리샤는 그에게 구원을 바라고 있었다.

"신이시어!"

그녀가 홀린 것처럼 초월자의 모습을 두 눈에 각인시켜 나갔다.

* * *

페르노크는 몸이 붕 뜨는 것 같은 느낌이었다.

영혼이 몸과 섞이지 않고 경계 사이에서 나뉘는 느낌.

흡사, 처음 하계에 내려와 반생자의 몸을 차지했을 때와 비슷하다.

동화율을 넘어서는 영력이 무한하게 쏟아져 나오며 육

신을 붕괴시키고 영혼을 해방시키려는 형태.

'왜지?'

분명, 크리스를 죽이기 위한 영력만 뽑아냈었다.

페르노크에게 있어서 고작 티끌만 한 힘에 불과했다.

육신의 한계까지 자극받지만, 발동한 뒤에 바로 회수하면 부담을 최소화시킬 수 있었다.

그런데 지금 영력은 회수되긴 커녕 적군도 모자라 아군까지 집어삼킨다.

천벌이나 영체화를 보는 듯했다.

하계에서 대규모로 내뿜는 영력은 명계와 달리 뚜렷한 형태를 그리며 소유자의 '의지'를 벗어난 새로운 무언가로 '진화'하려 하고 있었다.

동화율 - ?

페르노크는 전장에 무수히 치솟는 영혼들을 살폈다.

부유성이 갉아 먹히고, 성황국의 신관들마저 소멸하려 하며 라키스의 국경은 이미 황무지가 되어 버린 상황.

지상엔 수십 만의 영혼들이 치솟고 있다.

그것들이 발출한 영력에 달라붙어 마치 원혼처럼 고유한 개성을 가지려 한다.

저것이 문제였다.

수십만의 영혼.

그중엔 라키스의 마도사들까지 섞였다.

순도 높은 방대한 영력들이 페르노크가 쏘아 낸 영력에 달라붙어 자기들 멋대로 '증식'하고 있었다.

그건 이미 페르노크의 영력이라 부르기 어려운 세계의 '독'이었다.

이대로 방치했다간 세계를 모두 집어삼켜 생명의 종말을 초래할 것이다.

그러나 다시 회수하기엔 저 독들을 정화시킬 시간이 부족하다.

정화하는 동안 성황국까지 삼키고 오히려 몸집을 불릴지 모른다.

방법은 하나뿐이다.

알티에 속에 남아 있는 키마이오스의 심장 속 영력과 지금 펼치고 있는 영력을 서로 맞부딪쳐 상쇄시키는 것.

[감히.]

자신의 의지를 거역하는 역도들에게 페르노크가 손을 뻗었다.

그리고 알티에를 부숴 가둔 심장을 꺼내 하늘 높이 들어 올림과 동시에 천벌을 내리쳤다.

키마이오스의 심장.

증식되는 영력.

페르노크의 영력.

결은 같으나 시전자가 다른 세 종류의 힘이 맞부딪쳤다.

콰아아아아아앙!

하늘이 무너지고, 땅이 붕괴되어 세상이 사라지는 것만 같았다.

수백 년의 영력을 모아온 악룡의 심장은 제법 저항이 거셌지만, 몇 초 지나지 않아 페르노크의 영력에 잠식되어 터져 버렸다.

그 순간, 페르노크를 영체화시키던 강대한 영력이 풀렸다.

"쿨럭."

본신의 모습으로 돌아온 페르노크가 지면에 착지하자마자 비틀거렸다.

비릿하게 올라오는 피를 토해 내며 주위를 둘러보았다.

라키스의 병력부터 국경에 이르는 굳건한 성들까지 형체도 남기지 않고 사라졌다.

처음부터 이곳에 성이 존재하지 않았던 것처럼, 방대한 지형이 매끈하게 깎여나갔다.

부유성은 한쪽 축이 소멸된 상태였고, 성황국은 그나마 신관들이 장벽을 세워 준 덕분에 피해가 크지 않았다.

페르노크의 완승이었다.

한데, 그를 바라보는 생존자들에게서 익숙한 기색이 보인다.

공포. 두려움. 경외.

명계의 절대자들이 숱하게 보내왔던 시선과 똑같다.

"……."

페르노크는 침묵이 감도는 전장을 뒤로하고 육신을 살폈다.

범람하는 영력에 자칫 육신이 깨지진 않을까 걱정했지만 괜한 기우였다.

몸은 말끔했다.

그 어느 때보다도 영력이 남긴 광채를 흘리고 있었다.

하지만 머리가 어지럽다.

강제로 영력을 충돌시킨 반동이 영혼을 자극하고, 그 안에 담긴 과거의 악몽 같은 기억을 육신에 더하려 한다.

"너는 왕이 될 수 없다."

잊고 싶으나 잊을 수 없고 잠시 묻어 두었던 그것이 눈앞에 아른거렸다.

"너는 일국의 무쌍이기 때문이니라."

좌절만이 가득했던 목소리가 들려오자 페르노크의 눈꺼풀이 스르륵 감기려 했다.

비틀거리던 몸이 힘을 잃고 앞으로 고꾸라지려 하자 푹신한 무언가가 가로막았다.

"그건 뭐였죠?"

아리샤였다.

그녀가 아름다운 미소를 머금으며 페르노크를 끌어안고 있었다.

품 안의 따스한 온기를 느낄 새도 없이 페르노크는 먹먹해져 가는 의식 속에서 간신히 중얼거렸다.

"별거 아닌…… 승전……."

"그런가요. 당신에겐 별거 아닌 힘이었군요. 이런 것을 여태 감추고 있었다니 믿기 어려워요."

"이제야 가능……."

페르노크의 눈꺼풀이 무거워졌다.

"……전장을 수습해…… 라키스의 수도를 친다……."

"예, 알겠어요. 그러니 지금은 잠시 쉬세요."

흐릿해져 가는 의식 속에 달콤한 목소리가 흘러들어왔다.

"나의 신이시어."

페르노크가 눈을 감았다.

동화율 - 85…… 86…….

방대한 영력을 흡수한 육체가 새로운 진화에 접어들기 시작했다.

6장. **공명**

공명

아라드는 느긋하게 전장을 살폈다.

13작의 마도사들이 성황국을 부드럽게 압박한다.

바르티유가 전면에서 마도술로 응전하지만, 형세는 나아질 기미가 안 보였다.

성황국이 압도적으로 불리해보이지만 아라드는 아직 검병에 얹은 손을 회수하지 않았다.

"처음부터 이 정도 전력차는 생각하고 왔겠지, 바르티유."

바르티유가 단신으로 자신을 막아선 건, 무언가 이유가 있을 거라고 판단했기 때문이다. 그리고 13작들이 성황국과 어지럽게 얽힌 순간, 예상대로 바르티유가 감춰 둔 무언가를 꺼냈다.

반으로 잘린 방패였다.

골동품점에서도 취급하지 않을 하찮은 물건.

13작들이 코웃음 치며 바르티유에게 달려들려던 순간, 아라드가 외쳤다.

"물러서라!"

바르티유가 방패를 눈앞에 띄우며 생각했다.

'역시, 저놈은 특별해.'

세계에서 내로라하는 마도사들조차 방패에 위험성을 느끼지 못했다.

아니, 성황국의 신관들이라도 이 방패의 진가를 모를 것이다.

이건 바르티유의 특별한 마도술이 있어야만 발동 가능한 성황국의 옛 보물이었으니까.

그걸 아라드는 간파했다.

하지만 늦었다.

이 위대한 성물은 목격한 순간 힘을 발휘한다.

"드높이 모실 고귀한 나의 신이시어!"

바르티유가 양팔을 활짝 펼치자 농도 짙은 마력이 터져 나와 방패 속에 흡수되었다.

증폭.

바르티유는 마력을 무한하게 늘리는 증폭의 마도술을 타고났다.

이것은 시전자의 체내에 머물지 않고 모두 체외로 빠져 나가 몸집을 불린다는 특징이 있다.

다만, 팽창해진 마력으로 다른 무언가를 하지 못한다는 것이 단점이다.

마력을 내보내 크기를 키우는 것만이 증폭의 전부였다.

하지만 단점이 가득한 마도술은 성황국의 옛 보물과 합쳐져 무엇과도 비교할 수 없는 장점으로 진화했다.

그룬.

알티에와 같은 광석으로 만들어진 신의 방패.

알티에가 악마를 가두는 힘을 지녔다면, 그룬은 악마의 힘을 반사하는 독특한 성질을 가지고 있다.

하지만 알티에와 달리 그룬은 오랜 시간 성황전 지하에 안치되기만 했었다.

그룬을 발동시키기 위해선 아리샤 10명분의 마력이 순간 집중되어야 하기 때문이다.

당연히 불가능한 일이었다.

바르티유가 성황이 되기 전까지는.

우우우웅!

방패가 바르티유의 마력을 머금고 딱딱한 껍질을 벗어던진다.

반으로 잘린 방패가 은색의 광택을 자아낼 때, 세상의 모든 빛은 정면을 향하고 있었다.

그룬은 모든 것을 튕겨 낸다.

그것이 설령 이곳에 드리운 빛이라 할지라도.

"오운!"

13작들도 심상치 않은 무언가를 느끼며 바로 오운을 앞세웠다.

오운의 반사막이 방패만 한 크기로 응집되었다.

설령 그룬에서 뭐가 튀어나오든 그대로 반사할 거라는 자신감이었다.

바르티유가 씨익 웃었다.

끝도 없이 팽창하는 마력이 그룬에 모여들었다.

라키스의 황성일지라도 한 번에 쓸어 버릴 강대한 힘이 터져 나온다.

개인의 마도술로 막을 만한 위력이 아니다.

이건 세상의 모든 것을 지워 버리는 순수한 힘의 결정체다.

콰아아아아─!

그룬에서 하늘까지 치솟을 거대한 마력이 쏟아졌다.

그제야 오운을 비롯한 13작들의 안색이 창백해졌다.

그룬이 가진 특성을 이해했을 땐, 이미 라키스가 광채에 물들고 있었다.

"능글맞기는."

그때, 호박색의 옅은 검결이 광채를 갈랐다. 그럼에도 그룬은 기세를 잃지 않았지만, 바르티유의 미소가 싹 가셨다.

'뭐지?'

광채가 갈라지고 난 뒤에 새겨진 호박빛이 넓게 번졌다.

그룬의 파동으로 가득찬 세상이 샛노랗게 변질되었다.

라키스를 압박하던 광채마저 노란 빛에 물들어 그 자리에 고정되었다.

"이런 재미난 것을 왜 예전에 꺼내지 않았나."

바르티유가 눈을 부릅떴다.

샛노란 세상이 아라드에게 경배하듯 가라앉기 시작했다.

빗물처럼 떨어져 내린 노란색이 대지에 깃들어 토양을 변질시켰다.

이윽고 토양에서 추출된 노란빛이 물방울처럼 응축되어 아라드 앞에 치솟았고.

"한데, 무식한 힘 대결은 내가 아닌 크리스에게 했어야지."

아라드가 손가락을 튕기자 샛노란 물방울이 그룬에게 쏘아졌다.

쾅!

은색의 방패, 정중앙에 구멍이 뚫렸다.

물방울은 단순히 그룬을 관통한 것에서 그치지 않고 성황국 병력을 가로질렀다. 그리고 병력 한복판에서 물방울이 터진 순간, 응축되었던 마력이 비산하며 주변을 쓸어버렸다.

콰아아아앙!

삽시간에 성황국 본대 절반이 전멸했다.

바르티유는 입을 열지 못했다.

그룬에서 발산된 힘이 아라드의 뜻대로 변질되더니 모든 것을 반사하는 방패가 관통당했다.

허무하리만치 쉽게 정리되리라고 누가 믿을 수 있겠는가.

"저…… 저게……."

13작들이라고 아라드의 전투를 직접 보며 자란 것이 아니다.

아라드가 황제가 된 이후 13작이 된 자들은 이 해괴한 광경을 오늘 처음 보았다.

오직, 아라드를 어린 시절부터 봐 왔던 전대의 후작만이 대략적으로 저 불가해한 힘을 살필 뿐이었다.

"저것은 마도술이 아니다."

"……?"

"하지만 폐하께옵선 이리 말씀하셨지."

후작은 처음 저 생소한 힘을 봤던 날을 떠올렸다.

"모든 힘에는 서열이 있으며, 나는 단지 우위를 다졌을 뿐이다."

"그것이 무슨 말입니까?"

"태초에는 우리가 상상도 못 한 힘이 깃들어 있다고 하시더군."

후작이 바르티유에게 걸어가는 아라드를 보며 피식 웃었다.

"라키스 황가는 오래전부터 세계의 시작을 연구해 오지 않았던가. 거기서 무언가 특별한 답을 찾으신 거겠지."

아라드가 옆에 후작과 마르도를 끼고 했던 말이 아직도 잊히지 않는다.

"경들은 모든 생명에 깃든 특별한 힘을 믿으시오?"

이제 와서 그게 무슨 말인지 이해하고 따질 필요성을 느끼진 않았다.

아라드가 집권한 라키스는 역대를 통틀어 무적이었으니, 천년 나라의 발판이 마련되었다는 사실만이 중요할 따름이다.

아라드는 자신감이 엿보이는 미소로 바르티유에게 다가갔다.

"이깟 방패 쪼가리를 믿고 그 조악한 능력에 어울리지도 않는 잔꾀로 본 황제를 막을 성싶던가?"

"아라드!"

바르티유가 증폭 마도술을 발동시켰지만 마력이 허공에 맺히기 무섭게 터져 나갔다. 마력이 바르티유의 장악력을 거부하고 있었다.

'이게 대체……'

마력이 살아 있는 생물처럼 느껴졌다.

아라드에게 겁을 집어먹은 것처럼 마도술까지 발동되지 않았다.

"부끄러워할 필요 없네. 자네도 내게 베이는 그저 그런 사람들 중에 하나였을 뿐이야. 처음부터 제황의 자질을 타고나지 못했던 거지."

바르티유가 식은땀을 흘렸다.

마도술을 발동시키지 못하는 자신은 그저 힘없는 노인일 뿐이었다.

'아라드의 이 해괴한 모습을 어떻게든 아리샤에게 알려야 한다.'

그룬이면 충분할 거라는 생각은 오만이었다.

알티에까지 가지고 와야 했을까.

13작의 마도사들마저 어쩌지 못하는 마력을 우습게 '지배'하는 힘이 아라드에게 있을 거라고 짐작이나 했겠는가.

하지만 실수를 고칠 기회는 주어지지 않았다.

"내 오랜 친우여, 가장 날카로운 비수는 지금처럼 완벽한 순간에 꺼내야 한다네. 그리고 나는 비수를 파악한 자를 살려 두지 않아. 전쟁에서 가장 중요한 것은 정보력인데, 어찌 생존자를 남겨 두겠나."

아라드의 눈이 짙은 호박색으로 일렁였다.

"그간 무료함을 달래주어 고마웠네."

바르티유는 몸이 뻣뻣하게 굳어 가는 것 같았다.

손 쓸 도리 없이 차렷 자세로 멈춰진 늙은 목 위를 날카로운 검이 쓸어 넘겼다.

서걱!

바르티유의 목이 허무하게 떨어져 내리자 13작들이 놀

라며 다가왔다.

"폐하! 인질로 삼으셨다면 성황국을 물리게 할 수 있었습니다!"

"라키스가 세계를 통일하기 위해선 늦든 빠르든 어차피 다 죽여야 할 놈들이야. 이 전쟁에서 인질은 의미가 없어."

아르드가 검에 묻은 피를 털어 내며 싱긋 웃었다.

"성황국의 병력은 모두 참수하라."

그리고 라키스와 성황국이 치열하게 싸우는 전장 한복판으로 13작이 투입될 무렵이었다.

아라드가 갑자기 고개를 돌렸다.

입가에 드리운 미소가 사라질 정도로 거대한 빛의 기둥이 라키스 국경 부근에서 터져 나오고 있었다.

"……!"

아라드가 눈을 부릅떴다.

빛에 얽힌 수많은 무언가를 보았기 때문이다.

"어찌 저토록 많은 영혼들이……."

성황국 병사들을 정리해 가던 13작들도 마찬가지였다.

그들은 때아닌 광활한 힘에 소름이 돋았다.

빛이 머문 시간은 오래 걸리지 않았다.

하지만 남겨진 여운에 아라드는 침묵하고 있었다.

"폐, 폐하!"

상황을 정리한 후작이 아라드에게 달려왔다.

"저곳은 크리스 공작이 지키는 국경 아닙니까!"

"……."

"무슨 일이 벌어진……."

아라드가 손을 올려 후작의 말을 가로막았다.

"병력을 모두 황성으로 회군해야겠군."

"예?"

"내 생에 이토록 압도적인 영혼을 느낄 줄이야!"

아라드가 씨익 웃자 후작은 오싹한 공포를 느꼈다.

칼이 심장에 닿을 듯한 섬뜩함을 아라드에게서 느꼈다.

"누구지? 아니, 성황국에 또 다른 보물이 있던가? 알수 없구나. 이 전쟁은 변수가 너무 많아! 크하하하하하!"

광소를 터트린 그가 갑자기 무심한 표정을 지으며 후작에게 명했다.

"정리가 끝나는 대로 전군 회군한다. 13작은 국경지대로 향하여 어떤 상황이 벌어졌는지 확인 후에 황성으로 돌아오도록."

"하오면, 이대로 적진으로 향하는 계획은 어찌 되는 것입니까?"

아라드가 입꼬리를 쓰윽 말아 올렸다.

"지금 다른 곳에 신경 쓸 때가 아니야. 저것부터 어떻게 해야 한다. 아니면 모두 죽어."

이토록 여유 없는 아라드의 모습은 처음이었다.

빛이 발했던 힘은 분명 13작을 한순간 두렵게 만들었다.

하지만 그 이상의 무언가를 느끼진 못했다.

대체 아라드는 빛에서 무엇을 보았던 걸까.

"저건 세상에 존재해선 안 될 것일진대······."

전율이 담긴 목소리를 흘리며 아라드가 빛이 사라진 국경을 하염없이 바라보고 있었다.

* * *

아리샤는 막사에서 페르노크를 내려보고 있었다.

그토록 성스러운 광채를 내뿜은 뒤에 기절한 페르노크는 아직도 깨어나지 않고 있다.

모든 치료를 끝내고, 육체의 상처까지 아물었건만 페르노크는 여전히 눈을 감고 있다.

그런데 어째서 잠든 페르노크에게 낯선 자의 얼굴이 겹쳐 보이는 걸까.

아리샤가 눈을 깜빡였다.

페르노크 몸에 희끄무레한 기운이 스며들고 있었다.

* * *

수많은 기억이 떠오른다.

하계와 명계에서 보고 듣고 지냈던 순간들이 거품처럼 피어올랐다가 터져 나간다.

그 끝에 차가운 기억이 남겨져 있다.

한 나라의 왕자로 살았던 나날들.

잊고 싶었지만 결코 지워지지 않은 미련.

"아아……."

어찌하여 기억 속의 바다를 헤매는지 페르노크는 그제
야 깨달았다.

자극받은 영혼이 육신에 기억과 영력을 주입하여 전성
기 시절의 모습으로 탈바꿈하려 한다.

완전 동질화.

동화율이 90프로를 넘은 순간 각성되는 마지막 진화.

이 악몽 같은 기억 속에서 과거의 자신을 온전히 되새
기는 순간.

동화율에 허덕이는 페르노크의 나약한 육신은 껍질째
부서지고, 과거 무쌍이었던 그의 육체로 재탄생한다.

그것은 혼이 있어야 할 제자리를 찾아가는 것.

육신의 완성을 일컫는 말이리라.

"……대장……."

기억이 흘러들어온다.

"……장군……!"

육신에 각인되듯이 아주 자연스럽게.

* * *

"대장군!"

그가 스며든 기억을 머금고 눈을 떴다.

그늘진 나무 한 편에 새초롬한 표정의 여인이 인상을 찌푸리고 있었다.

"지금 시간이 어느 땐데 여기서 낮잠이나 주무시고 계십니까!"

"무슨 일이 있었나?"

"어휴, 정말! 곧 부족장들 회의가 열린다고요!"

"회의……."

"바르간타 건국에 관해서 얘기한다고 전하께서 한 달 전부터 말씀하지 않으셨습니까!"

"아…… 그랬었지."

"옷이랑 검을 가져다 놨습니다! 바로 준비하고 오세요! 이번에도 늦으면 전하께서 크게 노하실 겁니다!"

그가 무심히 고개를 끄덕이자, 여인이 검과 옷을 내밀고 성으로 내려갔다.

"바르간타……."

미련 가득한 이름을 중얼거리며 그가 몸을 일으켰다.

대장군을 상징하는 옷을 입고, 까만 검을 허리에 찼다.

검집에 한 글자가 새겨져 있었다.

무쌍(無雙)

단 한 번의 전투에서 패한 적 없는 일국의 검에게 만백성이 경외하여 드높이 받드는 칭호.

불패의 무신, 카이드는 왕과 부족장들이 모인 성으로

천천히 걸음을 옮겼다.

* * *

소수 부족에서 시작해 광활한 대지로 영역을 확장시킨 그곳을 '왕국'이라고 불렀다.

족장 카문달을 왕이라 칭하였으며 어느새 체계가 잡혔고, 많은 부족민들이 몰려들었다.

이름 없는 왕국.

그곳은 세계에 심어진 태풍의 씨앗이었다.

* * *

"대장군께서 입궐하셨습니다!"

카이드가 안으로 들어서니 왕과 부족장들의 시선이 모였다.

12의석이라 불리는 주요한 자리 한 곳이 카이드의 것이었다.

군부의 총괄자 카이드가 말석에 앉으며 말했다.

"수련 중이었습니다."

카문달이 미간을 찌푸렸다.

"수련?"

"예."

"너는 매번 검에 빠져 사는구나. 오늘 분명 중요한 안건이 있다고 단단히 얘기해 두었을 텐데?"

"송구하오나, 전하. 이곳은 어전입니다."

사적인 호칭을 접어 두라는 말에 카문달이 고개를 절레절레 저으며 부족장들을 둘러보았다.

"대장군이 왔으니 회의를 시작하겠소. 안건은 전에 말한 그것이오."

정복이라는 두 글자가 머리를 스쳐지나가자 부족장들이 침음을 삼켰다.

드디어 올 것이 왔다는 표정이다.

"그대들도 알다시피 우리가 힘을 합친 지 무려 30년이 되었소. 왕국은 전통을 중시하는 부족들보다 강대한 세력을 자랑하며 이젠 마지막 단계를 앞두고 있소이다."

"통일…… 말씀입니까?"

"그렇소, 가르달 족장. 바로 바르간타요."

바르간타.

이름 없는 왕국이 세계를 통일할 때 가장 먼저 거머쥘 이름이라고 카문달은 자랑했었다.

바르간타는 고대 부족들의 언어로 신들의 나라라는 뜻이다.

각자의 전통과 신을 숭배하는 부족들이 왕국 아래 모였으니. 이는 곧 신들이 모인 것과 같은 이치라 하여 카문달이 강력하게 주장했었다.

하지만 부족장들은 어딘가 망설이는 모습이었다.

카이드는 그들이 왜 쉽게 입을 못 여는지 알고 있었다.

'안락함에 찌들었지.'

왕국 아래 모인 이후 각 부족의 정예 전사들을 모아 군대를 조직했다.

막강한 힘은 카문달의 넷째 아들인 카이드가 이어받았고, 감히 어느 부족도 왕국에 쳐들어오지 못하였다.

경계는 느슨해져갔으며 결국 부족장들은 지금의 평화를 유지하기에 이르렀다.

피 튀기는 전쟁보다 전통을 숭상하는 지금이 좋다는 것이 부족장들의 생각이었다.

하지만 카문달은 야망이 넘쳤다.

강력한 군사력을 자랑하는 왕국이 한 자리에 고이는 것을 원치 않았다.

"우리가 이대로 멈춰 선다면 왕국은 결국 썩다가 멸망할 것이오. 후세가 떳떳하게 살기를 바란다면 지금 우리가 힘을 모아 세계를 하나로 통일해야 하오."

부족장들이 우려 섞인 목소리를 내었다.

"다른 부족들은 왕국에 얼씬도 하지 않습니다. 이대로 전쟁을 강행한다면 야만인들과 똑같습니다. 무분별한 살인이나 즐기자고 왕국을 세운 게 아니잖습니까."

"물론, 그대들의 우려도 일리는 있소. 하지만 동쪽과 서쪽 그리고 남쪽에도 왕국에 대항하는 무리들이 집결하고 있소."

"무리들이라니요?"

"왕국을 모방하는 국가의 건립이외다."

부족장들이 놀란 눈으로 웅성거리자, 카문달이 손을 올려 시선을 모았다.

"대장군이 확인한 사실이오. 심지어 그들은 우리 왕국을 침략할 준비를 하고 있소."

"그게 사실입니까?"

"카이드."

카이드가 옅은 한숨을 내쉬며 자리에서 일어났다.

"전하의 말씀대로, 그들은 단순히 뭉치기 위해 국가를 만든 게 아닙니다. 우리 왕국이 가진 자원을 빼앗기 위해 연합한 것입니다. 저희 정보원이 조사하러 갔을 때쯤 이미 그들은 굳건한 군대를 완성시켰습니다."

"......!"

"지금까지 부족장들께 말을 아껴왔지만, 국경 부근에서 소수 군락들이 침탈당하는 경우가 잦아지고 있습니다. 명백한 도발이었고 전하께 보고했습니다."

카이드가 할 말이 끝났다는 듯 자리에 앉았다.

부족장들은 한참 동안 말이 없었다.

왕국의 대항마가 저 먼 지역에서 조용히 힘을 키운다고 생각하지 못했기 때문이다.

긴 침묵 끝에 카문달이 입을 열었다.

"대장군의 말처럼 이미 사태는 우리 손을 벗어났소. 가만히 앉아 있다가 침략당하여 자원을 뺏길 것이오? 아니면 왕국의 힘을 세계에 보여 줄 것이오?"

카문달이 휘장을 꺼냈다.

"대장군을 필두로 군을 일으키겠소. 우선 우리 국경을 침략한 놈들부터 제대로 엄벌해야겠지. 다들 힘을 모아 주시겠소?"

그러자 망설이던 부족장들이 각자의 심벌을 탁자에 올렸다.

카문달이 카이드에게 시선을 돌렸다.

"대장군은 어찌 반대하는가?"

"통일보다 먼저 해야 할 것이 있습니다."

"그게 뭔가?"

"국가의 이름을 내세우고 나아가시지요."

"그 말은……."

카문달이 미간을 찌푸렸다.

"……지금 여기서 다음 왕위를 거론하자는 뜻인가?"

"무릇 전쟁이란 어떤 일이 펼쳐질지 아무도 모릅니다. 전쟁에 나서기 전에 왕은 후대를 정해야 할 의무가 있습니다. 하옵고 이름 없는 나라는 적에게 큰 압박을 주지 못합니다. 국가를 확고히 다진 후에 위엄을 보이소서."

"대장군의 우려는 알겠다. 하나, 아직은 후사를 정할 때가 아니다. 그 말은 짐을 모욕하는 발언이니, 이번만은 실수라 생각하여 넘어가겠노라."

카이드가 한숨을 삼키며 말했다.

"……예."

"하나, 국가의 위엄을 보이는 건 무척 중요한 일이겠지. 예상보다 이른 감이 있지만 '바르간타'를 내세워야 할지도 모르겠구나."

그제야 카이드는 검을 탁자에 올렸다.

그리고 카문달이 엄숙한 표정을 지으며 모두에게 외쳤다.

"12석의 모두가 짐과 같은 뜻을 품고 있으니 이제 더는 망설이지 않겠소! 우리 바르간타는 이 순간 부로 왕국을 좀먹는 저 야만스러운 놈들과 전쟁을 선포할 것이오!"

카문달이 카이드에게 말했다.

"대장군은 즉시 친위대를 이끌고 바르간타의 위엄을 보이도록 하라!"

카이드가 무릎 꿇고 검을 들어 올리며 외쳤다.

"명을 받드옵니다!"

* * *

카이드는 검 한 자루 허리에 차고 다시 나무로 되돌아 갔다.

악귀 가면을 쓴 아홉 명의 남녀가 기다리고 있었다.

친위대.

각 부족들 중에서 손꼽히는 실력자들이 카이드의 심사를 치러 얻게 된 자리였다.

총 열 명에 불과하지만, 카이드와 함께하는 그들은 수만의 대군도 어렵지 않게 상대한다.

그들에겐 특별한 힘이 깃들어 있기 때문이다.

"정령력이 한층 올랐군."

친위대가 기뻐하는 것처럼 색색의 기파를 흘려보냈다.

정령이란 각 부족들이 숭상해 온 고대의 무언가다.

그것을 통칭하는 말이 없기에 정령이라 일컬었다.

정령은 소수의 선택받은 사람만이 계약할 수 있다.

그리고 정령의 계약자들은 인간을 초월한 힘을 발휘하는데, 이를 '현상 장악'이라 불렀다.

"제법 실력을 갈고닦아 왔다고 생각했는데, 대장군께는 아무것도 느껴지지 않는군요."

가면을 쓴 순간부터 친위대는 숫자로 불린다.

정체를 들켜도 꼬리를 남기지 않기 위함이다.

방금 말한 1호는 제일 먼저 친위대에 합격하였고, 왕국에서도 세 손가락에 꼽는 실력자다.

하지만 그조차 카이드의 끝을 짐작하지 못한다.

심사를 받은 친위대 모두가 1호와 같은 감정을 지니고 있다.

카이드는 분명 정령을 타고나지 못했다.

부족장들은 그가 계약자가 아니라고 단언했다.

한데도, 그는 계약자들을 우습게 비틀어 버리는 신위를 자랑한다.

지금은 죽은 대족장이 이르기를 카이드에겐 특별한 수호령이 붙어 있어서, 그 자체로 육신에 축복을 걸어 준다고 했었다.

그것은 정령과 궤를 달리하며 오직 강한 영혼에 깃들어 초월적인 현상을 자아낸다고 했으니.

그 발언의 영향으로 젊은 나이에 카이드는 친위대를 이끄는 대장군이 되었다.

실제로 그는 결과로 증명하고 있었다.

"아직 더 수련이 필요하겠군."

"하하, 시간이 없지 않습니까."

"전하의 명은 들었나?"

"예. 야만인들을 섬멸하라 하셨지요."

"단순히 부락 하나를 부수는 것에서 끝나지 않아. 우린 서쪽에 건국되는 대군을 상대해야 한다."

그러자 유독 덩치가 큰 3호가 호탕하게 웃었다.

"크하하하하! 대장군! 저희가 있는데 뭐가 걱정이십니까! 봄이 오기 전에 놈들을 쓸어 버립시다!"

그들을 훑어본 카이드가 고개를 끄덕였다.

"다행히 놀고먹으며 지낸 건 아닌 듯하군."

"대장군의 팔 하나라도 비틀어 보려고 열심히 수련해 왔습니다!"

"자신감은 좋다만…… 한데, 10호는?"

"저기! 올라오고 있습니다!"

모두의 시선이 나무로 다가오는 가냘픈 여자에게 향했다.

카이드를 쫓아다니며 잠에서 깨운 마지막 친위대였다.

"대장군보다 늦게 도착하다니, 이 무슨 추태인가!"

1호가 노려보자 여자는 머쓱하다는 듯이 뒤통수를 긁적이며 답했다.

"그게…… 족장님께서 정령 의식을 마무리하라 하셨기에……."

"아직도 그 정령 하나를 조절하지 못해?"

"히히. 예전처럼 힘을 폭발시키지 않아요! 이젠 완벽하게 조절할 수 있습니다!"

"하아. 가면부터 쓰거라."

"옙!"

여자가 악귀 가면을 쓰고 친위대 옆에 나란히 섰다.

카이드가 그들을 둘러보며 피식 웃었다.

"군기가 바짝 섰군. 긴장되나?"

"아닙니다!"

"걱정 말거라. 여느 때와 똑같다."

한목소리로 외치는 그들에게 카이드가 단호히 말했다.

"이번에도 이긴다."

친위대가 씨익 웃었다.

수백, 수천의 병력은 거추장스럽다.

카이드만 함께한다면 10명의 친위대로도 능히 일국을 멸망시킬 수 있다.

"가자."

서쪽으로 걸음을 옮기는 카이드의 뒤를 10명의 친위대가 따라붙었다.

* * *

돌덩이와 목책을 뒤엉켜 만든 바르간타의 국경은 성벽이라 하기엔 무척이나 조잡했다.

경계선을 긋는 용도로 사용하다가, 최근 들어 높은 벽을 쌓아 올리기 시작했다.

하지만 아직 완벽하게 가다듬어지지 않은 울타리를 침략자들이 넘보고 있었다.

그 중 서쪽에 건국되는 '불타'가 크고 작은 충돌을 일으킨다.

약탈자들이 모여 만든 나라는 제법 많은 정령술사를 보유 중이다.

지금 군락을 습격하는 불타의 약탈자들 중에서도 상당한 실력자가 섞여 있다.

"1호."

"예!"

수백 명의 약탈자들에게 1호가 달려들었다.

친위대의 상징인 악귀 가면을 보자마자 약탈자들이 웅성거리며 바람을 뭉친 송곳을 날렸다.

크기와 형태로 보건대, 바르간타에서도 나쁘지 않게 대우받을 만한 실력자였다.

하지만 1호는 12석을 차지하는 부족장의 차기 후계자.

불의 정령에게 하사받은 힘으로 바람을 태워 버렸다.

화아아악!

거대한 불의 새가 날아올라 약탈자를 집어삼켰다. 후끈거리는 열기가 백성들을 뒤덮으려 하자 2호가 물의 장벽을 만들어 가로막았다.

"곳곳에 약탈자들이 숨어 있다."

카이드가 읊조리기 무섭게 친위대가 사방으로 퍼졌다.

그리고 물이 보호하는 백성들 한복판에 카이드가 걸어갔다.

"왕성에서 왔다. 이곳의 책임자가 누구지?"

"저, 접니다!"

한쪽 팔이 잘린 중년인이 일어났다.

"사상자는?"

"절반이 죽었습니다!"

"약탈자가 찾아온 시각은?"

"오, 오늘 아침입니다!"

"한데……."

카이드가 사방에서 치솟는 정령력을 살피며 싸늘한 시선을 중년인에게 보냈다.

"……왜 이토록 많은 약탈자들이 이 작은 마을에 몰려든 건가?"

"저도 모르겠습니다. 갑자기 찾아와서 땅을 뒤지더니 그때부터 저희를 죽이기 시작했습니다!"

"땅?"

"저곳입니다!"

중년인이 약탈자들의 뒤편을 가리켰다.

작은 동굴이 있었는데, 몇몇 약탈자들이 그곳에서 무언가를 가져 나오고 있었다.

"3호."

"예!"

"이들을 안전한 곳에 데려놓도록. 물어볼 것이 있으니 절대 한 사람도 죽게 놔두지 마."

"예! 대장군!"

카이드가 가볍게 지면을 박찬 순간.

쾅!

약탈자 한복판이 갈가리 찢겨 나가며, 어느새 카이드가 동굴 근처에 도달했다.

한창 무언가를 나르던 약탈자들이 눈을 부릅뜨며 정령력을 일으켰다.

가시 돋은 수풀이 포승줄처럼 얽히려 했지만, 카이드가

검집째 내려찍자.

콰아아앙!

수풀이 솟아난 대지까지 붕괴되었다.

"허어억!"

"아, 악귀 대장!"

약탈자들이 다시 정령력을 일으키려 했다.

하지만 그들은 팔을 들어 올리기 무섭게 허물어졌다.

어느새 그들의 목과 몸이 분리되어 붕괴된 대지 속으로 빨려 들어가고 있었다.

삽시간에 정령술사들을 정리해 버린 카이드가 수레로 몸을 돌렸다.

새까만 천 자락이 수레를 뒤덮고 있었다.

'약탈자들이 정령술사까지 동원해서 이 마을에 찾아온 이유가 뭘까.'

보통 부락 습격이라 함은 순식간에 치고 빠지는 것을 기본으로 한다.

지금까지 바르간타 국경 부근이 침탈받은 흔적들도 이와 유사했다.

하지만 이번 습격은 무언가 다르다.

약탈자 수백 명이 정령술사까지 끼고 마을에 해가 떠오를 때까지 머물렀다.

도대체 이곳에서 무엇을 찾으려 했는지 궁금하여 카이드가 천 자락을 걷었다.

"……?"

카이드가 의아한 표정을 지었다.

지금껏 세계를 돌아다니며 온갖 다양한 광물과 보석들을 마주했었다.

그런데 지금 여기 생전 처음 보는 보석 하나가 실려 있다.

호박색으로 빛나는 그것은 마치 눈동자를 닮아 있었다.

(이번 생은 황제로 살겠다 9권에서 계속)

『무신귀환록』『삼류회귀록』
무협의 귀재, 묘수가 돌아왔다!

『고금제일록』

하북 성도에 그가 나타났다!
일인전승의 신비 문파 수라문
그곳의 십대 문주 위천악!

"일인전승은 개뿔, 그게 밥 먹여 주고 돈 내주나?"

주춧돌 하나 제대로 없는 문파를
천하제일로 우뚝 세우기 위한
그의 유쾌한 행보가 중원을 가로지른다!

묘수 신무협 장편소설

고금제일록
古今第一錄

머리를 식힐 겸 떠난 영국 여행에서
불행한 사고를 당한 웹소설 작가 진한솔

"여기는…… 빅 벤?"

눈 떠 보니 낭만과 문학과 인종 차별이 숨쉬는
19세기의 대영 제국 한복판에 떨어져 있었다!

어떻게든 살아남아야 한다
항만 노동자부터 부잣집 머슴에 베이비시터까지!
발에 땀 나도록 열심히 산 그에게 찾아온 기회

"선생님! 아니, 작가님! 이제야 찾아뵙습니다!!"
"……작가님이라고요?"
"지금 런던에서 제일가는 소설을 쓰신 분이니까요."

그 기회가, 소설 작가라고?
이참에 대영 제국 놈들에게 사이다를 풀어 주겠다
펜 하나로 세상을 바꾸는 대문호의 집필이 시작된다!

대영제국에서
작가로
살아남기

고슴도치 대체역사 장편소설

poo 판타지 장편소설

회귀한 대마법사의
용사생활

마왕을 강림시키려는 악의 조직, 네크로를 거의 궤멸시킨 용사 파티
하지만 용사의 우유부단함으로 마왕이 강림하고 만다

그리고 그때 주어진 시간 회귀의 기적

"답답해서 내가 뛴다!"

소년일 때로 돌아온 네자르
그는 용사가 되기로 결심한다

"다시는 후회하지 않겠어."

압도적인 마법 재능, 유쾌한 언변술, 화려한 계략까지
마왕의 강림을 막고 세계를 구원하는 용사의 행보가 시작된다!